RAGNAR
JÓNASSON

Título original: *Drungi*
Copyright © Ragnar Jónasson, 2016
Published by agreement with
Copenhagen Literary Agency ApS, Copenhagen

Edição: Felipe Damorim e Leonardo Garzaro
Assistente editorial: André Esteves
Tradução: Isabela Figueira
Arte: Vinicius Oliveira e Silvia Andrade
Revisão: Miriam de Carvalho Abões
Preparação: Leticia Rodrigues

Conselho editorial:
Felipe Damorim, Leonardo Garzaro e Vinicius Oliveira

Dados Internacionais de Catalogação na Publicação (CIP)
(Câmara Brasileira do Livro, SP, Brasil)

J76i

Jónasson, Ragnar

    A ilha / Ragnar Jónasson; Tradução de Isabela Figueira. — Santo André - SP: Rua do Sabão, 2024.
    Título original: Drungi

    320 p.; 14 X 21 cm

    ISBN 978-65-81462-67-3

    1. Literatura islandesa. 2. Romance. I. Jónasson, Ragnar. II. Figueira, Isabela (Tradução). III. Título.

CDD 839.69

Índice para catálogo sistemático
I. Literatura islandesa : Romance
Elaborada por Bibliotecária Janaina Ramos – CRB-8/9166

[2024] Todos os direitos desta edição reservados à:
Editora Rua do Sabão
Rua da Fonte, 275 sala 62B - 09040-270 - Santo André, SP.

www.editoraruadosabao.com.br
facebook.com/editoraruadosabao
instagram.com/editoraruadosabao
twitter.com/edit_ruadosabao
youtube.com/editoraruadosabao
pinterest.com/editorarua
tiktok.com/@editoraruadosabao

RAGNAR JÓNASSON

THRILLER

Traduzido por Isabela Figueira

Para María

"Uma única palavra cruel pode mudar a mente de uma pessoa. É necessário ter cautela quando se está diante de uma alma."

— Einar Benediktsson, de *Starkaður's Soliloquies*

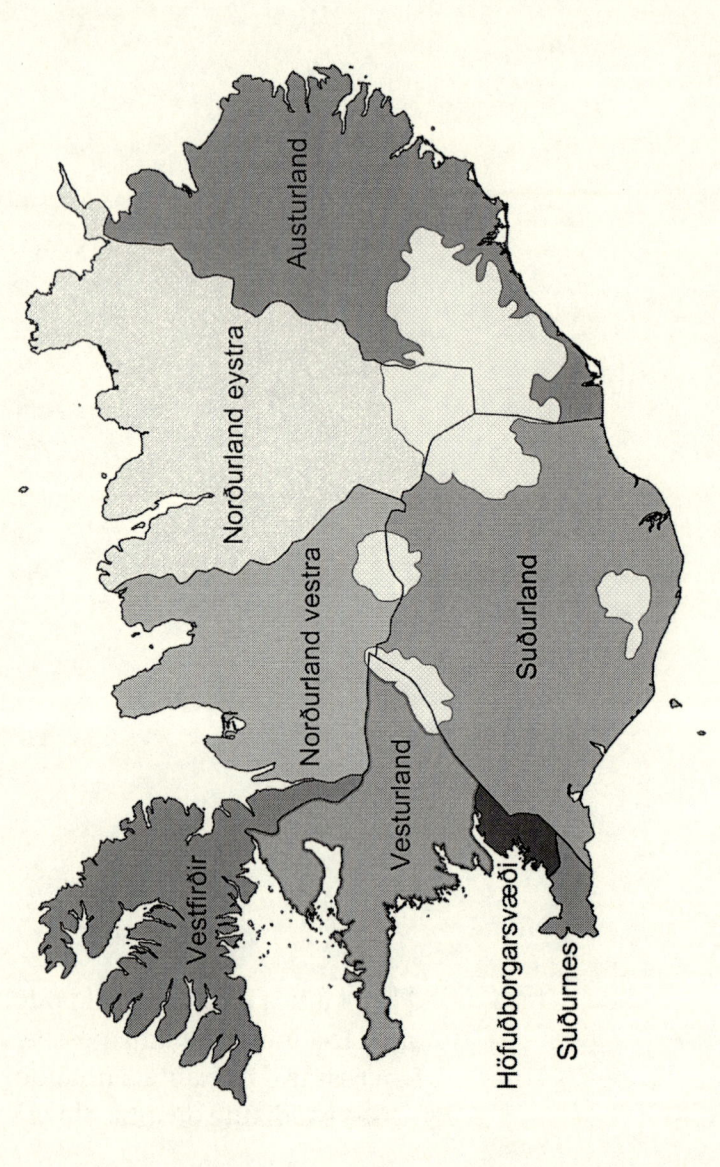

PRÓLOGO

Kópavogur, 1988

A babá estava atrasada.

O casal dificilmente saía à noite, então tiveram o cuidado de verificar, com bastante antecedência, se ela estaria livre. A moça já havia trabalhado como babá para eles algumas vezes antes e morava na rua ao lado, mas, além disso, não sabiam muito sobre ela, ou sobre sua família, embora conhecessem sua mãe, com quem costumavam conversar quando se encontravam pela vizinhança. A filha do casal, de sete anos, admirava a jovem de vinte e um anos, que parecia muito adulta e glamourosa. A criança sempre falava sobre como as duas se divertiam juntas, das roupas bonitas que a babá usava e quão empolgantes eram as histórias que lhe contava na hora de dormir. A ânsia de sua filha em ter a babá por perto fez com que o casal se sentisse menos culpado em aceitar o convite; eles se sentiram seguros, pois sua garotinha não apenas estaria em boas mãos, mas também iria se divertir. Eles combinaram que a babá tomaria conta dela das seis da tarde até a meia-noite, porém já passava das seis, na verdade, das seis e meia, e o jantar estava marcado para as sete. O marido queria ligar para a moça e perguntar o que tinha acontecido, entretanto, sua esposa relutava em fazer confusão: ela apareceria.

Era uma noite de sábado de março, e o clima na casa era de grande expectativa. O casal ansiava por uma noite divertida com os colegas do ministério da esposa, e sua filha esperava passar a noite assistindo a filmes com a babá. Eles não tinham um videocassete, mas como era uma ocasião especial, pai e filha foram à videolocadora e alugaram um aparelho e três fitas. A garotinha teve permissão para ficar acordada até tarde, até ficar sem energia.

Passava um pouco das seis e meia quando, por fim, a campainha tocou. A família morava no segundo andar de um pequeno bloco de apartamentos em Kópavogur, a cidade ao sul de Reykjavik. Era um lugar tranquilo, situado entre Reykjavik e outras cidades da região metropolitana. A maioria dos seus habitantes trabalhava na capital.

A mãe atendeu ao interfone. Enfim, era a babá. Ela apareceu na porta deles um pouco depois, toda ensopada, e explicou que veio caminhando na chuva. Chovia tão forte que parecia que tinham esvaziado um balde de água sobre sua cabeça. Ela se desculpou, envergonhada, por estar tão atrasada.

O casal dispensou suas desculpas, agradeceu-lhe por cuidar da filha e lembrou-a das principais regras da casa. Quando perguntaram se ela sabia mexer em uma videocassete, a menina interrompeu, dizendo que não precisava de ajuda. Claro, ela mal podia esperar que seus pais saíssem para que o festival de filmes começasse.

Apesar do táxi estar aguardando do lado de fora, a mãe não conseguia se separar da filha. Embora o casal saísse uma vez ou outra, ela não estava acostumada a deixá-la. "Não se preocupe", a babá disse. "Vou cuidar bem dela." Ela parecia confiante quando respondeu e, afinal, sempre havia feito um bom trabalho. Finalmente, o casal enfrentou a chuva e foi em direção ao táxi.

À medida que a noite avançava, a mãe começou a se sentir cada vez mais preocupada com a filha.

"Não seja boba", o marido disse. "Aposto que ela está se divertindo horrores." Olhando para o relógio, ele acrescentou: "Ela deve estar no segundo ou terceiro filme. Devem ter acabado com todo o sorvete".

"Você acha que eles me deixariam usar o telefone da recepção?", a esposa perguntou.

"É um pouco tarde para ligar para elas agora, não acha? Espero que estejam dormindo em frente à TV."

Por fim, eles voltaram para casa mais cedo do que o planejado, logo depois das onze da noite. O jantar, composto por três pratos, mal havia terminado, e foi um pouco abaixo do esperado. O prato principal, que era cordeiro, na melhor das hipóteses estava insosso. Após o jantar, as pessoas se amontoaram na pista de dança. O DJ começou tocando clássicos, mas depois passou para sucessos mais recentes, que não eram exatamente o tipo de coisa que o casal curtia. Eles ainda se imaginavam jovens. Não haviam chegado à meia-idade.

Eles voltaram para casa em silêncio, a chuva caindo nas janelas do táxi. Não eram pessoas festeiras; gostavam muito do conforto de casa. A noite os cansara, ainda que só tivessem bebido uma taça de vinho tinto durante o jantar.

Ao saírem do táxi, a esposa comentou que esperava que a filha estivesse dormindo para que ambos pudessem ir direto para a cama.

Por medo de acordar a filha, eles subiram as escadas cuidadosamente e abriram a porta sem tocar a campainha.

No entanto, ela não estava dormindo e foi correndo cumprimentá-los. Atirou os braços em volta deles e os abraçou apertado, o que não era comum. Para a surpresa do casal, a menina estava bem acordada.

"Você está radiante", seu pai disse sorrindo.

"Estou tão feliz que estão em casa", a garotinha disse. Seu olhar estava estranho: havia algo de errado.

A babá surgiu da sala de estar e sorriu para eles.

"Como foi?", a mãe perguntou.

"Muito bem", a babá respondeu. "Sua filha é tão boa menina. Assistimos dois filmes, duas comédias. Ela gostou bastante. Comeu as almôndegas que a senhora preparou e muita pipoca."

"Muito obrigada por vir; não sei o que teríamos feito sem você."

O pai tirou a carteira do paletó, pegou algumas notas e entregou a ela. "Isto está bom?"

Ela contou o dinheiro, então assentiu. "Sim, perfeito."

Depois que a moça saiu, o pai se virou para a filha.

"Você não está cansada, querida?"

"Sim, talvez um pouco. Mas poderíamos assistir só mais um pouco?"

Seu pai balançou a cabeça, dizendo com doçura: "Desculpe, está muito tarde".

"Oh, por favor. Não quero ir para cama agora", disse a garotinha, parecendo estar na iminência do choro.

"Ok, está bem." Ele a levou para a sala de estar. A programação da TV para a noite tinha acabado, então ele ligou o videocassete e inseriu uma nova fita.

O pai se juntou a ela no sofá e esperaram o filme começar.

"Foi uma noite bacana, não foi?"

"Sim... Sim, foi boa", ela disse, não muito convincente.

"Ela foi... boa com você, não foi?"

"Sim", a menina respondeu. "Sim, as duas foram gentis."

Seu pai ficou confuso. "O que você quer dizer com *as duas*?", ele perguntou.

"Havia duas delas."

Virando-se para olhar para a menina, ele perguntou outra vez, gentilmente: "O que você quer dizer com *delas*?"

"Havia duas delas."

"Alguma amiga da babá veio também?"

Houve uma pequena pausa antes de a menina responder. Vendo o temor em seu olhar, ele estremeceu involuntariamente.

"Não. Mas foi um pouco estranho, papai..."

PARTE UM

1987

I

O fim de semana no longínquo noroeste havia sido um impulso repentino, uma maneira de desafiar a escuridão do outono. Depois de terem jogado suas coisas dentro do velho Toyota de Benedikt, eles partiram de Reykjavik em um pico de excitação. Mas a longa viagem, quase sempre por estradas de cascalho irregulares, levou horas, e já era quase noite quando alcançaram a península dos Fiordes Ocidentais. Eles ainda estavam um pouco distantes do vale remoto que era o seu destino, e Benedikt ficava cada vez mais ansioso.

Eles passaram por grandes pântanos, a paisagem sem árvores se estendendo sombria e ameaçadoramente vazia no crepúsculo que se aproximava, e desceram para a costa no braço mais profundo do grande fiorde conhecido como Ísafjardardjúp. Benedikt parou de apertar o volante com força assim que a estrada abraçou a linha costeira baixa, antes de subirem outra vez. Seus dedos voltaram a clarear no momento em que a estrada começou a descer, serpenteando em curvas fechadas até o mar. As montanhas pareciam longas e baixas em ambos os lados, pouco visíveis na escuridão. Não havia nenhum pontinho de luz para ser visto. O fiorde era desabitado, suas fazendas estavam desertas há muito tempo. A população havia fugido da dura vida no campo, alguns para a pequena cidade de Ísafjörður, a 140 quilômetros da costa do fiorde, outros para as luzes brilhantes de Reykjavik, no extremo sudoeste do país.

"Não é tarde demais?", Benedikt perguntou. "Nunca conseguiremos encontrar a cabana no escuro, não é?" Ele insistiu em dirigir, apesar de nunca ter visitado essa parte do país.

"Relaxe", ela disse. "Sei o caminho. Estive aqui muitas vezes durante o verão."

"Durante o *verão*, certo", Benedikt respondeu, focado seriamente em seguir a faixa estreita da estrada ante as suas voltas e reviravoltas imprevisíveis.

"Agora, agora", ela disse, com a voz leve, gargalhando por dentro.

Ele havia esperado tanto tempo por esse momento, admirando esta menina leve e animada de longe e sentindo que, talvez, ela sentisse o mesmo. Porém, nenhum deles tinha se manifestado até umas semanas atrás, quando algo mudou no relacionamento deles e a faísca ateou fogo.

"Agora não estamos muito longe da saída para Heydalur", ela disse.

"Você já morou aqui?"

"Eu? Não. Mas meu pai é dos Fiordes Ocidentais. Ele cresceu em Ísafjörður. A casa de veraneio pertencia à sua família. Costumávamos vir aqui nas férias. É uma espécie de paraíso."

"Eu acredito em você, mas acho que não vou conseguir ver muita coisa nesta noite. Mal posso esperar para sair da escuridão." Ele fez uma pausa e acrescentou, duvidando: "Tem eletricidade, né?".

"Água fria e luz de velas", ela respondeu.

"Sério?", Benedikt resmungou.

"Não, estou brincando. Tem água quente — muita água quente — e eletricidade também."

"Você contou... você contou aos seus pais que viríamos aqui?"

"Não. Não é da conta deles. Mamãe não está em casa, eu faço o que quero. Tudo que disse ao papai foi que não estaria neste final de semana. Meu irmão também está fora, então ele também não sabe."

"Ok. O que eu queria dizer é... é a casa de veraneio deles, não é?" Na verdade, o que ele queria saber era se os pais dela estavam cientes que eles saíam juntos, uma vez que isso claramente indicaria que eles estavam começando um relacionamento. Até agora a coisa toda tinha sido um segredo.

"Sim, claro. É a casa do meu pai, mas sei que ele não está planejando usá-la. E eu tenho uma chave. Será ótimo, Benni. Imagine as estrelas hoje à noite: o céu deve estar desanuviado."

Ele assentiu, mas suas dúvidas sobre o conhecimento do que faziam não saía da cabeça.

"Aqui, vire aqui", ela disse abruptamente. Ele pisou no freio, quase perdendo o controle do carro. Ao entrar em uma estrada ainda mais estreita, pouco mais larga do que uma pista, ele diminuiu a velocidade.

"Você terá que ir mais rápido do que isso ou não estaremos lá até o amanhecer. Não se preocupe, você consegue."

"É que eu não consigo enxergar nada. E não quero acabar com o carro."

Ela riu, e aquele som encantador fez com que se sentisse melhor. Foi a voz dela e a inocência estampada em sua risada que o atraíram. Finalmente, todos os obstáculos haviam sido removidos. Ele tinha uma sensação avassaladora de que era para ser; que isso era apenas o começo, uma amostra do futuro.

"Você comentou algo sobre uma banheira de hidromassagem?", ele perguntou. "Seria ótimo tomar um banho de banheira depois de passar o dia todo chacoalhando nessas estradas. Juro que todos os ossos do meu corpo estão doloridos."

"É... Sim, certo", ela disse.

"*Certo*? O que quer dizer? Há uma banheira de hidromassagem ou não?"

"Você verá..." Essa sensação tentadora de incerteza sempre pairou sobre ela. Era parte de seu charme; ela tinha o dom de fazer com que até o mais comum parecesse misterioso.

"Bem, de qualquer modo, mal posso esperar."

Enfim, eles adentraram no vale onde a casa de veraneio deveria estar. Benedikt ainda não conseguia distinguir nenhuma construção no meio da escuridão, mas ela lhe disse para parar o carro e ambos saíram para o ar frio e fresco.

"Siga-me. Você precisa aprender a ser mais confiante." Rindo, ela pegou delicadamente a sua mão e ele a seguiu. Benedikt sentiu como se estivesse fazendo parte de algum lindo sonho em preto e branco.

Ela parou sem avisar. "Você consegue ouvir o mar?"

Ele balançou a cabeça: "Não".

"Shh! Fique parado e não fale. Apenas escute."

Ele se concentrou e escutou o fraco suspiro das ondas. A coisa toda parecia irreal.

"A costa não está longe. Se quiser, podemos caminhar até lá amanhã."

"Ótimo, eu adoraria."

Um pouco mais adiante, eles tiveram o primeiro vislumbre da casa de veraneio. Apesar da escuridão, ele podia ver que não era nem grande, nem moderna. Parecia uma daquelas cabanas em forma de A dos anos 1970, com telhado inclinado quase até o chão de ambos os lados e janelas de ambos os lados. Ela achou a chave após procurar nos bolsos de sua jaqueta *puffer*, abriu a porta e acendeu a luz, dissipando a escuridão de imediato. Eles entraram em uma sala de estar aconchegante, cheia de móveis antigos que davam ao local um charme rústico. Imediatamente Benedikt sentiu um clima agradável.

Ele iria aproveitar a estada na cabana, nessa aventura de final de semana no meio do nada. A sensação de isolamento era reforçada pelo pensamento de que ninguém sabia que estavam lá; tinham um vale inteiro só para os dois. Era mesmo como um sonho.

A maior parte da cabana era composta pela sala de estar, contudo, havia também uma pequena abertura para a cozinha e banheiro, e uma escada no fundo da sala.

"O que há lá em cima?", ele perguntou. "Um quarto?"

"Sim. Vamos, rápido." Ela subiu a escada em movimentos ágeis e precisos.

Benedikt subiu depois dela. Era um mezanino sob um teto inclinado, mobiliado com colchões, edredons e travesseiros.

"Venha aqui", ela disse, deitando-se em um dos colchões. "Venha aqui." E bastava ela sorrir assim para ele não resistir.

II

Benedikt se achava do lado de fora ao abrigo de um céu estrelado, grelhando hambúrgueres em uma velha churrasqueira a carvão sob a brisa fria do outono. A viagem começou bem e ele estava otimista, pensando no que viria. Embora fosse um legítimo garoto da cidade e tivesse sempre considerado os Fiordes Ocidentais um local frio e inacessível, ficou surpreso em descobrir ser possível se divertir. Claro, ele não poderia ter desejado companhia melhor, mas havia algo sobre o lugar, sobre a solidão. Ele encheu os pulmões com o ar frio e limpo e tentou fechar os olhos e ouvir o barulho do mar outra vez. O perfume de folhas outonais se misturava com o aroma apetitoso subindo da churrasqueira. Ele abriu os olhos. Parado atrás da cabana, só agora lhe ocorreu que a banheira de hidromassagem não estava à vista.

Após terem terminado o jantar na sala de estar, ele perguntou: "Então, onde está a banheira de hidromassagem que você me prometeu? Eu dei a volta na cabana várias vezes e não vi sinal de banheira alguma".

Ela riu maliciosamente. "Não vai demorar muito."

"Você apenas está tentando se esquivar da pergunta."

"De jeito nenhum. Venha comigo."

Ela estava em pé, fora da cabana, antes de Benedikt perceber o que acontecia. Ele correu atrás dela naquela noite de outubro.

"Você vai evocar uma banheira de hidromassagem?"

"Apenas venha comigo. Você está com frio?"

Ele hesitou por um segundo, porque fazia bastante frio, e seu fino suéter não suportava essa temperatura, porém não queria admitir o fato. Lendo sua mente, ela voltou para dentro e surgiu com uma *lopapeysa* grossa de lã. Era cinza, com listras pretas e brancas. "Quer emprestada? É do papai. Eu peguei para trazer junto. É muito grande para mim, mas é quente."

"Não vou vestir o suéter do seu pai. Isso seria estranho."

"Você quem sabe." Ela jogou o suéter para dentro, que caiu no chão da sala de estar, e fechou a porta.

"São cerca de cinco, dez minutos de caminhada vale acima", ela disse, apontando.

"O quê?"

"A piscina aquecida", ela respondeu. "Há uma fonte natural termal fantástica, perfeita para duas pessoas."

A lua cheia havia surgido enquanto eles jantavam, inundando todo o vale com seu brilho frio. Benedikt pensou com seus botões que não queria andar assim, em uma noite escura, já que não havia outras luzes visíveis. Nenhum sinal de habitação humana além da casa de veraneio, agora fora de seu campo de visão. Ainda assim, era uma aventura, e ele estava tão apaixonado por aquela garota que estava determinado a fazer o melhor possível.

Porém, como podia observar, não havia nenhuma piscina aquecida por perto.

"É muito longe?", ele perguntou, incerto. "Você não está de onda comigo, está?"

Ela riu. "Não, claro que não. Veja." Ela apontou para cima, para o vale estreito e ali, nas próprias raízes da montanha, ele vislumbrou uma pequena construção. Ao lado dela, um fio de vapor branco subia em direção ao luar. "Sim, ali. Você consegue ver o abrigo? É ao lado da piscina. É uma cabana velha que as pessoas usam como vestiário."

Eles seguiram em direção à piscina, mas, ao se aproximarem, Benedikt notou que o caminho estava bloqueado por um alagamento. Ele podia ver o brilho do luar na agitação da água.

"Onde está a ponte?", ele perguntou, parando de repente. "Ou teremos que dar a volta?"

"Confie em mim. Conheço este lugar como a palma da minha mão."

Quando chegaram à margem do rio, ela disse: "Não há ponte, mas este é o melhor lugar para atravessar. Você consegue ver as pedras?".

Benedikt assentiu. Ele conseguia ver algumas pedras aparecendo através da superfície e não gostou da aparência delas, tão logo entendeu o que seria preciso.

"É muito fácil. Uma pedra de cada vez e logo você estará do outro lado." Tirando seus sapatos e meias, ela caminhou como se tivesse feito isso a vida toda. Ágil como um gato, pensou Benedikt.

Na realidade, não havia como escapar. Ele tinha muita vergonha em deixá-la perceber sua apreensão, então, seguindo seu exemplo, tirou os sapatos, enfiou as meias dentro deles e os carregou nas mãos. Preparando-se, entrou na água, vacilando e recuando, xingando baixinho, até se sentir entorpecido pelo frio.

"Vamos, acabe logo com isso", ela disse, parecendo inacessível do outro lado.

Ele entrou no rio outra vez, pisou na primeira pedra, depois pulou para a próxima. Quando saltou para a terceira, tropeçou, mas conseguiu encontrar um ponto de apoio e evitar um desastre. Enfim, ele conseguiu atravessar, soltando um suspiro de alívio e tremendo de leve.

Ao olhar para cima, viu que ela havia se despido e estava completamente nua na margem da piscina. "Venha", ela disse, se enfiando na água quente.

Ele não esperou que ela lhe chamasse duas vezes. Tirou a roupa e subiu para se juntar a ela, quase caindo de cara no chão, de tão escorregadias que eram as pedras no fundo.

"Isso é... incrível", ele disse, olhando para o céu, a lua, as estrelas e para a escuridão que os cercava, sentindo-se acolhido pelo vapor da água quente. Então, ele se aproximou da garota.

III

De volta à cabana, depois do passeio até a piscina, os dentes de Benedikt não paravam de bater. Ele não fazia ideia de que horas eram; havia deixado seu relógio em algum lugar do carro e o único relógio na casa de veraneio, afixado na parede da sala de estar, tinha parado. Parecia apropriado que ali, naquela região deserta entre montanhas e o mar, o tempo permanecesse congelado.

"Vamos direto para a cama", ele disse. "Entrar debaixo das cobertas. Estou congelando."

"Ok", ela respondeu. "Rápido. Você sobe primeiro", e o carinho em sua voz o aqueceu um pouco.

Benedikt queria esperar por ela, mas, ao perceber que ela não viria, ele subiu a escada. Estava escuro no mezanino e ele se atrapalhou na busca por um interruptor.

"Não tem luz aqui em cima?"

"Não, seu bobo. Isto é uma casa de veraneio, não um hotel luxuoso", ela respondeu, afetuosamente.

Ele tateou o caminho sob a fraca iluminação proveniente da lua. Eles haviam deixado a roupa de cama no carro, porém Benedikt estava com muito frio para se aventurar lá fora. Ele arrumou os colchões, empurrando dois deles juntos, em seguida se enfiou debaixo do edredom. Um arrepio espalhou-se pelo seu corpo, mas, apesar disso, ele se encheu de expectativas. Na parte inferior da escada estava a garota dos seus sonhos, prestes a subir e juntar-se a ele, e estavam tão sozinhos, a quilômetros do povoado mais próximo. Podiam ser as duas únicas pessoas no mundo.

Logo ele ouviu passos leves. Ela estava subindo a escada, acompanhada, literalmente, por um brilho. Segurava um velho castiçal com ambas as mãos, a chama iluminando seu rosto, dando-lhe um ar misterioso e encantador. A situação era tão irreal que Benedikt estremeceu mais uma vez.

Ela colocou o castiçal no chão com cuidado. Se houvesse um acidente com uma chama nesta velha cabana de madeira, ele pensou nervoso, as consequências seriam trágicas. No entanto, sua atenção foi capturada ao notar que ela estava seminua.

"Uau", ele deixou escapar. Ela era deslumbrante. Então, olhando para o castiçal, ele se sentiu compelido a perguntar: "Não é perigoso deixar um castiçal aqui?".

"Como você acha que as pessoas se viram no campo, Benni? Sério, você é tão cosmopolita."

Ele riu. "Você não vem para baixo do edredom? Não está com frio?"

"Você sabe, eu nunca sinto frio. Não entendo por quê." Ele podia ver o sorriso dela no brilho da vela. Então ela virou-se e desceu a escada, sem explicação.

"Você vai voltar para baixo?"

Ela não respondeu. Ele se aproximou um pouco mais da vela, como se pudesse usar seu calor para afastar o frio de seus ossos. A palavra — "irreal" — voltou a surgir em sua mente. Ou "'transcendental", sim, talvez seja essa a palavra certa. E, ao mesmo tempo, parecia um pouco proibido, o que fazia isso tudo ser mais excitante.

Ela reapareceu quase que imediatamente, desta vez com uma garrafa de vinho tinto e duas taças.

"Isso é f-fantástico", Benedikt estremeceu.

Ela se contorceu debaixo do edredom aproximando-se dele. "Mais aconchegante agora, Benni?"

A sensação era indescritível, escutá-la dizer seu nome, dessa maneira.

"Sim", ele respondeu, inadequadamente.

"Sabe, um de meus antepassados morava perto daqui", ela disse, e, pelo tom, estava claro que havia uma lenda. Ela sempre contava histórias; era uma das coisas que amava nela. Tinha sido tão fácil se apaixonar por ela, fácil demais, e não se arrependia de nada. Não mais.

"As pessoas dizem..." Ela fez uma breve pausa, criando um momento dramático antes de acrescentar: "Não sei se você quer ouvir...".

"Claro que quero."

"As pessoas dizem que o fantasma dele assombra o vale."

"Sim, certo."

"Cabe a você acreditar em mim ou não, Benni, mas é o que dizem. É por isso que nunca, nunca quero passar a noite sozinha aqui." Ela se aconchegou mais perto dele.

"Você já o viu?", ele perguntou, esperando que ela parasse de brincar, porém, ao mesmo tempo, se divertindo com a história. Ele amava escutá-la falar, embora soubesse que nem sempre pudesse levar tudo o que ela falava a sério.

"Não, mas...", ela respondeu. De súbito, algo em sua hesitação o deixou inquieto. "...Eu o senti... escutei... escutei coisas que não consigo explicar."

Ela parecia tão séria que Benedikt ficou preocupado.

"Uma vez, quando eu estive aqui com meu pai — eu era apenas uma garotinha na época e estávamos apenas nós dois aqui —, ele surgiu em algum lugar depois que fui para a cama. Em algum momento, eu acordei para ver se estava sozinha. Era início da primavera, então as noites ainda eram escuras. Eu tentei acender a vela, mas o pavio se recusou a pegar fogo... e então eu ouvi uns barulhos — sabe, Benni? — eu nunca tive tanto medo em minha vida."

Benedikt não disse nada; ele estava a ponto de se arrepender por ter concordado em ouvir sua história.

Ele se virou para olhá-la e, por um momento, pensou ter visto medo genuíno em seus olhos. Ele fechou os dele, tentando afastar o medo. Imagine, cair neste tipo de bobagem.

"Eu não acredito em..." Ele não terminou.

"É porque você não conhece toda a história, Benni", ela disse de forma suave, insinuando, em seu tom de voz, que algo não fora dito.

"Toda a história?", ele repetiu, impotente.

"Ele foi queimado na fogueira. Imagine isso: queimado na fogueira."

"Bobagem. Você está tirando onda comigo?"

"Você acha que eu faria isso? Você nunca leu sobre a caça às bruxas na Islândia?"

"A caça às bruxas? Você quer dizer no século XVII, quando eles queimavam as velhas que faziam magia negra?"

"Velhas? Quase não houve mulheres queimadas aqui; a maioria foram homens. E meu antepassado foi um deles. Pense um pouco, Benni, por um instante tente imaginar como deve ter sido ser queimado em uma fogueira." Ela fez um gesto repentino para enfatizar suas palavras e derrubou o velho castiçal. Benedikt ofegou.

A vela caiu no chão de madeira.

IV

Rapidamente, ela pegou a vela e a colocou de volta no castiçal.

Então ela deu um sorriso. "Isso poderia acabar mal."

"Sim. Pelo amor de Deus, tome cuidado", ele disse, quase sem fôlego por conta do medo.

"E sabe o que mais?", ela continuou, com o mesmo tom de voz suave e sedutor, como se nada tivesse acontecido: "Eu acho que ele era culpado".

"Culpado?"

"Sim, de bruxaria. Não me leve a mal, eu não quero dizer que ele merecia morrer queimado, mas decerto ele estava metido com magia negra. Eu estive pesquisando, sabe, sobre símbolos mágicos e coisas afins. É de fato fascinante."

"Fascinante? Brincar com o oculto?"

"Não, sério, acredito que seja hereditário, está em meus genes."

"O quê? Magia negra?", ele perguntou, não acreditando no que ouvia.

"Sim, magia."

"Você só pode estar brincando."

"Benni, eu não brinco com essas coisas. Eu estive experimentando um pouco. É empolgante." Ela lhe deu um empurrãozinho.

"Experimentando?"

"Sim, lançando feitiços." E, maliciosa, acrescentou: "Como você acha que consegui prendê-lo em minha teia?".

"Ah, fala sério."

"Cabe a você escolher em que acredita."

"Mal posso crer que estou aqui com você."

Ela riu. "Não vamos beber?" A garrafa de vinho e as taças tinham sido esquecidas por conta do incidente com a vela.

"Não vou sair do edredom, ainda estou com muito frio."

"Frio?" Ela acrescentou, provocativa: "Você não está com medo, está?".

Ele não respondeu.

"Sério, você está com medo?"

"Claro que não." Ele chegou mais perto dela, sentindo o calor que irradiava de seu corpo nu.

"Nada irá acontecer enquanto a vela estiver acesa; ele não dará um pio. É só quando está escuro, Benni, só quando está escuro..."

Ela pegou a vela, apagou a chama com os dedos e, virando-se para Benedikt, beijou sua boca com ternura.

V

Para sua surpresa, Benedikt acordou cedo. Ele esperava dormir como uma pedra e acordar tarde, ali, longe do barulho do trânsito e dos despertadores, mas não tinha dormido muito bem. Talvez, tenha sido culpa da historinha antes de dormir sobre magia negra e caça às bruxas. Ou talvez fosse apenas a empolgação em finalmente passar a noite com ela.

Vendo que ela ainda dormia, ele desceu as escadas, vestiu seu suéter, as calças, os sapatos e espiou pela porta. Parecia que seria um lindo dia, com ar gelado, mas ameno. Ele se afastou da cabana, descendo em direção ao mar, observando os arredores sob a pálida luz da manhã. Tinha imaginado o noroeste caracterizado por grandes montanhas em blocos pairando sobre fiordes tão profundos que, no inverno, não podia se ver o sol por meses. No entanto, na parte mais interna de Ísafjardardjúp, a paisagem era mais suave, o vale tinha um gramado com três lados flanqueados por colinas longas e baixas. O que faltava ao cenário em drama era compensado com uma tranquilidade completa, sensação de imensidão e vazio. As únicas cores que a paisagem sem árvores apresentava eram as manchas de plantas de mirtilo e amora silvestre, além das águas azuis calmas do fiorde abaixo.

Demorou mais do que o esperado para chegar à costa. Uma vez lá, ele sentou-se em uma rocha para descansar e contemplou a água. Além da foz do fiorde, a eterna neve branca brilhava na costa de Djúp, um lembrete do quão perto ele se encontrava do Círculo Polar Ártico. Ela havia lhe dito que quase toda a península do norte, de Hornstrandir à Snæfjallaströnd, estava desabitada agora, além de um pequeno punhado de fazendas que ainda permaneciam lá. O pensamento o fez sentir um pouco desolado.

Desejando não ficar longe por muito tempo, caso ela acordasse em sua ausência e perguntasse onde ele estaria, caminhou de volta pela encosta em um ritmo acelerado; foi bom ter esticado as pernas, mas ele desejava retornar ao aconchego.

Porém, ao chegar à cabana e subir os degraus para espiar o mezanino, viu que ela ainda estava derrubada. Ele ficou surpreso com quanto tempo ela conseguia dormir.

Bem, esta era sua primeira chance de levar um café da manhã na cama para sua garota; nada muito chique, apenas pão, queijo e um pouco de suco de laranja.

Ela ficava tão linda dormindo. Ele a cutucou gentilmente, mas ela não reagiu, e se mexeu apenas no momento em que ele se abaixou e sussurrou em seu ouvido que o café da manhã estava pronto.

"Café da manhã?", ela disse, com os olhos entreabertos e bocejando.

"Sim, eu fui até a loja."

"Até a loja?"

"Estou brincando. Fiz um sanduíche para você."

Ela sorriu e sussurrou: "Obrigada, mas ainda prefiro continuar dormindo. Tudo bem se eu o tomar mais tarde?".

"Sim, claro. Você quer descansar mais um pouquinho?"

"Seria ótimo."

Benedikt pensou na paisagem lá fora — o vale deserto o conquistou, apesar de suas reservas iniciais. "Ok, sem problemas. Talvez eu saia para caminhar, depois darei um mergulho na piscina termal."

"Sim, ótima ideia. Faça isso", ela disse, rolando debaixo do edredom. "Sem pressa."

Benedikt saiu sem rumo e pensou que, pela primeira vez em décadas, ele se via de fato sozinho. Ninguém conseguia segurá-lo. Ter a natureza em torno de si exercia um efeito inesperado e emocionante em seu humor. O ar ainda estava muito frio, mas ele vestiu sua jaqueta e logo se aqueceu enquanto caminhava. Seu objetivo final era relaxar na piscina termal, porém, ao chegar ao rio, decidiu continuar caminhando e explorar mais o vale. Seria difícil se perder em plena luz do dia, sobretudo com as montanhas para orientá-lo.

Às vezes era bom ter tempo para si próprio, tempo para refletir. Não restavam dúvidas de que tinha encontrado a mulher certa, por mais difícil que tenha sido chegar a tal ponto. Eles eram tão parecidos, se davam bem de verdade, e ainda possuíam diferenças suficientes para tornar as coisas mais excitantes. Ele nem se importava com suas histórias lúgubres de fantasmas; elas tinham seu charme, embora ele ainda não conseguisse se decidir se acreditava em tudo o que ela dissera ontem à noite. Um ancestral queimado por bruxaria... bem, era possível. Sua espinha formigou com o pensamento. Foi um choque terrível na hora que ela derrubou a vela e ele suspeitou que não tinha sido um acidente, que ela havia feito isso de propósito para — bem — para dar efeito. Ela era imprevisível — você nunca sabia o que faria depois, mas a única coisa que importava agora era que ele estava apaixonado por ela, por seus defeitos e tudo mais; e que finalmente ele a possuía.

O que Benedikt precisava mais do que qualquer coisa era paz e silêncio para pensar sobre o futuro. Seu antigo sonho de estudar Arte havia recém-recebido um impulso quando um amigo de faculdade decidiu se inscrever em uma das melhores escolas de Arte da Holanda. Encorajado por seu exemplo, ele enviara os formulários de inscrição, que estavam agora em sua mesa como um lembrete da decisão que tinha de tomar. Ainda lhe sobrava um pouco de tempo antes do prazo final.

Entretanto, havia várias razões pelas quais ele ainda não havia mergulhado de cabeça nisso. A primeira delas é que, claro, ele estava apaixonado, o que dificultava se concentrar em qualquer outra coisa. No entanto, o curso demoraria mais ou menos um ano para começar, e uma separação temporária decerto não condenaria seu relacionamento. Na verdade, talvez ele pudesse mencionar, em algum momento, a possibilidade de ela se mudar para a Holanda com ele; afinal, ela também era aventureira. Em segundo lugar, havia a questão do dinheiro. Sua família não andava muito bem, então ele não tinha fundos privados a que recorrer, todavia, se poupasse, talvez pudesse sobreviver com um empréstimo estudantil. E tinha seus pais. Ele era filho único, e, uma vez que o tiveram bastante tarde na vida, ambos eram quase sessentões agora. Talvez ele tenha sido influenciado por um sentimento subconsciente de culpa por abandoná-los. Porém, sendo honesto consigo, a verdadeira razão de sua hesitação era o medo de tomar uma decisão pura e simples. Benedikt sempre tomou o caminho da menor resistência na vida, fazendo a faculdade que seus pais escolheram, participando de atividades sociais e esportivas que terceiros esperavam dele e, neste outono, por ser bom em Matemática, ele havia embarcado em um curso de Engenharia, como seus pais. Mas só porque o assunto era fácil para ele, não significava que conseguia invocar o menor entusiasmo para suas aulas.

Este fim de semana, enquanto os outros calouros rachavam de estudar, estressados em acompanhar o curso, Benedikt pretendia esquecer os estudos por um tempo. Ele não conseguia se ver exercendo a profissão e sentia uma agitação interna. O ar puro do campo tinha um estranho efeito estimulante sobre ele; era como se, afinal, pudesse ver, com repentina clareza, que não conseguiria encarar mais uma maldita aula. Melhor deixar números e equações para pessoas que se interessam pelo assunto. Tudo que precisava era encontrar coragem para enfrentar não apenas seus pais, mas sua própria covardia e tomar a decisão que ele sabia ser a certa. Claro, seria um golpe para sua mãe e seu pai se lhes dissesse que largaria a faculdade e iria para a Holanda estudar Arte... O pensamento foi quase engraçado; ele conseguia imaginar a cara deles no instante em que lhes contasse. Contudo, eles sabiam que o filho nunca esteve mais feliz do que quando se trancava na garagem e relaxava com seus pincéis, tintas e telas. Tinha sido assim por anos, e eles tinham sido solidários da maneira deles, até mesmo o encorajando, apesar de que estivessem convictos de que Benedikt deveria estudar algo prático em vez de fazer um curso que não poderia resultar em nada mais do que um *hobby*.

 Ele se lembrava muito bem da vez em que seu professor de Arte havia falado com os pais, após o fim do curso, tentando explicar-lhes como seu filho era talentoso. Sim, eles disseram que estavam totalmente cientes disso. Mas quando seu professor passou a dizer que um menino como Benedikt deveria ser um profissional da pintura, surpreenderam-se, embora tivessem murmurado uma resposta educada. Desde então, Benedikt sabia que cabia a ele escolher seu caminho na vida, e ele sabia qual caminho seria; tudo que lhe faltou foi coragem de tornar seu sonho realidade.

 Sim, talvez fosse mais fácil agora, com ela ao seu lado... Ele ergueu os olhos para as montanhas, com otimismo, e descobriu, para a sua surpresa, que havia caminhado muito mais do que pretendia. Sentia-se feliz, havia tomado uma decisão, o ar estava fresco e revigorante. Benedikt tinha uma intuição de que essa manhã seria significativa, algum tipo de ponto de virada, que moldaria seu futuro de alguma maneira fundamental. Ele estava convencido de que todos nós somos mestres do nosso próprio destino. Tudo que tinha de fazer agora, quando voltasse para casa, era seguir seu coração.

 Ele sentou-se ao pé da montanha para respirar depois de sua caminhada extenuante, mas o frio logo começou a subir pelos seus ossos, exalando pelo chão, perfurando suas roupas. Era melhor continuar se mexendo.

Benedikt não tinha muita pressa, então a deixaria descansar bem. No caminho de volta, ele fazia pequenas pausas para apreciar a paisagem. Desejava tomar um bom e demorado banho na piscina termal, pois seria uma pena perder isso. E também precisava praticar a travessia do rio; ele não atravessaria como um idiota na frente dela no próximo mergulho, uma vez mais demonstrando ser um garoto da cidade sem jeito.

Enquanto caminhava, fantasiava sobre o futuro, imaginando se poderiam se mudar para a Holanda juntos e, se fosse possível, onde eles morariam. Imaginou um pequeno apartamento, uma aconchegante quitinete para estudantes em uma daquelas casas holandesas incrivelmente altas e estreitas perto de um canal. E, após o término de seu curso, eles poderiam, talvez, voltar para a Islândia, de preferência para o centro antigo da cidade de Reykjavik, onde se sentiria em casa.

Seu coração estava voltado para a arte, e agora para ela também.

Após uma intensa caminhada, ele se encontrou de volta à fonte termal. Desta vez, ele conseguiu manter o equilíbrio nas pedras do rio, embora estivessem tão escorregadias e traiçoeiras como na noite anterior. Só quando alcançou a outra margem do rio, que imaginou o que aconteceria se tivesse escorregado e quebrado um tornozelo. Seria improvável que seus gritos de socorro chegassem até a casa de veraneio, e a piscina não podia ser vista de lá.

Ignorando o pensamento, ele arrancou suas roupas e entrou na água fumegante. O contraste com o ar frio do outono era maravilhoso. Sim, ele ficaria sentado ali por um tempo, deixando a água geotérmica envolver seu corpo. A piscina era cercada por lajes planas e rochosas; em uma das extremidades, um cano derramava um fio de água quente. Deitado, ele olhou para as encostas das montanhas sem árvores com seus longos estratos rochosos horizontais marcados com ravina e uma vegetação outonal que brilhava vermelho-ferrugem e amarelo sob o sol baixo. Benedikt estava acostumado com as piscinas geotérmicas em Reykjavik, mas isso é que era piscina: no meio da natureza, pássaros cantando no céu, o som da água corrente. Foi realmente um sonho. Ele esperava que visitas ao local se tornassem frequentes na vida deles.

Benedikt tinha perdido a noção do tempo. Quanto tempo tinha estado fora? Muito, ele temia. Esperava que ela não tivesse acordado e estivesse estressada com ele. Deveria sair da piscina, mas a água parecia estar puxando seus membros, sendo impossível se afastar do calor. Disse a si mesmo que merecia um pouco mais de descanso depois daquela caminhada. Era improvável que ela se perguntasse por onde ele andava.

Por fim, levantou-se, devagar, tomando cuidado para não escorregar no fundo viscoso da piscina ou se cortar nas pedras afiadas. Como não teve a presença de espírito de trazer uma toalha, precisou se enxugar, o melhor que pôde, com suas roupas. Depois, vestiu-se com as roupas úmidas, tremendo, com um pouco de receio de estragar a viagem caso contraísse um resfriado. Logo após, encarou o desafio de pisar nas pedras novamente, tenso, mas impulsionado pela excitação de voltar para a cabana e para ela, seu verdadeiro amor.

VI

Hulda Hermannsdóttir ergueu os olhos de sua mesa ao escutar uma batida na porta. Nessa hora do dia, quando a maioria de seus colegas já havia ido para casa, ela permanecia, como sempre, imersa na elaboração de relatórios. Tinha o costume de ficar até mais tarde, ainda que, tendo concordado com horas extras fixas, não ganhasse nenhuma quantia a mais por sua diligência. No entanto, para ela, o que importava era desempenhar suas funções da melhor maneira possível; era competitiva, sentia-se motivada em executar suas tarefas melhor do que as outras pessoas e nunca tomou nada como garantido. Ser detetive era um bom emprego, ela sabia, a despeito de o salário ser péssimo, e ansiava conquistar o próximo nível do Departamento de Investigações Criminosas, o DIC, ciente de que isso abriria novas oportunidades.

Hulda não conseguia se esquecer de como a vida tinha sido difícil, não apenas para ela e sua mãe, mas também para os seus avós, com quem morou. Todos tiveram que poupar cada centavo enquanto ela crescia, e essa necessidade impactou a vida deles, de uma maneira ou de outra. Sua mãe e seu avô haviam trabalhado em uma série de empregos mal remunerados, enquanto sua avó havia sido dona de casa. Dessa maneira, desde a infância, Hulda nutrira uma ambição secreta de escapar da armadilha da pobreza quando crescesse. E, para alcançar seu objetivo, estudar era essencial. Desafiando toda a pressão colocada sobre ela para ir direto trabalhar e começar a pagar suas contas, continuou na escola e passou nos exames finais com sucesso, sendo uma das poucas garotas da sua turma. Até aquele momento, ela era a única pessoa formada de sua família. Por um tempo, ela fantasiou ir para a faculdade, mas seus avós bateram o pé, dizendo a Hulda que era hora de ela sair de casa e começar a se sustentar sozinha. Sem muita convicção, sua mãe se opôs. Talvez ela estivesse satisfeita com o que a filha já havia conquistado, afinal, passar nos exames finais da escola não era irrelevante. Em parte por acaso, em parte devido à teimosia, o caminho de Hulda logo a conduziu em direção à força policial. Ela olhava anúncios de emprego com um amigo da escola quando acharam uma vaga temporária de verão para o cargo de "policial". Seu amigo comentou que deveria esquecer o assunto, já que não era um trabalho adequado para mulheres. Isso levou Hulda a discordar, argumentando que tinha as mesmas chances que qualquer outra pessoa de conseguir o emprego. Para provar seu ponto de vista, ela se candidatou e conseguiu. O trabalho temporário a levou a uma posição permanente — várias vagas foram abertas enquanto ela estava lá, o que dificultou desconsiderarem sua candidatura. Ela concluiu o seu treinamento no escritório do comissário em Reykjavik, passou para as investigações criminais e acabou como detetive do DIC. O seu chefe, Snorri, era um detetive da velha guarda, firme e quieto, com aversão à tecnologia, e era ele quem batia à porta.

"Hulda, posso dar uma palavrinha?", perguntou, com educação. Ele sempre foi um pouco rígido, não muito amigável por natureza, mas, por outro lado, nunca levantou a voz para ela, como fez com alguns dos outros subalternos. Ela achou que sabia por quê: era porque ele a via como uma mulher, não como uma colega de trabalho, e simplesmente não a levava a sério o suficiente.

"Sim, claro. Entre. Na verdade, eu estou pronta para sair." Ela olhou ao redor, examinando sua mesa e desejando ter saído horas atrás. Havia pilhas de papéis, relatórios, documentos, informações que Hulda passou muito tempo analisando. Havia apenas dois itens pessoais, uma foto de Dimma e uma de Jón. A última tinha sido tirada há alguns anos, quando ela e Jón se conheceram. Ele tinha cabelos compridos, vestia roupas dos anos 1970 em cores berrantes, antiquadas à beça. Este era o Jón dos velhos tempos, bem diferente do empresário preocupado de 1987. Ambas as fotos ficavam de frente para ela, ao invés de estarem visíveis para os visitantes.

Em vez de se sentar, Snorri permaneceu em pé, permitindo que um silêncio se desenvolvesse, como se estivesse dando uma chance para ela terminar o que fazia.

"Eu só queria verificar se você — e seu marido, claro — irão à minha casa antes da comemoração na sexta-feira?" Como era de costume, Snorri havia convidado sua equipe para tomar uns drinques em sua casa antes da festa anual da polícia. Embora Hulda achasse esse evento terrivelmente monótono, ela, para agradar o chefe, comparecia todos os anos, arrastando Jón com ela, que sempre ficava em um canto, sem sequer tentar socializar. Ela desejava que ele fosse um pouco mais otimista em relação ao seu trabalho e se esforçasse mais para conhecer os seus colegas.

"Sim, claro", Hulda disse. "Eu não confirmei presença? Desculpe, eu devo ter esquecido." Ela percebeu que essa era uma boa oportunidade para falar com Snorri sobre algo que estava em sua mente. "A propósito..."

"Sim, Hulda?"

"Eu soube que Emil se aposentará em breve..."

"Sim, correto. Ele está seguindo em frente. Mas, deixará um grande vazio."

Ela hesitou, procurando as palavras certas. "Estou pensando em me colocar à disposição para a vaga dele."

Snorri parecia desconcertado. Era óbvio que ele não esperava por aquilo.

"Ah, você está?", ele murmurou. "Tem certeza, Hulda?"

"Acho que tenho muito a contribuir — conheço o trabalho, tenho experiência."

"Claro, claro. Apesar de você ainda ser muito jovem. Mas sim, certamente é experiente e confiável, não há como negar isso."

"Na verdade, estou com quase 40 anos."

"Ah, certo. Bem, isso ainda é ser jovem aos meus olhos, Hulda, e... bem..."

"Pretendo me candidatar quando a vaga abrir. Em última análise, não é você quem decide quem ficará com a vaga?"

"Bem, é, sim, eu suponho... tecnicamente."

"Posso contar com seu apoio, não posso? Nenhum dos outros oficiais de sua equipe estão com você há tanto tempo quanto eu..." Ela gostaria de ter dito: *são tão bons quanto eu.*

"Bem... lógico, Hulda." Depois de uma pequena e estranha pausa, ele acrescentou: "Presumo que Lýdur tenha a intenção de se candidatar também".

"Lýdur?" Ainda que seus caminhos não se cruzassem com muita frequência, Hulda não se preocupava muito com esse homem. Ele era grosseiro e podia ser rude, embora apresentasse resultados. Ainda assim, Hulda tinha mais experiência, então com certeza ele não poderia representar grande ameaça.

"Sim, ele está muito entusiasmado", Snorri disse. "Ele já falou comigo sobre o trabalho e... compartilhou suas opiniões sobre o que poderia ser feito melhor e como lidaria com as responsabilidades."

"Mas ele acabou de ingressar no departamento."

"Não é bem assim. E o tempo de serviço não é tudo."

"O que você está dizendo? Que eu não deveria me candidatar?"

"Claro que você pode se candidatar, Hulda", Snorri respondeu, parecendo desconfortável. "Mas, cá entre nós, tenho um pressentimento de que Lýdur conseguirá a vaga." Ele deu um sorriso amarelo e saiu. E Hulda sabia que isso iria acontecer.

VII

"Que perda de tempo vir até aqui por conta de uma garota boba." O inspetor Andrés, da polícia de Ísafjörður, comentou com o jovem ao seu lado, um policial novato em seu primeiro ano na polícia.

Andrés perdeu as contas de há quantos anos trabalhava nisso. Hoje em dia, tudo parecia irritá-lo, e o telefonema da mulher de Reykjavik não tinha sido exceção. Ela procurava por sua filha — sua filha adulta, veja bem; a menina tinha 20 anos. Andrés falou com a mulher com descaso, dizendo-lhe, sem rodeios, que não entendia como era possível perder um adulto. Ela permaneceu educada diante de sua grosseria, explicando pacientemente que não sabia da filha havia alguns dias, o que não era de seu feitio. A família possuía uma casa de veraneio em um lugar chamado Heydalur, em Mjóifjörður, a uma hora ou duas de carro de Ísafjörður, e a garota tinha uma chave da propriedade. A mãe se questionava se, por acaso, alguém da polícia de Ísafjörður poderia dirigir até o vale e verificar se havia sinais de vida na casa.

Andrés, sem se deixar levar, respondera que não era trabalho da polícia realizar tarefas para as pessoas e acrescentou, a contragosto, que supunha que poderia dar uma passada na casa mais tarde, uma vez que, de qualquer maneira, iria naquela direção. Isso não era verdade, mas o dia andava lento, e ele pensou que poderia muito bem dar um passeio com o novo recruta, em vez de ficar sentado olhando a mosca passear na delegacia. Entretanto, ele fez questão de resmungar durante todo o caminho. O mau tempo apenas lhe deu mais uma desculpa para reclamar.

"Uma total perda de tempo", Andrés repetiu.

O novato murmurou alguma resposta. Ele não falava muito. Afinal, sempre que abria a boca, Andrés ficava possesso e zombava de sua inexperiência.

Ninguém estava autorizado a esquecer que Andrés era o único com poder e experiência na polícia. Por isso, ele não cansava de se gabar. O que o recruta não sabia era que Andrés tinha perdido suas economias e arrumado algumas dívidas por conta de uma sociedade de cultivo de pele de *visons* que o deixou nas mãos de um agiota. Atualmente, uma parcela significativa de seu salário era destinada ao pagamento desse pilantra.

Após percorrer a tortuosa estrada costeira e de passar por seis fiordes, finalmente chegaram ao vale. Andrés, então, dirigiu até o fim da estrada, mas ainda não havia sinal de construção alguma. Resmungando e reclamando, ele saiu do carro, ordenando ao novato que permanecesse onde estava, e continuou a pé, castigado pelo vento e pela chuva, até surgir a casa de veraneio.

"Tem que ser esta", ele murmurou baixinho.

Ele estava cansado do clima e da vida monótona do noroeste islandês. O verão havia sido muito breve e frio e o outono já havia chegado. Um antigo colega de escola passava os piores meses de inverno na Espanha, um luxo com o qual ele só podia sonhar. Em vez disso, seus dias eram gastos em idas e vindas, dirigindo em meio aos incontáveis fiordes de seu trajeto, lidando com ocorrências sem sentido, como a atual. Se a garota quisesse fugir disso tudo e passar uns dias em um vale isolado nos Fiordes Ocidentais, quem poderia culpá-la?

A cabana era uma daquelas de estilo antigo em forma de A, sem janelas nas laterais, apenas com uma janela na frente e, presumidamente, outra atrás. Andrés caminhou até a construção, ignorando o vento forte e a chuva; ele estava acostumado com o pior. Bateu na porta e esperou, mas não houve resposta. Pensando bem, ele não havia visto um carro estacionado em nenhum lugar do vale, então era quase certeza de que não havia ninguém ali. Ele bateu de novo.

Ainda sem resposta, ele espiou pela janela, não querendo desistir logo de cara. O vidro era velho e embaçado, o que tornava tudo mais difícil, porém, Andrés já havia decidido que não havia ninguém lá dentro. Desde o início ele soube que isso era uma busca sem sentido, mas se arrastara até o local, talvez apenas para que ele tivesse algo do que reclamar nas próximas semanas, contando histórias sobre como o pessoal da cidade era um pé no saco. Foi então que ele viu, ou pensou ter visto, uma silhueta.

Ele estava vendo coisas, ou havia um corpo deitado no chão?

Ele mal podia acreditar, mas não havia nada de errado com sua visão.

"Cristo."

Seria preciso entrar na propriedade para ver de perto. Ele ponderou entre quebrar o vidro ou forçar a porta. A primeira opção era a melhor; a segunda levaria muito tempo. Então, ocorreu-lhe tentar a maçaneta, e, assim que a porta foi aberta, foi liberado um fedor que o fez cambalear para trás.

"Que diabos?"

Andrés correu em direção ao carro e acenou para que o recruta saísse e viesse até ele.

"Você precisa esperar aqui fora", ele lhe disse. "Eu vou entrar."

"O que... que cheiro é esse?" O garoto perguntou, em choque, quando chegaram à cabana.

"Esse, meu rapaz, é o cheiro da morte."

VIII

Andrés, mesmo sendo um veterano, ficou abalado com a cena que os recebeu, porque nunca se acostuma com algo do tipo.

No chão, havia o corpo de uma menina. Seus olhos abertos exprimiam terror. Havia uma poça escura de sangue seco sob sua cabeça.

A suposição imediata de Andrés foi que ela deveria ter caído para trás ou foi empurrada por alguém. Ele estremeceu com o pensamento e apenas esperava que o final dela tivesse sido rápido e indolor. Pela descrição que a mãe havia dado, ele, com pesar, presumiu que era sua filha desaparecida. Pediu a Deus que a tarefa de dar a notícia para a mãe fosse confiada a outra pessoa.

Sua atenção foi distraída por um barulho repentino do lado de fora. Olhando em volta, viu que o recruta vomitava suas entranhas. Andrés segurou a vontade de esbravejar com ele, mas não era o momento e de nada ajudaria. A garota, obviamente, estava morta, mas, por força do hábito, ele se abaixou para checar seu pulso e, ao fazê-lo, descobriu que seu corpo já estava frio. A pobrezinha devia estar deitada ali há dias.

O que diabos aconteceu?

Foi um acidente? A ausência de um carro o deixou confuso. Como ela poderia ter chegado até ali sem um? Logicamente, deveria ter outra pessoa com ela. No entanto, caso houvesse alguém, por que não havia reportado a morte dela? Sua mente lhe apresentou outra possibilidade — assassinato. Em sua área? Sem dúvida isso era impensável.

Ele sabia que teria pouco a dizer na investigação. Pensando bem, foi melhor assim, dado que ele não tinha experiência alguma em investigações de assassinatos. Por anos, não houve um assassinato nessa parte do país e, para ser honesto, não poderia pensar em muitos na Islândia ao longo de toda uma década. Mas Andrés, pelo menos, sabia que deveria ser cuidadoso para não destruir nenhuma evidência.

Então, outra vez pensou que talvez pudesse ter sido um acidente. Só que Andrés teve um pressentimento desconfortável de que um crime terrível havia sido cometido ali.

IX

Veturlidi acordou cedo depois de uma noite agitada. Eram apenas seis da manhã e a casa estava em silêncio. A fronteira entre sono e vigília era indistinta naqueles dias; parecia haver uma névoa em toda parte, transformando o dia em noite e a noite em dia. Outubro estava passando e parecia que lá fora ficaria escuro para sempre, embora o clima estivesse excepcionalmente bom para aquela época do ano.

Ele e sua esposa, Vera, moravam em um dúplex em Kópavogur, uma cidade suburbana ao sul de Reykjavik. Era uma espécie de mistura mal definida entre uma casa geminada e um bloco de apartamentos. "Um lugar ideal", foi o veredito de Vera ao comprarem o imóvel, "com muito espaço para a família". Era espaçosa, verdade, composta por dois andares, um porão e uma boa varanda virada para o sul, com um jardim comunitário e área de lazer nos fundos.

Veturlidi trabalhava para uma pequena empresa de contabilidade, no entanto, estava de licença. Ao acordar, não teve certeza de qual era o dia da semana. Quarta ou quinta-feira, ele pensou. Eles não se preocuparam em acertar seus despertadores, uma vez que Vera, funcionária de um banco, também havia tirado licença.

Ele poderia ter dormido mais, pelo menos até que seu filho acordasse para ir à faculdade. Tinha sido oferecido ao garoto mais tempo de férias, porém, determinado a se manter ativo, ele tinha voltado depois de apenas uma semana. Seus pais tentaram dissuadi-lo, mas foi inútil; o menino sempre seguiu seu próprio caminho. Ele era autossuficiente e obstinado, e brilhante também. Um dia, o filho seria alguém importante. Com isso, ambos concordavam.

Veturlidi fechou os olhos, disposto a novamente adormecer, porém teve medo dos sonhos que o aguardavam. Ele se sentia permanentemente exausto. Um sono sem sonhos seria a maior dádiva com que poderia ser contemplado. Ficou quieto por um tempo, o que foi em vão, pois já havia acordado. Ele precisava se ocupar com algo ou seus pensamentos iriam enlouquecê-lo, levando-o a lugares que não queria ir, não agora.

Ele se sentou com cautela e saiu da cama, fazendo o possível para não acordar Vera. Por sorte, ela estava dormindo. O colchão rangeu de leve enquanto ele se levantava. Ela se mexeu, mas, para seu alívio, não acordou.

Ocorreu-lhe descer para a cozinha e preparar um café, mas, pensando bem, ele não queria fazer muito barulho. Andando nas pontas dos pés pelo corredor, foi olhar seu filho. Como sempre, o garoto havia fechado a porta.

Veturlidi a abriu com cautela e olhou em volta, apenas para confirmar que estava tudo bem. Sim, lá estava ele, dormindo em um sono profundo. Sorrindo, Veturlidi fechou a porta. Claro que suas preocupações foram desnecessárias, mas sua vida, agora, era essa, em permanente ansiedade.

Deus, ele precisava de um pouco de cafeína para entrar em ação. Mais do que qualquer coisa, ele ansiava por uma gota de algo mais forte. Era surpreendente que ele ainda não tivesse sucumbido à tentação. Devia ser um sinal de alguma força interior que não sabia possuir. O álcool começou a fazer parte de sua vida na escola, mas ele sempre conseguiu se controlar, ou assim acreditava. Então, ele conheceu Vera. Embora não consumisse bebidas alcoólicas, Vera nunca se opôs a que ele bebesse socialmente, e, ao longo dos anos, esses momentos se multiplicaram. Por fim, seu hábito começou a impactar seu trabalho de forma negativa e, mais de uma vez, ele chegou perto de perder o emprego. Ele tentou esconder o fato de Vera, porém, claro, ela percebeu. Em vez de controlar a situação e largar a bebida, ele apenas reduziu a ingestão.

Era inevitável que, mais cedo ou mais tarde, ele traria o problema para casa. Sempre que tinha oportunidade, bebia escondido. Era um jogo perigoso que só podia terminar mal. Dentro de alguns meses, o álcool tornou-se uma parte tão importante da vida de Veturlidi que sua família foi empurrada para segundo plano, e isso causou todo tipo de transtornos, ameaçando inclusive seu casamento. Sem nenhum constrangimento, ele bebia na frente de sua esposa e filhos e, algumas vezes, perdia a paciência; embora nunca tivesse sido violento, chegou bem perto disso. A essa altura, ele já havia ultrapassado todos os limites, e Vera lhe deu um ultimato: ir para a reabilitação ou se mudar. A escolha tinha sido direta e dolorosa: nunca houve dúvidas em permitir que o álcool destruísse seu casamento, então, claro, ele escolheu procurar ajuda. Contudo, eliminar o álcool de sua corrente sanguínea e, ao mesmo tempo, cumprir o desejo de sua alma foi o desafio mais difícil que já havia enfrentado. Para piorar as coisas, Vera sentia vergonha da situação. Ela não contou aos amigos sobre o centro de reabilitação; as aparências tinham que ser mantidas a todo custo. Os vizinhos, entretanto, não podiam deixar de ouvir os gritos. Algumas vezes, quando Veturlidi chegava em casa tarde da noite, depois da farra, ele sentia como se olhos curiosos o observassem pelas janelas escuras. Em sua paranoia, imaginava o sussurro por trás das cortinas contraídas, como se os moradores falassem sobre o vizinho bêbado e quão ruim isso deveria ser para sua família.

Na verdade, não era só paranoia; sabia, com certeza, que circulavam rumores enquanto ele se tratava na clínica de reabilitação. Algumas pessoas tinham adivinhado corretamente o motivo de sua ausência, e as fofocas, não raro, giravam em torno dele e de Vera. Farto de todos os subterfúgios, Veturlidi perguntou à sua esposa se não podiam apenas dizer-lhes a verdade. Ela o encarou como se ele fosse um louco. O que importava, mais do que tudo, era manter uma fachada impecável para o mundo exterior.

O dia em que ele enfim voltou para casa sóbrio foi um enorme alívio. Sua família lhe deu uma recepção calorosa. Era como se Vera fosse outra pessoa, como se um fardo tivesse sido tirado de seus ombros. E Veturlidi descobriu que, com o passar do tempo, conseguia ficar sóbrio. Então, por fim, ele começou a se perguntar se poderia se permitir um drinque — com moderação, claro, em momentos em que ninguém estivesse lá para ver.

Ele ponderou sobre a ideia por algum tempo antes de colocá-la em ação. Escolheu um final de semana em que ficou com a casa só para ele.

Veturlidi ainda não havia sido descoberto: era cuidadoso, bebia apenas aos fins de semana, em casa, quando o restante da família saía, ou em outro lugar, se pudesse ficar fora, sozinho, por um final de semana inteiro sem levantar suspeitas. Algumas vezes, essas viagens poderiam ser explicadas, em parte, por estarem ligadas ao trabalho; outras vezes, ele inventava mentiras inocentes a fim de conseguir uma desculpa para sair da cidade. Ele não conseguia fazer isso com frequência, pois era crucial que Vera não suspeitasse de nada. Nas ocasiões em que queria se ausentar, ele, quase sempre, se dirigia aos Fiordes Ocidentais, para a casa de veraneio que possuíam no meio do nada, com apenas uma garrafa como companhia. Ou garrafas. Ele havia escondido várias com grande engenhosidade ao redor da propriedade, em caso de emergência.

Ele justificou a mentira para si mesmo, embora estivesse ciente da contradição, racionalizando que seu próprio sucesso era prova de que tinha seu hábito sob controle e que, desta forma, podia continuar. Uma vez que tinha esse nível de controle, ele não era um alcoólatra.

Naquela manhã, ele precisava de uma bebida forte. Contudo, era preciso resistir e esperar pela oportunidade certa. Não conseguia sequer preparar um café de manhã cedo sem arriscar acordar a mulher e o filho.

Veturlidi desceu as escadas até a sala de estar, quase que na ponta dos pés. A sala estava limpa e arrumada e, curiosamente, tranquila, como se nada tivesse acontecido, como se o mundo inteiro deles não houvesse desabado.

Prometia ser um lindo dia de outono. Veturlidi abriu a porta da sacada e espiou para fora, de pijamas, respirando o ar fresco da manhã. A vizinhança estava toda quieta a essa hora da manhã. Nenhuma alma viva. Quase não havia carros, exceto por, talvez, um leve zumbido de tráfego a distância. Ele ficou lá por um tempo, alheio ao frio e sentindo uma certa paz, uma tão desejada serenidade, apenas ouvindo o silêncio e olhando a escuridão, sozinho no mundo.

Depois, ele subiu as escadas, disposto a deitar novamente e tentar voltar a dormir. Ele mal tinha entrado no quarto e deitado quando, sem aviso, o silêncio foi quebrado.

Veturlidi, com o coração batendo forte, saltou da cama outra vez.

Era a campainha de casa? A essa hora da manhã?

Ele congelou por um instante, esperando, apreensivo, que estivesse ouvindo coisas.

De novo, a campainha soou, dessa vez, por mais tempo. Não havia engano; tinha alguém à porta. Veturlidi correu escada abaixo, mas a ação pareceu levar um tempo estranhamente longo, como se estivesse se movendo em câmera lenta. E, agora, alguém de fato batia na porta. Veturlidi sentiu seu coração disparar. O que diabos estava acontecendo?

Ele havia chegado à porta e estava prestes a abri-la quando ouviu um barulho atrás dele.

Olhando em volta, viu Vera parada de camisola no topo da escada, meio adormecida.

"O que está acontecendo, Veturlidi?", perguntou ansiosa. "É alguém batendo na porta? Está tão cedo. O que... alguma coisa aconteceu?" Sua voz tremia. "Está tudo bem com... com...?"

Veturlidi respondeu rapidamente: "Sim, amor. Ele está bem. Ele está na cama, dormindo como um bebê. Não sei quem está fazendo esse barulho, mas vou descobrir".

Houve outra rodada de batidas, ainda mais altas do que as anteriores.

Veturlidi, então, abriu a porta.

X

Lá fora, Veturlidi viu dois homens à paisana, os quais de imediato reconheceu como os detetives que investigavam a morte de sua filha. Ele sentiu uma sensação avassaladora de pavor, pois não teriam vindo tão cedo se tivessem boas notícias.

Ele se sentiu um idiota de pijamas, incapaz de falar por um momento, então limpou a garganta e resmungou um *olá*.

Quando olhou para trás, Vera ainda estava parada no mesmo lugar, como se relutasse em se aproximar.

"Bom dia, Veturlidi", disse o mais velho, que deveria ter trinta e poucos anos. Lýdur — era esse o seu nome. "Podemos entrar um minuto?"

Veturlidi deu um passo para o lado e os detetives entraram no *hall*, mas não parecia que iriam mais longe.

"Vocês gostariam de... vir até a sala?", Veturlidi perguntou timidamente. "Poderíamos fazer um café..."

"Não, obrigado", Lýdur disse, então acrescentou, dirigindo-se à Vera: "Pedimos desculpas por incomodar tão cedo. E sentimos muito por... é...".

Desta vez, foi ele quem buscou as palavras.

Nesse momento, Veturlidi ouviu outro som no andar de cima. Olhando para lá, viu seu filho aparecer ao lado da mãe no topo da escada, sonolento e descabelado, usando nada mais que cuecas.

"O que está acontecendo?", o garoto perguntou à Vera. "Mãe? O que eles estão fazendo aqui?"

Ela não respondeu. "Pai?" Ele se virou para Veturlidi, com o rosto cheio de apreensão.

"Preciso que nos acompanhe", Lýdur disse, após um silêncio embaraçoso.

Veturlidi, que ainda estava observando sua esposa e filho, levou um tempo para perceber que falavam com ele.

Ao se virar, Veturlidi perguntou:

"Quem?"

"Você. Estou falando com o senhor, Veturlidi."

"Comigo? Você quer que eu vá com vocês? Agora? Você sabe que horas são?" Ele tentou permanecer calmo.

"Sim, você precisa vir conosco. Estamos cientes de que é cedo, mas é urgente."

"O que quer dizer? Por quê?"

"Receio não poder discutir o assunto aqui."

O detetive mais jovem ficou um pouco para trás, sem dizer nada.

"Eu... eu..." Veturlidi se debateu, sem saber como reagir. Ele não conseguia entender o que estava acontecendo.

"Vamos lá, não vamos prolongar isso", Lýdur disse em tom categórico.

"Eu... me dê apenas um minuto. Apenas nos dê um tempo para acordar adequadamente e levar nosso filho para a escola."

"Desculpe-me, mas você terá que nos acompanhar agora."

"Eu devo... eu tenho escolha?"

"Receio que não. Estamos aqui para prendê-lo."

"Me prender? Você está louco? Ele levantou o tom de voz, surpreendendo-se. "Me prender?", ele repetiu, agora gritando. Suas palavras ecoavam na manhã silenciosa.

Ele podia ouvir Vera chorando. Virando a cabeça, reparou o olhar de horror em seu rosto, lágrimas escorrendo pelas suas bochechas. "Veturlidi..." Ela ofegou. "Veturlidi?"

"Você está prendendo meu pai?", o garoto interrompeu em voz alta.

"Bem..." O detetive hesitou, aparentemente inseguro em como explicar o fato ao rapaz. "Seu pai precisa vir conosco para que possamos ouvir seu depoimento. É isso." No entanto, era óbvio que havia mais do que isso.

"Tudo ficará bem", Veturlidi disse, com o olhar oscilando entre o filho e a esposa enquanto falava. "Tudo ficará bem." Ele não acreditava no que dizia, porém tinha que tentar, pelo bem deles.

"Não, vocês não podem levá-lo!", o garoto gritou, embora ainda estivesse indeciso, cansado e confuso.

"Está tudo bem, filho, está tudo bem", Veturlidi o tranquilizou, então olhou para os policiais. Apelando para o policial mais jovem, disse: "Posso me vestir? Não posso ir de pijamas."

O detetive olhou para seu colega mais velho, que respondeu por ele, colocando uma mão pesada sobre o ombro de Veturlidi. "Não, receio que não pode. Você virá conosco agora mesmo. Suas roupas serão levadas mais tarde. Há policiais lá fora, aguardando para revistar sua casa enquanto estivermos na delegacia."

"Revistar... revistar nossa casa?" Por um momento terrível, Veturlidi pensou que fosse desmaiar. Fechando os olhos, respirou profundamente e tentou se acalmar. Ele precisava ficar em pé, permanecer forte em frente à família.

"Vocês não vão levá-lo a lugar nenhum!", Vera gritou, tarde demais, emergindo de seu estado de congelamento e invadindo o andar de baixo. Quando o oficial mais jovem bloqueou sua passagem, ela tentou empurrá-lo.

"Acalme-se, querida", disse Veturlidi. "Isso apenas dificultará as coisas."

Seu filho a seguiu escada abaixo e se enfiou na frente do jovem detetive. "Deixe-o em paz! Deixe meu pai em paz!"

A porta de entrada ainda estava aberta. Escoltado por Lýdur, Veturlidi desceu os degraus de fora, na manhã escura, vendo que havia duas viaturas estacionadas em frente à casa. Ele desceu os degraus com Lýdur segurando seu braço com força, o que, a seu ver, era desnecessário. De fato esperava que um homem de família fugisse de pijamas? A humilhação de Veturlidi era completa.

"Pai!", ele ouviu seu filho gritar. Quando chegou ao carro de polícia, olhou para trás e viu o garoto descendo os degraus correndo, usando apenas cuecas, apesar do frio. "Solte-o! Pai!" Ele fazia um barulho tão intenso que podia imaginar todas as cortinas das casas da rua se abrindo. A paz havia sido quebrada, tanto na vizinhança quanto em sua família. Ninguém que testemunhasse a imagem de Veturlidi sendo arrastado para fora de casa pela polícia ao raiar do dia, vestindo apenas pijamas enquanto seu filho gritava o mais alto que podia, esqueceria.

As pessoas seriam obrigadas a perguntar: o que exatamente o homem havia feito?

E ele sabia que, rápido, a maioria tiraria suas próprias conclusões.

XI

O humor de Veturlidi oscilou entre esperança e desespero. Ele se sentou no chão da cela apertada com os olhos fechados, incapaz de compreender a confusão em que se metera. As últimas semanas devem ter sido algum tipo de pesadelo; sem dúvida, seria apenas uma questão de tempo até ele acordar, encharcado de suor, encontrando-se seguro em casa, na cama, ao lado de Vera. E tudo voltaria a ser como era antes.

Deixou sua mente vagar pelos reinos da impossibilidade, em parte para criar uma ilusão de que tempos melhores viriam, em parte para se atormentar com o que nunca poderia ser desfeito.

Ele passara muito tempo se preocupando com Vera. A polícia havia prendido seu marido à força na sua frente e na de seu filho. O que, em nome de Deus, ela deve estar pensando? Que aquilo foi um erro — aquilo deve ter sido um erro — porque a alternativa seria insuportável; de modo nenhum poderia ser verdade. Ou ela chegou a uma conclusão diferente, mais sombria? Veturlidi não podia deixar sua mente ir para esse lugar.

Ele não fazia ideia de há quanto tempo estava trancado ali. Confiscaram seu relógio, por isso tinha perdido completamente a noção do tempo. A manhã deve estar bem avançada. As pessoas estariam trabalhando agora... Mais uma vez, seus pensamentos se desviaram para os vizinhos. Pelo amor de Deus, como se o que eles pensavam importasse agora. Ainda assim, sentiu que importava. Moravam na região há dez anos; a reputação deles, a impressão que as outras pessoas tinham, era importante. A opinião das outras pessoas — neste caso, a dos vizinhos, embora mal os conhecesse pelo nome — era como um espelho e, quando olhava para aquele espelho, ele queria gostar do que via. Queria ser capaz de manter a cabeça erguida. Entretanto, depois do que houve, nunca mais ele e a esposa seriam capazes de se comprazer com a própria imagem. Toda a família carregaria o fardo de sua vergonha.

Veturlidi tentou não deixar o confinamento lhe atrapalhar, sabendo que, se o fizesse, o jogo estaria acabado, poderia muito bem entregar os pontos. Ele não era naturalmente propenso à claustrofobia e não tinha problema com espaços estreitos, o que foi sorte, pois estava confinado entre quatro paredes, sem janelas e uma porta trancada. Largado à mercê do sistema de justiça. Não, ele tinha que manter sua cabeça no lugar e se agarrar à esperança de que, mais cedo ou mais tarde, seria solto.

Perguntaram a ele se queria um advogado. Sua resposta imediata foi que não conhecia nenhum e que nunca tivera um; que não fazia ideia para quem deveria ligar. Disseram-lhe que isso não importava: poderiam nomear um advogado para ele; não precisaria se preocupar com quem escolher. Veturlidi considerou a oferta por um tempo, até perceber que o oferecimento, talvez, não passasse de uma armadilha: se ele optasse pelo advogado, isso poderia ser interpretado como uma confissão de culpa.

XII

Andrés ficou surpreso e lisonjeado ao receber um convite para um café de seu colega de Reykjavik.

Sua visita à capital relacionava-se ao terrível dia em que encontrou o corpo da garota na casa de veraneio. A cena ficou gravada em sua memória, embora presumisse que tinha endurecido para esse tipo de coisa após anos lidando com suicídios, acidentes e casos de abandono, nos quais pessoas idosas morriam e, algumas vezes, não eram achadas por dias ou até semanas. Em assassinatos, porém, não tinha experiência.

Andrés já havia falado ao telefone com Lýdur, o detetive que conduzia a investigação. Um jovem que parecia ter trinta e poucos anos e era bastante esforçado.

Eles concordaram em se encontrar no Mokka Kaffi, um local em Reykjavik que Andrés conhecia apenas pela reputação.

O inspetor chegou cedo, pediu um café e se sentou perto da janela. Era o único cliente no local. Pouco depois, um jovem entrou, com o ar descompromissado de alguém que gosta de estar no comando. O que lhe faltava em altura era compensado por músculos. Ele foi direto ao encontro de Andrés.

"Olá! Imagino que você seja o Andrés?", Lýdur disse, estendendo uma das mãos e pegando a de Andrés com um aperto firme e estremecedor.

"Sim, olá."

"Vejo que você já tem um café." O jovem foi até o balcão e voltou com sua xícara.

"Que bom que pôde vir", ele disse, em tom amistoso.

"É o mínimo que poderia fazer." Andrés de repente sentiu-se um pouco desconfortável. Agora que parou para pensar sobre isso, imaginou que esse era um cenário estranho para um bate-papo relacionado ao trabalho. Por que Lýdur não o havia convidado para seu escritório? A sede do DIC era muito chique para um policial caipira como ele? Ele tentou ignorar suas suspeitas; o homem não poderia apenas estar sendo amigável com um forasteiro?

"O caso é bem desagradável", Lýdur comentou. "Profundamente chocante."

"Pode apostar que sim."

"E você foi o primeiro a chegar à cena. Não deve ter sido uma visão bonita."

"Bem, eu já havia visto uma ou outra coisa do tipo em minha vida."

"Obrigado por concordar em vir para Reykjavik. Estou ciente de que pode atrapalhar seu trabalho."

"Ah, não tem problema", Andrés disse.

"Sim, receio que foi inevitável. Veja, você está em melhor posição para descrever a cena do que qualquer outro. Pobre garota", Lýdur acrescentou, com displicência.

Andrés assentiu, contudo, não conseguia entender aonde essa conversa chegaria.

"De qualquer forma, estamos confiantes de que temos o responsável sob custódia", Lýdur continuou. "Nossa investigação correu muito bem. Todas as evidências apontam para ele."

"Hum, sim", Andrés murmurou.

"Precisamos de uma solução rápida. O público não gosta de assassinatos de garotas novinhas. Não estamos acostumados com isso. Homicídios são eventos tão raros aqui que as pessoas ficam impacientes para ver os resultados."

"Sim, você fez bem."

"Ainda bem que ele esqueceu o suéter", Lýdur comentou.

"O suéter?"

"Sim, o *lopapeysa* que acharam ao lado do corpo. Cinza, com listras pretas e brancas ao redor da pala. Ninguém lhe informou? Estamos tentando manter os detalhes longe da imprensa."

"O quê? Não, ninguém entrou em contato comigo."

"Ele deixou o suéter na cena. Confessou que era dele. E temos uma testemunha que o viu usando-o em Reykjavik alguns dias antes, então é lógico que ele deve ter estado na casa de veraneio naquele final de semana, embora afirme o contrário. Você não se lembra mesmo de tê-lo visto?"

"Não, o corpo e todo aquele sangue prenderam minha atenção. Foi difícil assimilar o resto. Foi uma imagem tão chocante!"

"Certo, certo, acredito nisso", Lýdur disse, impassível. "O suéter é a prova-chave, pois havia sangue nele. Então seria ótimo se você *pudesse* lembrar disso, sabe, como você foi o primeiro a chegar. Nossa equipe forense encontrou o agasalho, mas não queremos que haja dúvidas de que de fato estava lá quando ela morreu."

"Seria ótimo se eu pudesse lembrar disso...", Andrés repetiu, desconcertado. "Só que eu não me lembro."

"Eu ouvi o que disse, é claro, mas seria melhor."

"Melhor?"

"É claro que temos muitas outras evidências, tudo está caminhando conforme o esperado. O suspeito é obrigado a confessar antes do julgamento, mas queremos ter certeza de sua culpa, não é mesmo? Por um acaso você se lembra se a vítima estava segurando o suéter ou deitada sobre ele?"

"Olhe... eu realmente não..."

"Ela estava segurando o suéter — é isso que incrimina o nosso homem tão firmemente. Ou é a evidência de uma luta, ou talvez ela estivesse tentando nos enviar uma mensagem."

"Receio que eu não saiba..." Andrés conseguia sentir sua respiração se tornando rápida e superficial, como às vezes acontecia quando estava sob pressão. Sem dúvida, era o peso em excesso cobrando seu preço. Ele começou a suar. "Mas eu..."

"Vamos fazer essa pergunta a você, então, seria ótimo ter isso estabelecido sem sombra de dúvida."

"Bem, não sei o que posso fazer. O fato é que eu não me lembro." Apesar da idade e experiência, Andrés se viu em desvantagem quando confrontado por esse detetive de Reykjavik. A determinação do homem o deixava nervoso.

Lýdur tomou um gole de café. Enfim, comentou: "O café daqui não é tão ruim, não é?"

Andrés assentiu.

"Ultimamente temos investigado um cara," Lýdur disse, tentando mudar de assunto. "Parece ser um agiota. Você pega muitos desses casos?"

Andrés engasgou-se ao pensar que as implicações disso o atingiram, ou, pelo menos, onde Lýdur queria chegar, embora, ansioso, esperasse estar errado. Ele não conseguia encontrar uma palavra em resposta.

"É uma desgraça, claro. O homem está tomando o que, uns cem, talvez duzentos por cento de juros. Tenho dó dos pobres-diabos que se metem com ele."

Andrés não falou. Tentou controlar cada músculo, para não demonstrar nada.

"Você encontra as pessoas mais improváveis nesse tipo de investigação — sabe como é. O agiota empresta dinheiro para todos os tipos de negócios duvidosos, mas pessoas comuns também pegam dinheiro com ele. Afinal, pessoas que entram em um buraco financeiro têm que, de alguma forma, sair dele. Claro, preferimos manter seus nomes fora do inquérito. Ou fora dos jornais de qualquer maneira, já que o caso está fadado a despertar interesse."

"Não vejo o que isso tem a ver com nosso assunto", Andrés disse por fim.

"Ah, certo. É só que eu ouvi que seu nome apareceu." Lýdur deixou isso pairar no ar por um momento. "Sabe de algo sobre isso?"

Andrés não respondeu.

"Achei que, talvez, você preferisse que a notícia não se espalhasse. Foi uma quantia bastante substancial que você pegou emprestado, não foi?"

"Não há nada de erra... errado em ter problemas com dinheiro", Andrés gaguejou.

"Sim, bem, se você está dizendo." Lýdur pôs-se de pé. "Pense bem. Acho que ainda não ficaram sabendo disso em Ísafjörður e talvez o fato não afete sua posição lá. Não saberia dizer. De qualquer forma, espero que você seja claro quando der seu testemunho. Não podemos permitir que esse safado saia limpo disso."

XIII

Andrés demorou para chegar em casa após prestar depoimento formal como testemunha em Reykjavik. Ele tinha muita coisa na cabeça. As condições da viagem foram razoáveis, tão boas quanto poderia se esperar no inverno, mesmo quando ele chegou ao início da península dos Fiordes Ocidentais e virou para a estrada principal que levava aos pântanos. Durante todo o dia, a paisagem formou um pano de fundo monocromático para seus pensamentos — neve branca, rochas escuras, mar escuro, céu acinzentado —, mas ele mal apreciou a vista, preocupado com o que acabara de fazer.

Seu encontro, alguns meses atrás, com o jovem detetive Lýdur tinha virado seu mundo de ponta-cabeça. Embora Andrés soubesse que não havia infringido nenhuma lei por emprestar uma grande soma de um agiota, a última coisa que queria era que a notícia se espalhasse. Ele sabia que, ao fazê-lo, havia compactuado com o demônio. O cara que lhe emprestou o dinheiro era muito desonesto, com um passado duvidoso e ligações com o submundo do crime. Um respeitável inspetor da polícia como Andrés não deveria ter nada a ver com um bandido como aquele e, sem dúvida, não firmaria dependência financeira com um sujeito sem escrúpulos. Contudo, foi exatamente o que fez.

Um respeitado inspetor da polícia... sim, esse era o problema. Andrés passara sua carreira inteira construindo uma reputação ilibada, como um homem honesto e confiável que defendeu a lei e a ordem, um pilar de sua pequena comunidade, membro de todos os tipos de clubes e associações, como o Lions Club e a Maçonaria. Um cidadão exemplar. Seria doloroso ver essa imagem destruída. Ele não estava pensando apenas em si, mas também em sua família. Em sua esposa que, esperando por ele em casa, perguntava como sua jornada tinha sido e se tinha ajudado a colocar o culpado atrás das grades. Em seu filho e filha adultos, que sempre admiraram o pai. E em seu neto, esperançosamente o primeiro de muitos, que o adorava. Não seria justo envolvê-los em tal escândalo.

Lýdur o tinha contatado de novo, pouco antes dele testemunhar no tribunal, para dizer que havia fotos mostrando o *lopapeysa* no chão perto do corpo, mas que o trabalho policial de má qualidade mostrava que não havia imagens da falecida segurando o suéter de seu pai. Ele repetiu que era crucial que Andrés confirmasse que ela o havia agarrado, como prova de uma luta e talvez uma última tentativa da garota em insinuar a identidade de seu assassino. Lýdur prometeu que, se fizesse uma declaração, ele faria um acordo com o agiota, que agora estava sob custódia, para cancelar a dívida de Andrés e manter seu nome fora do inquérito.

Andrés não podia acreditar no que ouvia, mas não tinha como negar que a oferta era tentadora. E não era como se estivessem pedindo para ele mentir, pelo menos, não diretamente. Era verdade que Andrés não conseguia lembrar do detalhe sobre o suéter, mas não havia motivo para suspeitar que Lýdur havia falsificado evidências. Com certeza, o jovem detetive estava apenas determinado a ver a justiça sendo feita e o culpado ser punido pelo crime hediondo contra uma jovem menina — contra sua própria filha, pelo amor de Deus. Andrés continuou tentando se convencer de que foi isso que o motivou a mudar seu testemunho conforme Lýdur havia pedido; que tudo o que ele queria ver era a justiça sendo feita. Mas lá no fundo ele sabia que esse não foi o verdadeiro motivo e não conseguia parar de pensar no fato. Seu testemunho foi um tanto ditado a ele por Lýdur. Tudo o que poderia esperar era que o suspeito confessasse. Cada vez mais, Andrés se tornava refém da dúvida: e se a polícia tivesse prendido o homem errado?

Obedecendo a um poderoso desejo de revistar o local, pegou o caminho para o vale onde a casa de veraneio se localizava. Ele queria pensar no que tinha visto, tentar convencer a si mesmo de que não havia feito nada de errado, apenas havia facilitado o caminho para a justiça.

Depois de estacionar o carro, seguiu ao longo do caminho nevado para a cabana, desejando de todo o coração que a pobre garota não tivesse morrido lá, que esse caso nunca tivesse acontecido.

Raspando o gelo no vidro, ele espiou através da janela da porta da frente como tinha feito no dia em que achou o corpo, mas, desta vez, ele não pôde ver nada. A casa estava escura, abandonada, deserta. Não era preciso nem mencionar que não será mais usada, não pela família. Talvez um dia, quando o incidente tiver desaparecido da memória das pessoas, seja vendida para algum cidadão desavisado que, felizmente, não saiba o que aconteceu lá.

O caso foi encerrado, graças a Deus. Deve ser o fim. A polícia prendeu o assassino: o DIC de Reykjavik não cometeria um erro, não em um caso importante como esse. Isso era impensável. Andrés não teria sido capaz de conduzir a investigação sozinho, e seu papel tinha sido muito pequeno, uma engrenagem insignificante nas rodas da justiça. Um breve depoimento de testemunha, nada mais, embora, talvez, tenha feito diferença.

O réu aguardava a sentença, e a maioria dos policiais com quem Andrés havia falado parecia confiante de que ele seria considerado culpado; de que não havia dúvidas. Por mais repugnante que o caso fosse, as pessoas pareciam sentir prazer em discutir os detalhes macabros. A história apresentada pela polícia e pelo promotor público destacava elementos incomuns, surpreendentes, que serviram de presente para as línguas maliciosas. Andrés não pôde deixar de sentir uma pontinha de pena do suspeito, apesar de não haver razão para isso. Não se acreditasse na história da polícia. Ele sentia pena do réu, contudo, a grande simpatia de Andrés estava reservada para a família do homem, para sua esposa e filho. É verdade que o garoto era quase um homem adulto, mas ele parecia tão perdido, tão cabisbaixo e arrasado durante o julgamento.

Andrés saiu de seu devaneio para se encontrar ainda do lado de fora da casa de veraneio no frio congelante. Ele não sabia o que fazia ali ou por que estava enraizado no chão daquele jeito, como se suas pernas fossem feitas de chumbo. Não conseguia se mover. Fechando os olhos, reviveu a visão terrível que havia confrontado no outono.

Quanto mais pensava nisso, mais tinha certeza. Ele não tinha visto a pobre garota segurando o suéter; não, ele teria se lembrado disso.

Merda.

Havia mentido no tribunal. E, o que era pior, no fundo de seu coração, ele sabia disso esse tempo todo, embora tentasse se iludir que só agora, revisitando a cena do crime, os detalhes começavam a voltar à sua memória.

A questão era se sua mentira importava. Se o depoimento dele foi de fato o fator decisivo.

Se o pai fosse considerado culpado, quanto do seu depoimento haveria contribuído para isso?

E se ele desse a volta agora, em direção à cidade, e retirasse sua declaração, qual seria o impacto disso? O juiz concluiria que todo o caso da promotoria havia sido fraco e declararia o suspeito inocente? Um homem que pode ser culpado por um crime terrível...

Não era de se admirar que suas pernas parecessem pesadas. Ele tinha que tomar uma decisão antes de continuar sua jornada. Deveria deixar as coisas do jeito que estavam ou dirigir centenas de quilômetros de volta e admitir que aquele depoimento tinha sido um erro?

Ele conseguiria viver com uma mentira ou deveria contar a verdade e arriscar ser demitido ou desonrado? O que aconteceria com sua família?

Andrés não se moveu um centímetro até decidir o que iria fazer.

XIV

A turbulência de pensamentos dentro da cabeça de Veturlidi, enquanto aguardava a sentença, era tal que tudo o que podia fazer era se agarrar aos fragmentos de sua sanidade.

Ao final do julgamento, ele notou um certo pessimismo no olhar do advogado de defesa, embora ele tivesse tentado fazer as coisas parecerem boas. "No final, a justiça sempre prevalece", ele disse. "Tente não se preocupar", acrescentou, mas Veturlidi não pôde deixar de se preocupar. Seu advogado demonstrava sentir pena dele, porém sempre parecia muito apressado em sair. Ele tinha uma vida fora dos muros da prisão e outras coisas para pensar além do destino de seu cliente.

Veturlidi não conseguia pensar em sua família sem desmoronar. O confinamento havia acabado com sua autoestima; ele não era metade do homem que costumava ser. Mal era uma sombra de si mesmo. A sensação de claustrofobia era tão sufocante que, nas primeiras noites, acordou gritando e batendo nas paredes até seus punhos sangrarem. Não conseguia dormir; sentia como se não pudesse respirar. As coisas tinham melhorado desde então, no entanto nunca se acostuma com isso. Permanecer em confinamento solitário foi ainda pior. A cela em que estava agora era um pouco melhor, porém, ainda era um espaço apertado sem escapatória.

Oficialmente, ele poderia receber visitas de sua família, mas se recusou a considerar isso. Não poderia olhar nos olhos deles. Sua vergonha era tal, tão esmagadora; ter sido preso, acusado de um crime tão hediondo... Ele continuava se perguntando como Vera e seu filho deviam se sentir. Claro, o menino tinha dezenove anos, era quase um homem, mas quando estava na escada, naquela manhã, gritando de pavor, seu pai sentiu uma pontada agonizante em seu coração.

Veturlidi se questionava se sua vida poderia voltar ao normal. Sinceramente, ele duvidava disso. O seu relacionamento com a sua família havia sido danificado para sempre. Mesmo se fosse considerado inocente, todos teriam dúvidas. E as outras pessoas? Poderia voltar ao trabalho algum dia, por exemplo? Olhar nos olhos de seus vizinhos?

Essas preocupações pesavam ainda mais sobre ele do que o medo da decisão do juiz e da possibilidade de uma sentença de prisão. Juntas, eram mais do que conseguia suportar. Nenhum ser humano seria capaz de carregar tamanho fardo. Algumas vezes, tudo o que queria era dormir e nunca mais acordar.

XV

Hulda chegou à sexta-feira exausta, mas, pelo menos, vislumbrava um raro final de semana de descanso. Seu trabalho era assim; os casos com os quais trabalhava eram difíceis, às vezes muito cansativos. Não havia rotina na polícia; ao sair para trabalhar de manhã — e durante a noite não era diferente —, ela precisava estar preparada para qualquer coisa, todo tipo inimaginável de chamada e problema, incluindo incidentes violentos, até mesmo mortes. Ao longo dos anos, ela aprendeu como era importante manter sua vida pessoal separada do trabalho.

Nos primeiros dias, ela não foi muito boa nisso e, mesmo agora, havia uma sensação de que estava sempre trabalhando, sempre de plantão, constantemente preocupada com aqueles casos que não puderam ser resolvidos ao longo do dia. Mas ela traçou um limite e não discutia seu trabalho à mesa da cozinha ou na sala de estar — na verdade, em nenhum lugar no interior daquelas quatro paredes. Sua casa era seu refúgio dos rigores do trabalho.

No início, o trânsito se movia devagar, o congestionamento típico de sexta-feira à tarde. Contudo, à medida que se aproximava da curva para Álftanes, seu Skoda verde de duas portas ganhou algum alívio. Ela o havia comprado no início do ano e estava bem satisfeita com a aquisição. Era a primeira vez que tinha um carro só dela. Até recentemente, ela e Jón se contentaram em compartilhar um automóvel, um acordo que exigiu considerável organização e paciência, em especial desde que tomaram a decisão de morarem tão longe da cidade. O negócio de Jón tinha ido bem no ano passado, então, eles decidiram investir em um segundo veículo. Hulda teve carta branca para escolhê-lo, claro, dentro de certos limites. E ela se apaixonou pelo Skoda.

Hulda preparava-se com antecedência para uma noite assim. Os hambúrgueres que fritaria já estavam na geladeira, junto com a Coca-Cola, uma refeição que tinha dupla vantagem: agradava tanto seu marido quanto sua filha e demandava pouco esforço em prepará-la, em uma noite de sexta-feira. Depois, os três costumavam se sentar em frente à TV. Ela não assistia muita televisão; só fazia isso para que a filha tivesse companhia; na verdade, preferia passar seu tempo livre fora da casa, no jardim, olhando para o mar ou caminhando nas montanhas, se tivesse chance. Jón não era do tipo que gostava de atividades ao ar livre, mas ele gentilmente deixava que ela o arrastasse para suas viagens nas terras altas.

Por motivos óbvios, não houve tantas dessas viagens depois que Dimma nasceu; eles não gostavam da ideia de carregar uma criança pequena pelas traiçoeiras terras altas. No entanto, não seria tão difícil encontrar uma babá. A mãe de Hulda implorou para cuidar da menina desde o primeiro dia e, sempre que a deixavam, ela se esforçava ao máximo para exercer a tarefa. Na realidade, Hulda às vezes tinha a impressão de que sua mãe se dava melhor com Dimma do que com ela; que o relacionamento delas era inexplicavelmente mais íntimo e afetuoso do que o seu com sua mãe. A garota logo completaria 13 anos, o que tinha seu lado positivo e negativo. Por um lado, ela estava mais independente, mas, por outro, o início da adolescência trouxera problemas. Dimma era mal-humorada e temperamental em certas ocasiões, menos entusiasmada do que costumava ser em passar tempo com seus pais. Nesses dias, não era incomum chegar em casa e ir direto para seu quarto se trancar lá. O pior era que Hulda tinha medo de que Dimma estivesse se fechando para seus amigos também. Se ela continuasse assim, poderia acabar abandonando o grupo com o qual andava há tanto tempo. De vez em quando, Hulda tentava se sentar com ela e conversar sobre o assunto, mas suas conversas tendiam a terminar em silêncio ou em uma briga feia. Apesar disso, Hulda se agarrou à esperança de que era apenas uma fase pela qual sua filha passava, uma parte inevitável do crescimento.

É provável que o fato de Jón e ela passarem pouco tempo em casa por conta do trabalho não tenha ajudado. Hulda pegava o turno da tarde ou da noite, e Jón era um pouco viciado em trabalho, trabalhava de manhã até a noite, apesar do aviso de seu médico de que seu coração não estava em boa forma. Embora Jón soubesse que tinha que tomar as pílulas que o médico havia prescrito para o problema — as quais, o doutor dissera em termos inequívocos, eram uma questão de vida ou morte —, ele ignorou por completo o conselho, ou melhor, as ordens para pegar mais leve no trabalho. Hulda supôs que deveria ser mais rígida com ele, mas, em algum nível, tinha consciência de que seu estilo de vida confortável era quase inteiramente devido a Jón, já que seu salário de policial não contribuía muito para as despesas da casa. Ela tinha apenas uma vaga ideia do que se tratava o negócio de Jón: tudo o que sabia era que ele havia obtido um belo lucro com as importações e que fez esse dinheiro "trabalhar por si mesmo", como ele dizia, investindo em empresas de outras pessoas. Até onde sabia, Jón passava seus dias em reuniões ou em conversas com bancos. Ela comentara mais de uma vez que ele deveria desacelerar um pouco — que certamente não precisava vigiar cada investimento noite e dia. Ele retrucara que era aquilo mesmo que precisava fazer. Se tirasse o olho dos negócios, poderia então jogar a toalha e doar todo seu dinheiro. Depois disso, Hulda deixou o assunto para lá.

Enquanto ela dirigia para a península verde de Álftanes, deixando a área urbana para trás, passando pelos edifícios brancos da residência do presidente em Bessastaðir e vendo o mar se estendendo largo e azul para o horizonte, Hulda encontrou-se ansiosa para a noite seguinte, esperando que fosse como nos velhos tempos. Ela precisava se distrair dos casos da semana, das imagens angustiantes que, às vezes, pareciam ficar marcadas em sua memória após as terríveis tragédias que era forçada a testemunhar no cumprimento do dever.

Jón e Dimma eram seu santuário; vê-los, abraçá-los, dava-lhe forças para continuar.

A mãe de Hulda havia ligado para ela no trabalho naquela manhã. Como de costume, sua conversa incluíra um lembrete bem-intencionado de que não se viam o suficiente, além de um pedido para tomarem um café juntas no final de semana. Hulda fingira que precisava trabalhar. A verdade era que ela não estava no clima para vê-la. De certa forma, gostava de sua mãe, mas o relacionamento delas não era tudo o que poderia ter sido. Ela desejava que fosse melhor; desejava ainda mais a oportunidade de ter conhecido seu pai. No entanto, como ela era resultado de um caso de uma noite com um soldado americano, era improvável que isso acontecesse. A mãe de Hulda não tivera coragem de contar ao soldado que havia engravidado, nem fizera qualquer tentativa de procurá-lo depois do nascimento da filha.

Ainda assim, enfim era sexta-feira à noite, e Hulda estava ansiosa para esquecer seus problemas com um filme inútil na TV.

Ao entrar em sua linda casa em Álftanes, um estranho silêncio a recebeu.

"Dimma?"

Nenhuma resposta.

"Jón?"

Seu marido gritou: "Aqui, no escritório".

Hulda enfiou a cabeça pela porta. Ele estava sentado em sua mesa de costas para ela.

"Jón, amor, você não pode deixar isso agora? Onde está Dimma?"

"Sim, em um minuto", ele disse, sem olhar para trás.

"Você está trabalhando?"

"Sim. Sim, querida, há algo que preciso resolver esta noite. É bastante urgente. Vocês duas podem começar sem mim. Tem algo para o jantar?"

"Hambúrgueres."

"Bom. Apenas deixe o meu para mais tarde."

"Onde está Dimma? Ela ainda não chegou em casa?"

"Ela... é... Ela está no quarto. Trancada, eu acho. Parece que houve algum problema na escola." Ele ainda estava de costas para Hulda.

"De novo? Não podemos deixá-la se trancar no quarto todas as noites..."

"É apenas uma fase pela qual ela está passando, amor", Jón lhe disse com segurança. "Vai passar."

PARTE **DOIS**

Dez anos depois, 1997

I

Dagur

Lá fora era verão, verão de verdade, o termômetro marcava quase vinte graus, sem vento. Os laburnos floresceram, flores amarelas penduradas em grossos cachos nos jardins pelo caminho de Dagur na cidade. Ele fez uma pausa para respirar fundo, inalando o perfume inebriante de um verdadeiro verão em Reykjavik. Ao fazê-lo, lembrou-se de ter ouvido, em algum lugar, que as flores de laburno eram venenosas. Isso não o surpreenderia: ele sabia, por amarga experiência, que o mundo era um lugar traiçoeiro. Que poderia ser tóxico.

Entrar na casa de repouso era como entrar em um outono perpétuo. A decoração discreta, que parecia mais desbotada cada vez que ele a visitava, e as janelas congeladas, que filtravam a luz do sol, sempre tiveram um efeito angustiante sobre ele. Visitava a casa de repouso porque se importava, mas também por um senso de dever. Quando retornava para o ar fresco, sempre ficava aliviado. O tempo lá fora, fosse como fosse, era infinitamente preferível à atmosfera obsoleta e pesada de dentro da casa.

Aos 63 anos, sua mãe era nova demais para morar lá, mas era a única alternativa. Ela estava esgotada, tanto mental quanto fisicamente. Há dez anos vinha em declínio lento, porém constante, até chegar ao ponto em que se encontrava. Não havia explicação médica real para o que havia de errado com ela; era como se tivesse abandonado a luta.

Rápido, Dagur subiu as escadas e caminhou ao longo do corredor sombrio para o quarto da mãe, que era pequeno e comum, mas pelo menos era só dela. Como de costume, ela estava sentada perto da janela, olhando para fora, apesar de não haver nada de especial na vista. Dagur sempre teve a impressão de que seu olhar se voltava para dentro e não para fora, para os velhos tempos, para as memórias.

Fazia três anos desde que ele foi obrigado a colocar a mãe na casa de repouso. Não era só porque ele não conseguia mais cuidar dela, mas também porque precisava continuar com sua própria vida, romper o círculo vicioso que o mantinha aprisionado ao passado. O silêncio em sua casa tinha se tornado tão avassalador que as coisas não poderiam mais continuar do mesmo jeito.

Apesar das circunstâncias difíceis, ele conseguira, só Deus sabe como, passar nos exames finais da escola. Depois disso, tirou um ano de folga, embora não tenha ido viajar, como alguns de seus amigos. Não, ele ficara na Islândia, arrumou um emprego e ajudou sua mãe a encontrar forças para continuar. Ela ainda trabalhava como caixa de banco naquela época, mas com horário reduzido. No princípio, ela lidou muito bem com suas emoções; ao contrário, o choque e a tensão encontraram uma saída nos sintomas físicos que variavam entre fadiga e uma infinidade de dores e sofrimentos.

Era extraordinário que ela tivesse conseguido continuar trabalhando até mesmo meio período. Por fim, foi forçada a desistir de seu trabalho e viver de benefícios de incapacidade. Dagur, prevendo que, em um futuro próximo, teria que se sustentar e também apoiar sua mãe com uma quantia mensal, decidiu se matricular em um curso profissionalizante na faculdade. Com isso em mente, optou por estudar Administração, guardando seus sonhos de uma carreira diferente para depois. Pelo menos, por enquanto.

Ele não estava entusiasmado com seus estudos, porém, o tema era fácil para ele. A habilidade de pensar logicamente o levou, após se formar, para um trabalho em finanças. Estava nesta carreira há sete anos. Um bancário aos 29 anos: o Dagur de 19 nunca teria acreditado.

Ele teve vários relacionamentos — se for possível nomeá-los assim —, mas nunca se apaixonou por nenhuma das suas namoradas. No entanto, supunha que, mais cedo ou mais tarde, teria de encontrar uma boa mulher, começar uma família, ter sua casa. Por enquanto, ainda morava na casa onde cresceu, perambulando de um lugar para o outro em um espaço muito grande para uma pessoa, cercado por muitas memórias. Por alguma razão, ele sempre recusou a ideia de se mudar, talvez por consideração à sua mãe, mesmo que, hoje em dia, ela só fosse para casa nos feriados mais importantes, como Natal e Páscoa.

Sim, era hora de seguir em frente, de chegar a um acordo com o passado. Ele e sua mãe não receberam nenhuma ajuda psicológica na época, embora pudesse ser diferente agora, uma década depois; naquela época, foram deixados por conta própria.

Há pouco tempo, uma inquietação tomou conta de Dagur. Sentiu um desejo real de fazer algo para si, construir um futuro só seu. Se não o fizesse, sabia que permaneceria preso para sempre em sua triste existência. E isso estava fora de questão — ele não era essa pessoa. Talvez desistisse de seu emprego e tentasse outra coisa.

"Oi, mãe. Sou eu", ele disse gentilmente. Ainda vestia seu terno. Tinha ido direto do escritório, mas sua mãe nunca comentou sobre sua roupa. Talvez, nem percebesse.

Ela olhava ao seu redor com um olhar distante, ainda que seus olhos estivessem fixos nele. Dagur pensou ter visto a pessoa que ela costumava ser, a mãe responsável por manter a casa em funcionamento.

"Dagur, querido, como você está?", ela perguntou depois de uma pequena demora. Em alguns dias, ela estava bem alerta e consciente; em outros, parecia rejeitar o presente e recuar para o passado. Os médicos foram incapazes de fornecer qualquer explicação concreta para isso, em geral, culpando o trauma, ou melhor, os traumas pelos quais passou. Mesmo quando ela estava tendo um bom dia, ainda havia uma distância indefinível entre eles que Dagur não conseguia superar. Ele sentia que ela se importava com ele, que ainda sentia amor de mãe; apenas achava difícil sair da concha protetora que havia criado ao longo dos últimos anos. Talvez ela se sentisse mais feliz lá dentro. Dagur tinha certeza de que era assim que as coisas continuariam, até que ela, simplesmente, desistisse da luta.

"Estou bem, obrigado, mãe."

"Que bom, querido. Fico feliz."

"Você já esteve lá fora hoje? Está um clima agradável."

Ela não respondeu de imediato, mas, após um tempo, disse: "Na verdade, eu nunca vou a lugar algum, Dagur, querido. Exceto visitá-lo. Estou bem aqui".

"Estou pensando em me mudar", ele deixou escapar, embora não tivesse decidido de antemão se deveria contar a ela, preocupado em não a chatear. Ainda assim, talvez fosse melhor ser honesto, com o acréscimo de que, se dissesse isso em voz alta, aumentaria as chances de que de fato pudesse fazê-lo.

Sua reação o pegou de surpresa. "Fico feliz em saber. Já está na hora."

Dagur ficou passado: ele esperava que ela tentasse dissuadi-lo.

"Eu... bem, nada está decidido ainda." Ele se deu conta de que poderia estar usando sua mãe como desculpa, de que talvez ele mesmo estivesse achando mais difícil chegar a um acordo com o passado do que gostava de admitir. Afinal, o que queria de verdade? Vender a casa onde passou sua infância e perder contato com todas as memórias, boas e ruins? Contudo, se fosse honesto, as más já haviam devorado sua alma e se tornado parte permanente dele.

"Não demore em se decidir por minha causa", ela disse, sorrindo. Por mais melancólico que fosse seu sorriso, por um momento era como se uma mortalha tivesse se levantado, como se estivesse olhando para dez anos atrás, para como sua mãe costumava ser.

Dagur não se permitiu chorar; ele nem havia chorado na época. Naquela ocasião, reprimiu seus sentimentos e encontrou uma válvula de escape diferente para eles. Mas agora, de repente, sentiu como se todas as lágrimas reprimidas estivessem tentando sair. De maneira rápida, mudou de assunto: "Enfim, como você está se sentindo, mamãe? Você está bem?".

"Como você sabe, querido, sempre me sinto cansada. Não melhorou e suponho que nunca irá melhorar. Sempre é bom te ver, mas entre suas visitas eu descanso a maior parte do tempo."

Era exatamente isso que Dagur temia: que sua mãe não tivesse contato com os outros residentes da casa de repouso. Ela já havia cortado contato com seu círculo social por completo, da colega de trabalho no banco aos velhos amigos da escola. Tudo havia mudado e ela fechara todas as portas de seu passado. Seu isolamento era autoimposto e talvez — ele se pegava refletindo às vezes — fosse o declínio de sua saúde física e mental. Depressão era a explicação mais frequente dada pelos médicos, entretanto, os medicamentos prescritos apenas pareciam fazê-la cair ainda mais em seu torpor.

Ela raramente se referia ao que aconteceu. Parecia se sentir melhor assim, como se fosse seu método de lidar com o sofrimento. Infelizmente, Dagur ainda não descobrira seu próprio método, mas esperava que, quando descobrisse, fosse diferente do dela. Nunca se sabe, pois; afinal, os dois compartilhavam os mesmos genes. Ele também nunca falou sobre o que havia acontecido, nem mesmo com os seus amigos.

"Você deve se cuidar", ele disse. "Por que não... não vem para casa para fazer uma refeição?"

"Só no Natal, querido. Você tem sua própria vida."

"Mas..."

Nesse momento seu telefone tocou.

"Que barulho horrível é esse?", protestou sua mãe.

"Meu telefone, mãe", ele disse enquanto tirava o celular do bolso do paletó.

"Ah, sim, um desses... desses celulares, claro. Não entendo por que você tem que carregá-lo para todos os lugares. Não são apenas os exibicionistas que usam essas coisas?"

"O banco quer que eu esteja conectado."

"Não era assim no tempo que eu trabalhava no banco. Não é um incômodo quando você está tentando atender os clientes?"

Ele não conseguia explicar-lhe exatamente o que fazia no banco, embora soubesse há muito tempo que a mãe presumia que ele era caixa como ela. O sistema bancário em que ela trabalhou era do governo, e a chegada da Bolsa de Valores foi uma inovação recente. Desde que largara o emprego, sua mãe não fez tentativa alguma de acompanhar o que estava acontecendo fora das quatro paredes da casa de repouso. O mundo dos títulos seria completamente estranho para ela.

Ele atendeu a ligação. Era um velho amigo. O relacionamento deles ainda era bom, ainda que já não fossem tão próximos, como se houvesse uma sombra inexplicável pairando sobre os dois.

"É uma hora ruim?"

Dagur olhou ao redor do pequeno quarto triste. Sua mãe sorriu e sinalizou que ele deveria ir embora. Ciente de que suas visitas eram importantes para ela, apesar de seu ar de desapego, ele se sentiu envergonhado por não conseguir ficar mais tempo.

"Não, tudo bem", ele disse ao telefone e se levantou. Quando beijou sua mãe na bochecha, ela pôs a mão em seu ombro, muito gentilmente, e de novo ele sentiu as lágrimas brotando. Cristo, o que estava acontecendo consigo?

Ele saiu apressado.

"Estava pensando, Dagur", seu amigo disse. "Você sabe que faz anos desde a última vez que nos encontramos, quero dizer, a velha gangue. É o seguinte, eu falei com a Klara ontem e ela soube que a Alexandra está na cidade e poderia se encontrar conosco no final de semana..."

Dagur permitiu que um silêncio se desenvolvesse enquanto descia as escadas, desesperado para voltar para o ar fresco do verão.

"Fará dez anos esse ano, sabe..."

"Sim, eu sei."

"Estávamos pensando em fazer alguma coisa para marcar a ocasião, uma espécie de reencontro..."

Dagur refletiu. Normalmente, ele teria dito um não categórico e se recusado a discutir mais sobre o assunto, mas a conversa com a mãe ainda reverberava em sua mente. Pode-se dizer que ela o encorajou a mudar de casa. Alguma espécie de ruptura com o passado era inevitável; ele tinha postergado por muito tempo, de maneira consciente ou não.

"O que tem em mente?"

"Ah... é..."

Dagur teve a sensação de que seu amigo esperava uma reação mais negativa.

"Posso arrumar um ótimo lugar para passarmos o final de semana. Isso nos daria a chance de passar um tempinho juntos, só nós quatro."

"Onde?"

"Você está livre?"

Dagur olhou para cima. Era um lindo dia, e ele podia sentir seu humor melhorar, mas sabia que se pensasse por muito tempo ele hesitaria.

"Ok, eu topo. Aonde iremos?"

"Por que não nos deixa surpreendê-lo?"

Uma emoção surgia, havia mudança no ar; ele estava prestes a dar um salto para o desconhecido.

"Claro, sem problemas", respondeu. "Estou ansioso para ver vocês."

II

A viagem era algo que a inspetora Hulda Hermannsdóttir sempre quis fazer. Sua mãe falecera há vários meses, e seria fácil assumir que essa era a razão. No entanto, ela não estava realizando um último desejo da mãe; pelo contrário, estava fazendo exatamente o oposto.

A mãe permaneceu à beira da morte por um longo tempo, e Hulda passou tantas horas quanto possível ao lado de sua cama. As duas conversaram sobre o passado, e sua mãe confirmou que não tinha um último desejo. Quando o fim chegou, ela apenas partiu, silenciosamente.

Algumas vezes, sentada ao lado da cama de sua mãe, observando-a dormir, Hulda tentou derramar uma lágrima, sentir algum vínculo inquebrantável, porém a relação delas não havia sido assim. Pelo menos, não por parte de Hulda, embora ela soubesse que sua mãe sentia diferente. Hulda havia lido em seu olhar um anseio por um relacionamento mais próximo; a menor centelha de esperança, um desejo de que as coisas pudessem ter acontecido de outra forma.

E agora, Hulda estava completamente sozinha no mundo.

Seus avós maternos já haviam falecido, seu marido e a filha única também. Ela fez o possível para treinar sua mente para não permanecer naquele período terrível em que perdera primeiro Dimma, depois Jón, um após o outro.

Hulda achava que um dia teria vontade de saber mais sobre seu pai, ex-soldado do exército americano, e parecia que o momento certo enfim chegara.

Era raro sua mãe falar dele, aparentando não saber muito sobre o homem. Hulda julgara que, enquanto ela estivesse viva, localizá-lo deveria ser decisão de sua mãe, que não demostrava nenhuma intenção de querer fazê-lo. Agora, Hulda estava livre para prosseguir.

Todas as informações que tinha do homem era seu primeiro nome, as datas aproximadas de sua missão na Islândia e seu estado natal.

Em posse desses detalhes, Hulda fora até a Embaixada dos Estados Unidos, onde tomou a liberdade de mostrar sua identidade policial, embora ela estivesse bem menos confusa do que às vezes se encontrava quando realizava seus deveres.

Ela foi levada ao escritório de um jovem prestativo que prometera investigar o assunto. Depois de muitos dias, ele lhe telefonara com o nome de dois homens, ambos denominados Robert, e que serviram na base militar de Keflavík em 1947.

Sem refletir, Hulda reservou um voo para a América em cima da hora. Até agora, apenas um dos homens em questão foi localizado. Pelo que sabia, o outro poderia estar morto, então seria possível que sua jornada resultasse em nada mais do que visitar o túmulo de seu pai.

III

Benedikt

Benedikt levantou-se da cadeira, foi até a janela e se esticou. A vista não tinha nada de especial, apenas blocos de escritórios sem identidade e um fluxo constante de trânsito, de manhã até a noite. Às vezes, era melhor manter as janelas fechadas para evitar ser sufocado pela fumaça dos escapamentos.

Seu amigo Dagur o surpreendeu. Bem, "amigo" talvez seja força de expressão. Eles foram próximos uma vez, e os velhos laços de amizade não se desfizeram, a despeito de, atualmente, o contato deles ser intermitente e unilateral, no sentido de que era sempre Benedikt quem dava o primeiro passo. Dagur nunca entrava em contato primeiro. Ele parecia estar indo bem no banco, mas, em outros aspectos, permaneceu preso a uma rotina, ainda morando sozinho na casa onde cresceu, sem sair muito. Todos os velhos companheiros de Dagur contaram a mesma história: ele vivia para sempre no passado.

O trânsito e o concreto inabalável que encontravam o olhar de Benedikt quando olhava janela afora não conseguiam disfarçar que era um dia lindo de verão. Que desperdício ficar trancafiado dentro de casa num dia assim!

Ele abriu a janela, apesar do barulho e da poluição, para deixar entrar um ar doce e quente.

Voltando à sua escrivaninha, sentou-se, pegou uma folha de papel em branco e um lápis, e, deixando a mente viajar, começou a desenhar. Fazia isso com frequência para relaxar; às vezes ele nem percebia o que estava desenhando até passar um tempo. A ação era quase inconsciente, o instinto guiava seu lápis.

As gavetas de sua escrivaninha eram abarrotadas desses esboços, os quais ninguém mais podia ver.

Além desses rabiscos, Benedikt não tinha tempo de se dedicar à sua arte. Seu negócio de *softwares* ia bem, tinha vários projetos interessantes em andamento. Ele havia criado a empresa há dois anos com mais três colegas de seu curso de Engenharia. Desde então, contrataram mais funcionários, mas ainda não haviam conseguido sair do quartinho do material de limpeza. De qualquer forma, não demoraria muito até que conseguissem se mudar para um local mais adequado. A empresa ainda não gerava lucro, mas eles haviam conseguido atrair alguns patrocinadores ricos que injetavam dinheiro, o que significava que, agora, Benedikt e seus sócios poderiam pagar a si mesmos um salário decente. O plano era lançar a empresa na Bolsa de Valores no outono, e já havia interesse considerável por parte dos investidores. A preparação para o lançamento manteve Benedikt em constantes reuniões com advogados e contadores, o que o deixou com pouco tempo para se concentrar no trabalho a ser feito.

Ele também não teria muito tempo para férias neste verão, mas isso tudo valeria a pena no final.

Pelo menos, ele se distrairia na viagem para a ilha. Tudo já fora acertado. A última peça do quebra-cabeça era persuadir Dagur. Benedikt mais uma vez refletiu sobre a reação surpreendente de seu amigo. Havia se preparado para receber uma resposta sem entusiasmo, para que ele a descartasse como uma ideia terrível, mas, para sua surpresa, Dagur até pareceu animado.

Dez anos.

Eles passaram muito rápido; de fato, Benedikt sentiu como se os acontecimentos tivessem ocorrido ontem. Ele achou muito fácil reviver aquele dia, e os dias que se seguiram, quase cena por cena; algumas das conversas estavam gravadas em sua mente. Parecia que nada apagaria as lembranças. Havia algumas que ele queria guardar; outras que daria qualquer coisa para esquecer. Os anos seguintes não foram fáceis; a tensão de manter o engano e de carregar o peso desse segredo insuportável por uma década inteira cobrou seu preço.

No entanto, estranhamente, o encontro na ilha havia sido ideia sua. Sentia a necessidade de manter a memória dela viva de algum jeito, de compensar, embora, claro, nada pudesse desfazer o que havia acontecido.

Ele tinha cometido um erro, um erro terrível, e teria de viver com as consequências. "Erro" — Deus, que palavra desesperadamente inadequada para descrever o que ele havia feito.

Seria doloroso falar sobre o assunto de novo, reunir todos outra vez — Dagur e as duas garotas, Alexandra e Klara —, mas, de certa forma, talvez tenha sido por isso que ele se esforçou tanto para organizar o reencontro. Em algum nível, ele acolheu a dor, até mesmo a desejou, porque era mais suportável do que o sentimento corrosivo de culpa que, como de costume, aparecia quando ao término do expediente, se deitava para dormir, e os pesadelos vinham à tona.

IV

Foi uma sensação extraordinária quando o avião começou a descer em direção ao Aeroporto JFK, de Nova Iorque, e Hulda avistou os arranha-céus de Manhattan iluminados pelos raios de sol da tarde. Era uma tentação estar tão perto da famosa metrópole sem poder ir lá... Pela primeira vez, Hulda visitava a América, e ela se divertiu com a ideia de passar alguns dias em Nova Iorque, porém, os custos da viagem e acomodação na cidade a proibiam. Ela não poderia arcar com uma grande dívida no cartão de crédito e, além disso, não poderia perder de vista o propósito da viagem, que era descobrir se seu pai ainda estava vivo. Assim, com certo pesar, fez o *check-in* para a próxima etapa da viagem, um voo para a Geórgia, onde havia planejado passar três dias.

Ela conseguiu, mas foi por pouco. O avião vindo da Islândia aterrissara um pouco atrasado e Hulda não teve muito tempo entre os voos, pois ansiava chegar ao seu destino ainda naquela noite, em vez de passar a primeira noite na América em um hotel de aeroporto. Ela oscilava entre a excitação e a apreensão. E se ela de fato encontrasse seu pai? Como seria? O que diria? Haveria uma conexão instantânea ou seria como encontrar um estranho?

Antes de partir, havia escrito para um dos dois possíveis candidatos, explicando que era da Islândia e que, como passaria pelo estado dele, pensou se seria possível visitá-lo em nome de um colega em comum que o conhecera na Islândia.

O homem escrevera uma bela carta em resposta, dizendo que não conseguia lembrar-se de muitas pessoas de seu tempo naquele posto frio, mas que ela era bem-vinda. O outro Robert provou ser mais evasivo: ainda não havia conseguido localizar nenhuma informação sobre ele. A embaixada prometeu ajudar, contudo, até sua partida para a América, ela não tinha tido notícias dele.

O voo interno para a Geórgia transcorreu sem problemas. Estava escuro quando ela aterrissou na famosa cidade de Savannah, mas, na corrida de táxi para o hotel, apreciou o calor, a umidade, os prédios vastos e graciosos, as árvores espalhadas. O hotel tinha uma grandeza de velho mundo, e, ao fazer o *check-in*, foi recebida com acolhimento encantador pela jovem da recepção. Ser recebida com tal gentileza por um estranho a encorajou de uma maneira inusitada. Ela estivera — e, talvez, ainda estivesse — um pouco nervosa por se achar sozinha em uma cidade desconhecida, tão longe de casa.

Hulda foi direto para a cama e, sentindo necessidade de companhia, ligou a TV em volume baixo e adormeceu com o murmúrio de vozes estrangeiras.

Dormiu bem, o que não era comum, e acordou na manhã seguinte se sentindo animada como uma criança. Pela primeira vez, ela tinha sido poupada da assombração noturna.

V

Alexandra

Alexandra não era fã de viagens pelo mar. Em geral, ela evitava barcos assim como se evita uma doença, pois se sentia enjoada e tonta mesmo em dias calmos, e seu ouvido interno poderia levar horas para se recuperar uma vez que estivesse de volta à terra firme. Dessa vez, entretanto, deixou Klara convencê-la a ir. Embora a ideia parecesse um equívoco no início, seria difícil dizer não nessas circunstâncias. No outono, faria dez anos que a gangue havia se encontrado pela última vez, e reunir-se novamente, apesar de terem seguido caminhos diferentes, era um marco de respeito pelo passado. Na adolescência, apesar de todas as suas dificuldades, eles cultivaram uma grande amizade, eram inseparáveis. Quatro deles tinham a mesma idade, e somente Dagur era um ano mais jovem.

Antes, quando eram cinco, eles andavam juntos na saúde e na doença. Atualmente, apesar de Alexandra ainda manter contato com Klara, recebia apenas notícias imprecisas sobre os meninos. Dagur tinha se tornado um bancário, o que não era tão inesperado. Ela podia imaginá-lo exercendo esse tipo de trabalho. Ele sempre fora um tipo de cara prático, adequado para um negócio sério como trabalhar em banco. Alexandra ficara mais surpresa ao saber que Benni havia montado uma empresa de *softwares* — uma empresa que ia muito bem, pelo que havia lido nos jornais. Ela nunca teria acreditado que ele seria outra coisa além de um artista, mas talvez a programação fosse a nova forma de arte da véspera do novo milênio. Ela era a única do grupo que não só era casada como também tinha filhos, dois lindos meninos.

    Alexandra havia nascido na Itália, filha de mãe islandesa e de pai italiano, e havia se mudado para a Islândia aos dois anos. Graças às férias de verão na Itália, com a família de seu pai, ela era fluente nas duas línguas, porém sempre se sentiu mais islandesa do que italiana, uma vez que se mudara para a Islândia tão jovem. Seu pai era agricultor em sua terra natal e sua mãe trabalhava em uma fazenda de gado no leste da Islândia, então, talvez, Alexandra tivesse perdido o gene marítimo. Com um bando de marinheiros como antepassados, era de se admirar ela não suportar barcos. Durante grande parte de sua juventude, ela e seus pais moraram com seus avós no leste, antes de se mudarem para a capital. Moraram em Kópavogur por mais de uma década, mas, quando o negócio da família faliu, eles voltaram para o leste a fim de morar com os pais de sua mãe. Alexandra, com apenas vinte anos na época, escolheu ir junto. Agora, casada com um fazendeiro e morando com os pais dela, sentia-se pronta para assumir os negócios quando a hora chegasse. A vida na fazenda era boa, mas exigente, deixando-a com pouco tempo para si própria, especialmente com dois garotinhos correndo pela casa. Mas neste final de semana, pela primeira vez, ela estava livre como um pássaro, em liberdade para redescobrir sua juventude com seus amigos, longe das responsabilidades de casa.

Era sua primeira visita à Vestmannaeyjar, o pequeno arquipélago com cerca de quinze ilhas vulcânicas e inúmeros recifes que se projetavam dramaticamente para o mar da costa sul da Islândia. Naquela manhã, mais cedo, ela havia voado com seus amigos para Heimaey, a maior ilha do arquipélago e a única ainda habitada. Havia sido notícia no mundo, em 1973, a erupção vulcânica que resultou na evacuação em massa da população para o continente. A erupção durou mais de cinco meses, mas a maioria dos ilhéus retornou logo depois e reconstruiu sua cidade, desafiando a sempre presente ameaça de erupção. Agora, Heimaey era o lar de uma próspera indústria pesqueira, mas Alexandra podia ver o cone vulcânico, ainda marrom e ameaçadoramente despido de vegetação, pairando sobre os edifícios brancos da cidade.

Ao chegarem, dirigiram-se ao porto e subiram a bordo de um pequeno barco de pesca. Alexandra já estava sentindo os primeiros sinais de mal-estar, apesar de o barco ainda estar atracado no cais. "Graças a Deus, ao que parece, o mar está calmo hoje", ela pensou.

"Isso... isso será ótimo", Benedikt comentou, como se se sentisse compelido a preencher o silêncio. Não costumava ser assim: todos os cinco tinham o hábito de conversar e ficar quietos juntos sem nenhum indício de estranheza.

Benni sempre era o que os animava, mas Alexandra às vezes se perguntava se ele era naturalmente tão otimista ou se era apenas encenação. É claro que ele ficou arrasado após a morte, assim como os outros, mas, além disso, não havia muito o que se queixar do resto da vida, pelo que ela podia ver.

Dagur, por sua vez... Alexandra não suportaria nem pensar no que ele tinha passado.

"Foi seu tio, então... que arrumou a casa para nós?", ela perguntou a Benni.

"Sim, deu permissão. Ele é um membro da associação de caçadores de pássaros, proprietários do alojamento da ilha. Você só pode ir lá se tiver contatos. Eu saí com ele muitas vezes nos últimos anos."

"Então, quando ele vem?", Alexandra perguntou.

"Ele não virá. Você achou que ele viria? Não gostaríamos de passar o final de semana com ele por perto."

"Não, eu só quis dizer para nos levar até lá."

"Não faria sentido, pois ele teria que voltar depois para nos buscar. Seria um incômodo para o meu tio."

"Quem pilotará o barco, então?"

"Eu, claro", Benni disse, como se fosse a coisa mais natural do mundo.

Um silêncio se instalou e só foi rompido quando Dagur expressou o que o resto deles estava pensando. "Você sabe pilotar um barco?"

"Você não precisa de licença para um barco pequeno como esse", Benedikt disse, entusiasmado. "É muito fácil. Se algum de vocês não confia em mim, agora é a hora de desistir", acrescentou com um sorrisinho, embora sua voz tivesse um tom contido de seriedade.

Por um momento ou um pouco mais, ninguém falou. Alexandra estava prestes a sugerir que abandonassem o plano, todavia se segurou. Outra vez, Dagur falou por todos: "Claro que ninguém vai desistir. Então, você disse que já esteve em Elliðaey antes?".

"Claro. Muitas vezes. Mas não se preocupem, estou brincando com vocês", Benedikt disse, apontando para o cais. "Meu tio nos levará até a ilha e nos trará de volta no sábado. Há um rádio no barco e outro na ilha para podermos avisá-lo quando estivermos prontos. Será o único meio de comunicação enquanto estivermos lá, então vamos torcer para estar funcionando bem."

O barco se afastou das docas e dirigiu-se para a foz do porto nas mãos experientes de Sigurdur, o tio de Benedikt, que parecia ser uma pessoa descontraída e alegre.

Mesmo assim, Alexandra não conseguia ignorar seu pressentimento. Ela deveria ter dito algo? O que a estava deixando nervosa não era tanto a viagem marítima quanto uma estranha premonição sobre a viagem, um sentimento frio e desagradável que ficava cada vez mais difícil de ignorar. Eles foram bons companheiros antes, mas isso fazia tempo e não estiveram juntos por um longo intervalo. Ok, mantivera contato com Klara, mas ela realmente ainda conhecia os outros? Seus pensamentos voaram até seus meninos; o lugar dela era em casa, com eles, não aqui com um monte de estranhos, todos envolvidos em uma tentativa equivocada de recuperar a juventude. Como se isso não fosse ruim o bastante, eles se reuniram para o aniversário de um evento no qual não conseguia sequer pensar sem ficar arrepiada.

Apesar de suas dúvidas, Alexandra teve que admitir que a vista era magnífica. Passaram pela frota de traineiras atracadas no porto e saíram pela entrada. Era um belo dia, com apenas uma pequena nuvem iridescente. O mar estava calmo e o barco respondia bem quando o tio de Benedikt acelerava. "Ali está Heimaklettur." Ele apontou para a esquerda. "Midklettur e Ystiklettur também." Eles passaram perto dos pés das três enormes montanhas rochosas, com suas calotas gramadas sobre os penhascos íngremes e depressões.

Quando o barco começou a subir e descer as ondas, Alexandra segurou firme, engolindo em seco e se agarrando com firmeza ao seu assento, enquanto os meninos e Klara se equilibravam em pé, de cara para o vento, aparentemente apreciando o movimento.

"Ali... olhem!", Benni gritou sobre o barulho do motor, "Ali está Bjarnarey e, ali, um pouco mais adiante, está Elliðaey, para onde estamos indo. A geleira ao fundo é Eyjafjallajökull."

Ela seguiu a direção do dedo dele até a forma ameaçadora de uma ilha, suas paredes rochosas enormes e inacessíveis, erguendo-se do mar à frente, e, além dela, outra, um pouco mais baixa e mais ondulada, mas ainda rodeada por penhascos. Pensou que fosse uma besta corcunda esperando por eles, com a cabeça se erguendo para atacar. De súbito, olhou para baixo e fechou os olhos.

Uma mão gentil tocou seu ombro. Olhando rapidamente para cima, viu que foi Dagur. Um pequeno *frisson* percorreu seu corpo: memórias, esperanças, expectativas. Houve um tempo em que ela achava que a gangue iria originar dois casais: ela e Dagur e Benni e... Não, não fazia sentido pensar nessas coisas. Há muito tudo estava acabado e esquecido.

"Você está se sentindo bem?" Sua voz era gentil.

"Não sou boa marinheira", respondeu com certa amargura.

Ela se pegou imaginando se poderia ter havido algo entre eles, algo além de um flerte adolescente. Claro, era tarde demais agora — devia ser. Ela tinha ciência de que, atualmente, a chama do romance estava em falta em seu casamento, talvez nunca tivesse existido, e aqui se achava ela, diante da perspectiva de um final de semana inteiro com o menino — o homem — de quem gostou na adolescência... Bem, mais do que isso, ela se apaixonara por ele. Poderia ser essa a verdadeira razão pela qual ela disse sim, quando Klara sugeriu sair no final de semana? Se fosse honesta consigo mesma, teria perguntado de maneira direta se Dagur e Benni estariam lá.

Elliðaey apareceu diante deles em toda a sua glória, como algo de outro mundo; um lugar dos deuses, um gramado verde ácido no topo de penhascos vertiginosos, e, situada em uma dobra na encosta, uma casa solitária. Seria difícil imaginar algo mais remoto.

"Que tal uma volta rápida pela ilha?", perguntou Sigurdur, lançando um olhar por cima do ombro para os passageiros.

A última coisa que Alexandra queria era prolongar a viagem de barco, por isso, ela ficou apreensiva quando seus amigos aceitaram a ideia.

Eles estavam chegando perto da ilha agora, aos pés de uma parede escura espetacular, listrada de branco por excrementos, que parecia impossível de escalar. Aves marinhas enxameavam ao seu redor, em uma massa gritante.

"Incrível, né? Sobretudo as gaivotas prateadas, eu acho", disse Benni. "A ilha é conhecida como Háubæli. E, olhe lá." Ele apontou para o topo do penhasco. "Há uma pequena saliência perto do topo..."

Para agradá-lo, Alexandra olhou com relutância para cima e avistou uma rocha saliente.

É um bom local para se sentar", Benni disse. "Se você realmente quiser se sentir vivo."

"Você só pode estar brincando", disse Dagur.

"Não é brincadeira. Iremos até lá mais tarde."

Alexandra engoliu em seco. O barco balançava e se lançava próximo à costa, fazendo seu estômago revirar. Ela se concentrou apenas em antecipar a chegada de cada onda, tentando não pensar na altura vertiginosa.

"Você pode subir por ali", Benni continuou, gesticulando para um precipício quase vertical. "Consegue ver a corda?"

Diante disso, Alexandra não pôde mais se conter. "De jeito nenhum vamos subir por aquela corda. Você é louco? Seria muito perigoso."

"*Poderíamos* subir ali." Benni deu um sorrisinho. "Mas há um caminho mais fácil pelo outro lado."

"O que é aquilo, no topo do penhasco — aquele poste, ou o que quer que seja?", Dagur perguntou.

"É para trazer as ovelhas para baixo."

"Ovelhas? Está me dizendo que tem ovelhas lá em cima?"

"Sim, algumas dúzias. Elas são trazidas para baixo em uma rede, duas por vez. Há um poste lá em cima e outro aqui embaixo. É assim que os fazendeiros as transportam para os barcos. Os homens amarram uma corda entre o poste de cima e o ferrolho naquela rocha lá no mar, então descem as ovelhas, penhasco abaixo."

O barco seguia ruidosamente devagar em volta do pé das paredes da rocha.

"Certo...", Sigurdur disse, alguns minutos depois. "Essa é a parte em que tentamos colocar vocês em terra firme. Ali, vê?" Ele tentava apontar enquanto mantinha o pequeno barco em seu curso.

Alexandra foi persuadida a olhar para cima. Ela esperava ver um cais, mas não teve essa sorte. Um amontoado de pedras e pedregulhos, era tudo o que podia ver.

"Certo, todos terão que pular", Sigurdur disse, em voz alta.

"Pular!", exclamou Klara. Os outros ficaram quietos.

"Sim, na margem, na 'bigorna', como gostamos de chamar a borda. É fácil. Apenas espere pelo momento certo. Ok, Benni, você primeiro. Direi quando." Houve uma pausa. "Um, dois... e pule."

Benni não esperou duas vezes; ele deu um salto voador do barco para a borda, conseguindo — apenas — manter o equilíbrio. "Moleza."

Dagur seguiu seu exemplo.

Alexandra ficou lá sentada, paralisada de medo, vendo Klara pulando para a terra logo em seguida. Todos eles pareciam ter conseguido, mas, apesar disso, o corpo de Alexandra recusou-se a obedecê-la.

"Mexa-se!", ela ouviu Sigurdur gritando.

Benedikt interveio: "Agora, Alexandra, agora! Um, dois e pule".

Ela pulou, sem se dar mais um momento para pensar, conseguindo, de alguma forma, chegar à perigosa borda. Escorregou um pouco na aterrissagem, mas Dagur a segurou e a ajudou a recuperar o equilíbrio. Enfim, tinha terra firme sob seus pés — se você pudesse chamar isso de terra, ela pensou. Agora que estava ali, não parecia nada seguro ter desembarcado naquela ilha tão acidentada e desabitada. Como ela desejou nunca ter se deixado enganar para ir até ali. Como diabos tudo isso terminaria?

VI

Robert morava a cerca de meia hora do centro de Savannah, e o táxi não saiu barato. Era uma casa atraente de um único andar, construída em madeira, com paredes brancas, um telhado vermelho e uma bonita varanda.

O jardim tinha uma vegetação exuberante, o clima era tropical e, segundo o motorista do táxi, a temperatura estava próxima dos cem graus. Embora Hulda não fizesse ideia de como converter Fahrenheit para Celsius, era óbvio que estava extremamente quente. Enquanto o suor escorria por suas costas e pelo restante de seu corpo, ela rezou para estar mais fresco na casa.

"Bem-vinda, bem-vinda!", gritou um homem idoso que apareceu na varanda. "Hulda?", ele perguntou, com um sotaque americano.

Ele era alto e um pouco acima do peso, mas Hulda pensou que ele fora mais magro em sua juventude. Abaixo de sua cabeça calva, o rosto profundamente enrugado era amigável.

"Sim, sou Hulda." Seu inglês estava um pouco travado no início devido à falta de uso, porém, como a maioria dos islandeses, ela tinha um razoável conhecimento do idioma, apesar de ter viajado pouco e nunca ter morado no exterior. Ela tinha um ouvido bom para línguas: era uma pena que raramente tivesse oportunidades de usá-lo.

Hulda subiu em direção a ele, movendo-se lentamente no calor sufocante, analisando cada centímetro de seu rosto e, por um momento, pensou ter captado uma semelhança fugaz, sentido uma conexão, como se o homem fosse parente dela. No entanto, temia que não fosse nada além de uma ilusão.

"Vamos entrar?", ele disse, dando um passo em direção a ela e cumprimentando-a com um caloroso aperto de mãos.

"Sim, por favor." Por sorte, estava bem mais fresco na casa.

"Minha esposa não está em casa", ele explicou. "Ela é um pouco mais nova do que eu, então sempre está para lá e para cá." Sorrindo, ele ofereceu à Hulda um lugar na mesa de jantar.

Hulda se perguntou quantos anos aquele homem tinha, mas não gostaria de perguntar a ele, não nesse instante. Havia cinquenta anos que estivera na Islândia. No início dos anos 1970, talvez? Ele certamente envelhecera bem. Seus movimentos eram rápidos e deliberados. Parecia desfrutar de boa saúde.

"De qualquer modo, minha esposa assou algo para nós", ele acrescentou, sumindo e aparecendo quase que imediatamente com uma torta que parecia deliciosa.

"É uma torta de pêssegos", ele disse com orgulho. "Todos por aqui comem torta de pêssegos."

O homem lhe ofereceu um tipo de limonada para acompanhar.

Após a primeira mordida, Hulda teve que admitir ser uma das melhores tortas que já provara na vida. Ela havia, há muito tempo, desistido de assar bolos e tortas, pois, como morava sozinha, dificilmente se daria o trabalho de preparar o jantar para si própria, muito menos qualquer coisa mais complicada. Noutra época, ela pediria a receita para poder cozinhar para Jón e Dimma.

"Isso está incrível, delicioso", ela disse.

"Obrigado. Minha esposa é uma excelente cozinheira. É bom ter uma boa desculpa para cozinhar, já que não recebemos muitas visitas. Mas aqui está você, vinda da Islândia!"

"Não é tão longe assim, como tenho certeza de que você sabe, não hoje em dia. Apenas cinco horas de voo de Nova Iorque."

"Só isso?" O velho pareceu surpreso. "Caramba, talvez eu devesse ter voltado para uma visita."

"Então, você nunca mais voltou?"

"Não, fiquei pouco tempo por lá. Menos de um ano. Em 1947." Seus olhos desfocaram enquanto seus pensamentos vagaram de volta para aquela época, meio século atrás.

"Você se lembra bem daquele ano? Na Islândia?"

"Não posso dizer que me lembre, não mesmo. Eu viajava muito naquela época e a Islândia foi apenas um dos meus muitos postos. Mas eu me lembro dos campos de lava — estar cercado por toda aquela lava sem-fim. A paisagem era incrível, tão árida. Como a lua, ou como imagino que a lua seria." Robert lhe deu um sorriso amigável.

"Houve algo mais memorável em sua estada na Islândia?" Hulda podia sentir entrar no modo interrogatório policial, como se estivesse inquirindo um suspeito, tentando fazê-lo se enganar, fazendo-o confessar um crime. Ela teve que se controlar: não era justo com aquele homem.

Ele balançou a cabeça. "Não, para ser honesto com você, não posso dizer que houve. A Islândia não era... como posso dizer isso? O posto mais popular em oferta. Lembro-me de que, quando soube que seria enviado para lá, a primeira coisa que me ocorreu foi: o que fiz de errado?" Ele começou a rir. "Claro, isso foi preconceito, mas você tem que admitir que o país não entrara no século XX de verdade naquela época. Não era com o que estava acostumado em casa. Era tão primitivo que parecia que eu havia voltado no tempo. Sem pavimentação nas estradas e pouquíssimos prédios, os habitantes locais moravam em barracões Quonsets. Naquela época, não se poderia chamar Reykjavik de cidade, mas imagino que seja uma cidade grande agora. Em poucos locais se falava inglês, embora os jovens falassem um pouco durante a guerra, e me lembro de que havia cinemas exibindo filmes americanos. Fiquei um pouco surpreso com aquilo. Era óbvio que a presença de soldados americanos e britânicos durante a ocupação teve um grande impacto na cultura. Enfim, essa foi a sensação que tive."

"Você deveria ser jovem naquela época...", ela disse, jogando uma isca. Hulda ficou surpresa com quão fácil seu inglês fluía. Ela estudou o idioma na escola, mas seu conhecimento veio sobretudo de assistir a filmes e séries legendadas na TV. As programações islandesas foram dominadas por programas americanos e britânicos, o que demonstra que o comentário do velho sobre o impacto da ocupação tinha um fundo de verdade.

"Bem, sim, acho que eu tinha cerca de 30 anos..." Ele pareceu estar fazendo alguma conta mental. "Sim, 30."

"Deve ter sido difícil ficar longe de sua esposa por um ano", Hulda comentou em tom inquisitivo, pensando que seria interessante saber se ele estava solteiro na época. Não que isso provasse algo: ele ainda poderia ter tido um caso na Islândia.

"Sim, sim, foi, mas felizmente a guerra acabou, levando o perigo consigo. Ela foi gentil o bastante para me aturar. Nós estamos casados há mais de meio século, sabe?"

"Parabéns."

"Obrigado." Ele fez silêncio por um momento; então, antes de Hulda ter tido tempo de encontrar as palavras corretas, acrescentou com sua voz lenta e contida: "Você disse em sua carta que tínhamos um amigo em comum, correto?".

VII

Klara

Klara ainda não havia encontrado a direção certa na vida. Pelo menos, era o que dizia a si mesma ao tentar se justificar por que ainda morava com os pais aos 30 anos, sem perspectiva de se mudar em breve. Ela não parava em emprego nenhum, por conta de sua falta de qualificação. Por um tempo, trabalhou em uma creche, em uma posição temporária, da qual ela gostou muito, mas não durou. Vez ou outra, trabalhava em uma loja, cobrindo alguém. Depois foi convidada a trabalhar em outra creche, mas de novo em uma posição temporária. Talvez parte do problema residisse no fato dela não se esforçar o suficiente para se manter nos bons empregos quando eles apareciam. Ela se sentia confortável morando em casa, onde tinha relativamente tudo o que precisava, já que seus pais a deixavam morar no porão sem pagar aluguel.

Em pé, em frente à casa solitária da ilha, ela olhou para o mar, lembrando do tempo em que a vida era simples. Quando ela tinha esses bons amigos e eles passavam quase todo o tempo livre juntos. Eles eram tão próximos: ela se lembrava de ter certeza de que sempre seria assim, que sempre seriam amigos.

A nuvem iridescente tinha se dissipado, dando lugar a um dia de verão tão glorioso que dificilmente seria possível imaginar um cenário mais espetacular, porém, por algum motivo, Alexandra estava sendo uma verdadeira desmancha-prazeres. Depois que subiram pelo caminho gramado ao lado do penhasco áspero, com a ajuda de uma corda velha fixada na rocha, Alexandra continuou reclamando que nunca deveria ter ido, voltando-se contra Klara e culpando-a: "Você não deveria ter me metido nisso!". Mas Klara não a meteu em nada; tudo que fizera fora persuadi-la a que eles deveriam se reunir para honrar a memória de sua velha amiga, o quinto membro da gangue. Talvez a escolha do local tenha sido um erro, a casa solitária na ilha desabitada de Elliðaey, tão longe da civilização quanto se pode imaginar. Entretanto, quando Benni lhe enviou uma foto da ilha, ela de pronto sentiu ser o lugar certo. Um cenário deslumbrante.

Agora, Klara começava a ficar com medo também. Talvez fosse apenas a ciência de estar completamente isolada da civilização. Ela teve uma súbita sensação desconfortável de que estavam presos, abandonados em uma ilha deserta, sem contato com o mundo exterior, exceto pelo rádio.

Presos em uma magnífica pintura de paisagem.

A casa, ou melhor, o alojamento de caça, situava-se ao pé de uma encosta gramada que subia para encontrar o céu antes de despencar verticalmente para o mar. Não muito longe havia outro prédio menor, uma cabana de caçadores de pássaros do século XIX. Uma das construções mais antigas de Vestmannaeyjar, Benni havia dito.

Alguém a chamava, Benni, talvez. Ela encheu os pulmões com o ar fresco do mar, ouvindo os gritos dos pássaros, o único som que interferia no silêncio. Então, determinada a aproveitar o momento, deu de ombros para a sensação de medo e foi se juntar aos outros.

Assim que Benni os reuniu, anunciou que iriam dar uma olhada em Háubæli. Ninguém se opôs, embora Klara tenha captado a expressão consternada no rosto de Alexandra.

A caminhada os levou até o outro lado da ilha, encontrando as ovelhas pelo caminho.

"Continuem por este caminho. É mais seguro. As ovelhas o usam; elas, em geral, seguem o mesmo caminho", disse Benni.

"Mais seguro?", exclamou Dagur. "Existe algum motivo pelo qual é perigoso andar pela grama?"

"Há tocas de papagaio-do-mar por todo o lugar. Você pode torcer o tornozelo se pisar em uma por acidente. Então, tome cuidado."

Klara manteve-se o mais perto possível dos outros. As pegadas das ovelhas desapareciam pouco a pouco e, além disso, o chão estava coberto com um gramado longo e grandes moitas que dificultavam a caminhada. O terreno ficava mais íngreme à medida que avançavam.

"Esse não é um lugar para pessoas que têm medo de altura", Benni avisou, diminuindo a velocidade, conforme se aproximava de seu destino. "Apenas me sigam. Se sentirem que estão ficando com tontura, agarrem-se à grama; as raízes são muito fortes."

Depois de um tempo, chegaram em Háubæli, e Klara se viu olhando para um dos lugares mais deslumbrantes que já havia visto. Logo abaixo do topo do penhasco, havia uma área oca sob uma saliência rochosa como uma caverna pouco profunda. E, em frente a ela, a borda que haviam avistado do barco se projetava sobre o abismo. Mal havia lugar para os quatro sobre a saliência e nenhuma maneira de ficar de pé a menos que você se aproximasse do precipício.

"Quem quer se sentar na beirada?", Benni convidou. "A vista é incrível. E de fato faz você se sentir vivo. O risco de morte iminente tende a ter esse efeito. Ponha um pé em falso aqui e você já era."

Dagur foi o primeiro a tentar, um pouco hesitante, mas estava claro na expressão de Alexandra que ela não tinha intenção de mover um centímetro da parte relativamente segura da saliência.

Quando Dagur voltou, foi a vez de Klara se empoleirar no ponto mais distante. Ela olhou para o mar, para o céu, e para os pássaros brancos voando tão perto que você quase conseguia tocá-los. Sentia-se como se estivesse em outro mundo, a paz era tão absoluta e a vista tão incomparável. Klara podia ver Bjarnarey emergindo do mar e, mais além, os topos dos vulcões de Heimaey e, então, nada mais que o oceano se estendendo até o horizonte distante. Depois olhou para baixo, espiando por cima da saliência. Era como olhar para o infinito, como ficar cara a cara com sua própria mortalidade. Encolhendo-se involuntariamente para trás, ela prendeu a respiração. Nenhum ser humano sobreviveria a uma queda como aquela.

VIII

Dagur

O alojamento de caça, uma elegante cabana de madeira, era maior que o nome sugeria, quase igual uma casa de veraneio, revestida por chapas de zinco, branco nas paredes, preto no teto. Na cozinha, o passado encontrava o presente, aparelhos modernos lado a lado com itens de outra época, como a cafeteira antiquada, o calendário antigo e o rádio que deve ter tido seu apogeu nos anos 1970. Dagur foi imediatamente levado pela atmosfera aconchegante. A cozinha levava a uma sala de estar considerável, onde os quatro já se sentiam em casa. As paredes eram forradas com fotos antigas de caçadores, e havia vários pássaros empalhados pendurados no teto, como um lembrete de que a ilha era o reino deles, e os humanos eram apenas os visitantes.

"Dizem que há mais pássaros vivendo nesta ilha do que pessoas em Manhattan", Benni comentou. Até agora, a interação entre eles havia sido um pouco estranha, um sinal de quanto tempo tinha se passado desde que os quatro estiveram juntos pela última vez, mas Benni fazia o possível para suavizar o clima. "Sem contar as tocas de papagaio-do-mar."

O pavilhão contava com um reservatório pluvial, pois não havia fonte de água doce na ilha. Eles trouxeram recipientes de água potável, além de álcool e suprimentos alimentares. Foi uma grande *performance* levar toda a bagagem para terra firme sem quebrar nada no processo.

"Nada mal", Alexandra disse, mas o tremor em sua voz a traía. Dagur tinha o pressentimento de que ela preferiria estar em qualquer outro lugar. "Deve ter sido um pesadelo construir esta casa."

"Sim, já ouvi histórias", Benni disse, aproveitando essa abertura para uma conversa. "Acho que foi um inferno de empreendimento. Você consegue imaginar como deve ter sido transportar toda a madeira e outros materiais até aqui de barco, depois puxá-los penhasco acima."

"É uma verdadeira aventura estar tão longe de tudo", Klara disse. "Uma grande mudança para você, né, Alexandra? Sem crianças choramingando."

A única resposta de Alexandra foi um leve sorriso.

"Como você está aproveitando a vida no leste?", Dagur perguntou, para quebrar o silêncio.

Alexandra não respondeu de imediato, então disse: "Ah! Tudo bem". Como rapidamente baixou os olhos, ele pensou que podia ler em seu rosto que ela não estava contando toda a história.

Ele estava prestes a se virar e perguntar à Klara o que ela andava fazendo hoje em dia, mas pensou melhor. Ele estava bem ciente de que os últimos anos — na verdade, a última década — foram difíceis.

Dagur chamou a atenção de Benedikt, tentando transmitir a mensagem de que cabia a ele manter a conversa boa rolando.

"Vamos fazer um brinde... um brinde a *ela*?", Benedikt sugeriu, levantando-se. Era óbvio a quem ele se referia.

"Sim, vamos", disse Klara.

Ela e Klara haviam sido melhores amigas. De todos eles, Dagur e Klara eram os mais próximos dela.

"Você vai buscar a bebida?", Klara perguntou, direcionando a pergunta para Benni.

"O que você acha?"

Abrindo um armário, ele pegou uma garrafa de uísque, derramou um pouco em três copos, então se virou para Dagur: "E você?". Dagur não chegava perto de álcool há anos, não desde os terríveis acontecimentos que os reuniram de novo. Na adolescência, ele bebia como os outros, porém as circunstâncias o obrigaram a parar. Para ser preciso, foi a confissão de seu pai de que andava bebendo quando... quando aquilo aconteceu... que, na verdade, ele estava bebendo escondido por um longo período, escondendo o fato de sua família. Depois disso, Dagur não foi capaz de encostar em uma garrafa de bebida alcoólica outra vez.

Às vezes, a tentação era grande — talvez estivesse em seus genes —, contudo ele não tinha a intenção de ter uma recaída. Não havia como saber até que ponto o álcool era culpado por destruir sua família, mas era óbvio que sem ele a situação não teria sido tão ruim.

Não, ele ficaria sóbrio naquela noite, como sempre.

IX

"Sim, está certo..." Hulda hesitou em responder a pergunta sobre o amigo em comum. Estranhamente, ela não se preparou de forma adequada para isso; não pensou em como colocar em palavras.

"Quantos anos você tem, se não se importa que eu pergunte?", ele disse.

De imediato, Hulda percebeu o rumo da conversa.

Então ele acrescentou: "Espero que me desculpe por ser tão direto, mas, quando chegar à minha idade, você irá sentir que pode ter algumas liberdades com a geração mais jovem".

"Claro, minha idade não é segredo... Farei cinquenta este ano. Um aniversário marcante."

"Nem me fale. Lembro bem de quando fiz cinquenta anos. Pensei que minha vida havia acabado, mas, não poderia estar mais errado." Ele gargalhou. "Você tem família, marido e filhos?"

Hulda ficou um pouco desconcertada com a pergunta dele. Em casa, na Islândia, a maioria das pessoas com quem ela tinha contato sabia o que havia acontecido, que Dimma havia se matado e que perdera Jón não muito tempo depois. Que há muitos anos ela estava sozinha no mundo e que, sem dúvida, ficaria assim pela eternidade. Desacostumada a falar sobre isso, ela decidiu não se abrir naquele momento para um estranho... o que era um pouco injusto, considerando o que queria dele.

"Não, eu moro sozinha", ela disse, decidindo não entrar em detalhes.

"Bem, não é tarde demais para encontrar um bom homem", ele respondeu.

Hulda ficou em silêncio.

"Você não quer outro pedaço?", o homem perguntou, apontando para a torta de pêssegos. Ela aceitou a oferta, a fim de ganhar um pouco mais de tempo.

Após breve silêncio, Robert poupou-lhe o esforço.

"Seria alguém de sua família, talvez?", ele perguntou. "Sua mãe? Esse amigo em comum?"

Hulda hesitou, então disse: "É... sim, exatamente. Minha mãe".

Robert recostou-se na cadeira. "Ah, foi o que pensei."

Ele não disse mais nada por um bom tempo, e Hulda se conteve, desejando que ele desse o próximo passo.

"Você tem a idade certa e eu acho que essa é a única coisa que a traria da Islândia para a Geórgia — muito, muito longe de casa — apenas para conhecer um velho como eu. Estou certo?"

Seu coração deu um salto. Seria o seu pai? Ela estava mesmo sentada cara a cara com ele, após todos esses anos? De repente, se viu lutando contra as lágrimas.

"Sim...", ela admitiu timidamente, quase sufocada demais para falar.

"Ah", Robert suspirou.

"Vocês... você e minha mãe...?" Hulda não conseguia encontrar as palavras certas.

Foi a vez de Robert ficar em silêncio. Ele próprio parecia estar tendo dificuldade em encontrar as palavras.

X

Benedikt

Benedikt podia sentir o uísque subindo à cabeça, afetando-o muito mais do que esperava. Beber de estômago vazio fora uma péssima ideia.

Era engraçado olhar o grupo, seus três amigos da adolescência, agora dez anos mais velhos. Ele mantivera contato com Dagur e tentava encontrá-lo com regularidade, embora Dagur hoje em dia preferisse se refugiar em sua concha. Benedikt sempre acreditara que a amizade deles era forte, que havia sobrevivido à adversidade, entretanto às vezes ele tinha a impressão de que Dagur via as coisas de um modo diferente. Quanto às garotas, ele não as via há um bom tempo. Klara tinha praticamente desaparecido, Alexandra havia se mudado. Ele ouvira boatos de que Klara estava tendo problemas para manter o emprego e que ainda morava com seus pais. Quem teria imaginado? Parecia óbvio que ela teria um futuro promissor, a maioria das pessoas teria previsto que ela iria longe em qualquer profissão que escolhesse. Ele sempre presumiu que Klara conseguiria um diploma universitário, porém parecia-lhe faltar motivação. Sem dúvida, ele fez a escolha certa, na verdade, ele nunca tivera nenhuma dúvida a esse respeito, independentemente de como as coisas tivessem acontecido.

Percebeu, então, que ele não deveria esquecer que os acontecimentos, de alguma maneira, marcaram a todos. E não apenas a eles, mas a todos que a conheceram, todos os seus amigos.

Eles estavam sentados ali relembrando dela, pela primeira vez em anos. Foi uma sensação boa. Na verdade, já era hora.

Alexandra acabara de compartilhar uma anedota comovente, e Benedikt sentiu ser sua vez.

"Uma vez", ele começou, tentando prender o choro que ameaçava explodir em sua garganta no momento que relembrou a história, "ela alegou que um antepassado dela fora queimado na fogueira. E como se isso não fosse ruim o bastante, ele voltou em forma de fantasma. Ela jurou que teve um encontro com ele, que sentiu sua presença".

"Ah, eu me lembro dessas... histórias", Dagur interveio cautelosamente.

Benedikt sentiu-se confortado pela lembrança e, ao mesmo tempo, teve um leve arrepio com as associações de que recordou. "Ela tinha um monte de histórias exageradas como esta — a maioria inventada, espero." Ele continuou. "Isso fazia parte de seu charme."

"Perfeito", disse Alexandra, sorrindo. O álcool parecia ter soltado sua língua. "Ela era tão mentirosa, mas nunca de um jeito ruim, não me interpretem mal. Ela simplesmente amava exagerar."

"Uma mentirosa...", Dagur repetiu, frio e sóbrio como de costume e não disposto a deixar falarem qualquer coisa. "Isso é um pouco duro."

"Desculpe, eu não quis dizer nada com isso", Alexandra afirmou, envergonhada.

"Você acha que ela estava dizendo a verdade — digo, sobre o antepassado dela?", Klara perguntou, alheia às implicações. Ela havia bebido bastante também; talvez mais do que qualquer um. "Ele de fato foi queimado na fogueira? Eles faziam esse tipo de coisa aqui na Islândia?"

"Sabe, foi exatamente o que perguntei a ela...", Benedikt interrompeu, consciente de que havia falado demais. "Enfim... Ah, Deus, eu não sei. Não consigo me lembrar dos detalhes. Isso faz tanto tempo."

"Foi nos Fiordes Ocidentais?", Dagur perguntou.

"O quê? Não. O que quer dizer? Nos Fiordes Ocidentais?"

"Conheço essa história. Ele era dos Fiordes Ocidentais, o homem queimado na fogueira. Você está certo. Ela me contou sobre ele, na *casa de veraneio*..." Ele enfatizou as palavras: "Ela disse que sempre temia o escuro lá".

Benedikt não respondeu. Ele estava prestes a mudar de assunto quando Dagur continuou: "Eu havia esquecido disso tudo. É divertido relembrar. Eu espero que ela estivesse exagerando, mas, quem sabe? Em que momento ela lhe contou isso?".

"Para mim?", Benedikt reagiu rápido, como se achasse que a pergunta de Dagur tivesse sido dirigida aos outros.

"Sim, quando ela lhe contou essa história?"

Benedikt fingiu quebrar a cabeça. "Deus, eu esqueci. Tudo de que me lembro é que alguém foi queimado na fogueira. Não é o tipo de coisa que você esquece!" Ele riu, observando em segredo as reações de seu amigo. Ele notou Alexandra se aproximando um pouco mais de Dagur no sofá. Talvez sem perceber, talvez não. Klara não pareceu ter reação alguma, apenas ficou sentada olhando para o nada, como se estivesse pensando em algo muito diferente. E Dagur... Dagur, sem dúvida, prestava muita atenção, olhando fixamente para Benedikt, com um olhar estranho. Era claro que algo na história de Benedikt estava lhe incomodando.

Mas quando Dagur falou novamente, foi apenas para dizer, "Dez anos... Passou rápido, não passou, pessoal? Vamos fazer o brinde?".

Eles levantaram suas taças para ela — para quem mais? A garota que foi responsável por uni-los; que estivera na mesma classe de Benedikt e Klara até a sexta série; que havia sido amiga de Alexandra, apesar de ter frequentado uma escola diferente da deles. A irmã mais velha de Dagur — "Dagurzinho", como ironicamente costumavam chamá-lo, pois ele era um ano mais jovem do que eles. Ela nunca o havia deixado de lado. Era como Benedikt lembrava dela: animada, um pouco brincalhona, bondosa, bem-disposta para com todos, mas obstinada quando se tratava de conseguir o que queria. Ela nunca deixava nada atrapalhar seu caminho.

"Quase sinto como se ela estivesse aqui conosco", disse Alexandra, engolindo um pouco de uísque. "Conseguem sentir isso? Como se houvesse algum espírito na casa, fazendo tudo parecer mais brilhante — um espírito travesso, não acham?" Não recebendo resposta, ela se apressou em acrescentar: "Desculpem, estou um pouco sentimental. É a bebida. Não estou acostumada a beber hoje em dia. Na fazenda, estou sempre ocupada, andando atrás dos meus filhos e marido — não tenho mais tempo para sair".

"Claro, eu consigo sentir isso, senti-la, Alexandra", Klara disse, sorrindo. "De verdade."

Incentivada pelo encorajamento de Klara, Alexandra acrescentou: "Não consigo deixar de pensar se ela está tentando nos dizer alguma coisa. Se há alguma mensagem que ela queira nos transmitir".

"O que quer dizer?", Benedikt perguntou, de maneira involuntária, com um tom de voz mais alto. "Diga."

"Bem... você sabe", Alexandra disse, hesitante.

Benedikt não respondeu; não sabia como reagir.

"Sabe", ela recomeçou, "talvez ela queira nos contar o que aconteceu".

Com isso, Benedikt sentiu a atmosfera ficar pesada, quase palpável, como se o espírito dela tivesse vindo se juntar a eles em Elliðaey.

"Eu não entendo", Klara disse.

Benedikt virou a cabeça para analisar Klara um pouco melhor pela primeira vez. Ela envelheceu bem. Sempre muito bonita na escola, havia se tornado uma bela mulher. Benedikt ainda a achava atraente, mas sabia que não poderia haver nada entre eles agora. De certa forma, foi bom rever seus amigos, porém, ao mesmo tempo, ele estava feliz que todos seguiram caminhos separados, exceto por ele e Dagur, claro.

Klara persistiu: "Conte-nos o que aconteceu. O que quer dizer? Todos sabemos o que aconteceu". Ela estava falando baixo, porém, por um momento, seria possível escutar um alfinete caindo, então Dagur levantou-se com tanta violência que a taça em que bebia caiu no chão e se despedaçou.

"*Não* sabemos!", ele exclamou com tanta fúria que Benedikt se perguntou se, afinal de contas, havia álcool em sua taça. A explosão repentina era tão incomum a ele.

Levantando-se, Benedikt foi até seu amigo e o abraçou.

"Claro que não sabemos. Ninguém sabe. Você entende o que ela quer dizer: no que diz respeito à polícia, o caso está encerrado, embora, é claro, não tenhamos que concordar com eles. Todos somos capazes de ter nossa própria opinião."

Dagur o empurrou com tanta força que Benedikt tropeçou.

"*Todos somos capazes de ter nossa própria opinião?* Que merda é essa, Benni? E Klara? E você, Alexandra? Sentada aí, quieta como um rato. Você não tem uma opinião?" Olhava-a com firmeza.

"Não. Quero dizer... eu concordo com você, Dagur."

"Você quer dizer que todos vocês acreditam na versão oficial? Sério? Pensei sermos amigos, que apoiávamos uns aos outros. E agora você está mentindo para mim também — ou pelo menos você está, Benni. Você! Nós somos amigos, pelo amor de Deus, ou éramos. Por que você anda mentindo para mim?"

"Mentindo? O que diabos quer dizer?", Benedikt exclamou.

Mas Dagur já havia subido.

XI

Alexandra

Alexandra não conseguiu entender de imediato o que a havia acordado. Sentou-se ofegante, percebendo apenas depois de um momento que era meio da noite, tão escuro lá fora quanto nunca havia estado naquela época do ano. Ela se mexeu com dificuldade; o colchão era velho e irregular. Não havia conforto ali, mas, por suposição, a maioria dos visitantes não se importava, já que iam para a ilha para ficar longe de tudo. Embora, quase sempre, Alexandra se descrevesse como uma garota do campo, não estava gostando daquilo. Havia algo no ar, algo indefinido, errado, que a fez desejar estar de volta em casa, em sua própria cama, de volta ao aconchego, ao caos da vida familiar, longe daquela ilha e daquelas pessoas. A noite terminara de um jeito amargo, com Dagur explodindo de repente com Benedikt, sem motivo aparente. Depois, a festa havia acabado, ainda que não estivesse sendo nada divertido antes disso. Alexandra esperava que o novo dia trouxesse uma atmosfera mais positiva.

Ela teve problemas para dormir, mas, no final, conseguiu. Então ouviu um grito assustador de angústia e soube que foi um grito semelhante que a acordara. Era um som arrepiante que a perfurou até a espinha. Uma voz feminina, ela tinha certeza disso. Klara?

Alexandra sentou-se, sonolenta, o álcool ainda correndo em suas veias após a noite de bebedeira. Ela se sentia tonta. Levou um tempo para perceber que Klara não estava deitada no colchão ao seu lado. E, então, a fria percepção de que estava assustada, pois o que diabos teria feito Klara gritar de uma maneira tão alarmante? A última coisa que queria era investigar o que estava acontecendo, mas tinha que ajudar sua amiga.

O mezanino era dividido em dois cômodos, e a porta que os conectava estava fechada. Os meninos ficaram com o quarto interno, Alexandra e Klara com o externo.

E então ela a viu. Klara estava sentada em um canto, encolhida quase em posição fetal, de costas para Alexandra.

"O que diabos está acontecendo? Qual é o problema?" Dagur exigiu explicação, emergindo de seu quarto e olhando para Alexandra, pensando que havia sido ela que gritara. "E onde está Benni?"

"Ele não está com você?"

"Não. Quem gritou?"

Alexandra balançou a cabeça em direção à Klara.

"Klara, você está bem?", Dagur perguntou com uma voz diferente, gentil.

Ela virou-se, com lentidão onírica, e Alexandra levou o maior susto da sua vida quando viu seu rosto.

XII

"Minha esposa e eu...", Robert começou, então parou, antes de retomar: "Minha esposa e eu nunca conseguimos ter filhos. E eu não tenho filhos com nenhuma outra pessoa. Não tive um caso na Islândia — sempre fui fiel à minha esposa. Sinto muito pela viagem perdida, mas não sou seu pai. Era isso que você queria perguntar?"

Hulda suspirou. "Sim. Eu... eu esperava que fosse você." Ela tentou não deixar transparecer sua decepção. Afinal, foi um tiro n'água, mas, por um momento, de fato acreditou que aquele homem gentil e amigável pudesse ser seu pai. E ela percebeu, então, o quanto precisava de um pai. Sentiu que estava esperando a vida inteira por uma chance de conhecê-lo, abraçá-lo, fazê-lo sentir orgulho dela...

"O que a fez pensar que poderia ser eu?"

"Minha mãe... Ela nunca contou ao meu pai sobre mim; que ela tinha tido um bebê, que havia engravidado..." Hulda foi forçada a parar para controlar sua respiração.

"Entendo", Robert disse, e continuou: "Qual é o nome dela? Ela ainda está viva?".

"Anna. Ela se chamava Anna. Não, ela morreu."

"Meus pêsames", disse Robert. Ele pareceu ter tido a intenção de dizer isso mesmo.

"Venho adiando esta viagem, pois não queria fazê-la enquanto minha mãe estivesse viva. É difícil de explicar, porém, sinto que não era certo interferir até ela ter ido embora. Era problema dela, decisão dela nunca tentar encontrar... meu pai."

"Sinto muito por você não o ter encontrado", ele disse gentilmente. "Não ainda. Mas por que você achou que poderia ser eu?"

"Ela sabia que o nome dele era Robert, ela me contou isso. E que ele era da Geórgia."

"Sim, havia dois Roberts", ele respondeu pensativo.

"Eu sei. Só que não consegui achar o outro cara. Então esperava que você fosse a pessoa certa. De qualquer forma, foi bom conhecê-lo." Hulda se levantou devagar.

"Igualmente." Ele sorriu.

"Você, por acaso, não... não sabe o que aconteceu com o outro?"

Ele balançou a cabeça. "Receio que não, embora me lembre dele muito bem. Mantivemos contato por muito tempo através da Associação de Veteranos, mas não sei dele há pelo menos dez anos. Sabe de uma coisa: eu poderia ligar para um amigo em comum, se você quiser. É o mínimo que posso fazer."

Ele se levantou.

"Só vou entrar em meu escritório e ver se consigo contatá-lo. Sirva-se de mais torta nesse meio-tempo. Não vai acabar sozinha, e não me fará bem comê-la inteira."

XIII

Dagur

Dagur viu Alexandra recuar quando Klara se virou. Ele não a culpou. O rosto de Klara era uma máscara de terror cego. Ela também estava pálida — como se tivesse visto um fantasma — embora Dagur nunca tenha acreditado em fantasmas. Klara deve ter tido um pesadelo e acordou, gritando pela casa... No entanto, a coisa toda parecia estranha. Nunca em sua vida ele havia visto um olhar de tal horror no rosto de alguém. Era como se estivesse fora de si de tanto medo.

"Klara, você está bem?", perguntou gentilmente, caminhando devagar até ela, cuidando para não fazer nenhum movimento repentino. Seu olhar era vago; como se ela não pudesse vê-lo ou ver Alexandra. Quando Dagur tentou fazer contato visual, ela parecia olhar através dele.

"O que aconteceu, querida? Olhe, venha aqui e sente-se. Alexandra também está aqui. Nós ouvimos um grito."

Klara não reagiu.

"Foi você quem gritou? Alguma coisa aconteceu?"

Depois de um minuto ou dois ela o obedeceu, levantou-se e foi até ele, a cor voltando aos poucos às suas bochechas brancas.

Dagur olhou para trás e viu que Alexandra estava a uma distância discreta. Quase como se ela não quisesse arriscar ver o que Klara viu...

"Está tudo bem?", ele perguntou, quando julgou que Klara tinha tido tempo para se recuperar.

Ela balançou a cabeça.

"Foi um pesadelo?"

Novamente, ela balançou a cabeça. "Não."

"O que aconteceu?"

Ela não respondeu, e Dagur, muito paciente, esperou. Ele podia ver que ela precisava de um pouco mais de tempo para superar o choque antes que pudesse falar.

Por fim, em voz baixa e assustadoramente vaga, ela disse: "Eu a vi. Ela estava aqui".

Dagur sentiu-se mal, e uma onda de pavor passou por ele. Não havia dúvidas sobre de quem ela estava falando. Mesmo sabendo que não poderia ser verdade, uma sensação de dúvida arrepiante tomou conta dele.

"Isso é besteira!", ele explodiu, incapaz de se controlar. "Pare com isso agora mesmo!"

Sentindo uma mão tocar seu ombro, ele estremeceu de novo, sem controle. Quando virou a cabeça, ele quase esperou *vê-la* parada ali...

XIV

Quando Robert voltou à sala, minutos depois, Hulda conseguia ver, pela sua expressão, que ele não tinha boas notícias.

"Sinto muito, querida, sinto muito."

"Ele está... morto?", ela perguntou, apesar de que já sabia a resposta. Talvez ela sempre soubesse. Sentisse.

Robert assentiu: "Sim, há cinco anos. Sinto muito mesmo".

Ela se sentiu tomada por uma tristeza pela morte de um homem que nunca conheceu. Foi a confirmação, de uma vez por todas, para todos, que ela nunca conheceria seu pai.

Então, silenciosamente, ela se xingou por ter sido tão patética, por não ter se esforçado para procurá-lo há mais tempo.

"Eu...", Robert hesitou. "Lembro-me bem dele. Ele era um homem bem bacana, um cara legal, se isso te conforta."

Hulda assentiu, tentando se fazer de forte, mas sabia que não estava enganando ninguém. Ela lutou contra as lágrimas. Chorar não era seu estilo, não mais. Havia passado por tanta coisa que não iria começar a desperdiçar lágrimas por alguém que ela nunca conheceu.

"Obrigada", ela disse, com uma voz rouca, depois de um tempo.

"Um cara honesto, pelo que me lembro. Quando éramos colegas de trabalho no exército, sempre soube que ele me apoiaria." Então ele acrescentou, e Hulda pressentiu que era apenas para confortá-la: "Você se parece com ele, posso jurar. Olhe só, eu poderia tentar arranjar algumas fotos dele e enviá-las para você".

"O que, é... o que ele fez depois que deixou o exército?"

"Ele se tornou um professor — ensinou por grande parte de sua vida, acredito eu. Ele era uma ótima pessoa", repetiu. "Mas como disse, faz um bom tempo desde a última vez que ouvi falar dele."

Suas garantias não serviram de consolo para Hulda. Afinal de contas, dificilmente ele falaria mal dos mortos, em especial em circunstâncias como essa.

Era improvável descobrir mais sobre seu pai e, talvez, fosse melhor deixar do jeito que estava. Porém, sua curiosidade levou a melhor. "Será que ele era casado?"

"Sim, entretanto sua esposa morreu antes dele, pelo que eu saiba. Ela morreu muito antes do tempo, talvez há quinze anos. Não sei se ele se casou outra vez."

"Eles tiveram filhos?"

"Sim, muitos."

Passou pela cabeça de Hulda procurá-los. Seus meios-irmãos... Porém, não nessa viagem; não agora. Afinal, ela não veio até aqui em busca de irmãos, apenas na esperança de encontrar seu pai.

Empurrando sua cadeira para trás, ela se levantou. "Muito obrigada por reservar um tempo para me encontrar e ser tão gentil", disse, tentando sorrir. "Você tem uma linda casa."

"Foi ótimo conhecer você, Hulda", ele disse, levantando-se também. "Se houver mais alguma coisa que eu possa fazer por você, é só me avisar."

Ela pensou por um momento, então se surpreendeu ao perguntar: "Por acaso, você sabe... ou conseguiria descobrir onde ele está enterrado?".

"Isso deve ser... claro, acho que consigo descobrir. Posso fazer umas ligações, se você não se importar em esperar."

"Claro que não. Muito obrigada!", ela disse, envergonhada de fazer aquele senhor perder tanto tempo com uma estranha.

"Será mais divertido do que ficar sentado no terraço resolvendo palavras cruzadas", ele disse quando saiu da sala novamente.

XV

Alexandra

"Acalme-se, Dagur", Alexandra disse com serenidade. Quando ela, com muito cuidado, colocou uma mão em seu ombro, ele se virou, encarando-a, e ela viu um medo genuíno em seu olhar insano. Todo o incidente a deixou muito assustada: Klara parecia um zumbi um momento atrás.

De modo incoerente, Alexandra se viu assumindo o papel materno, como se estivesse confortando duas crianças pequenas. Claro que, literalmente, seus velhos amigos eram adultos, mas ocorreu a ela agora que parecia que nunca tinham crescido. Em retrospecto, ela teve sorte de se afastar, de colocar uma certa distância entre ela e o inferno pelo que passaram. No entanto, tinha ficado óbvio que Dagur e Klara não tinham superado o trauma, não de verdade. Quando colocados à prova, agiam como crianças. Mesmo Dagur, aquele garoto confiável e sensato, não aguentava a situação.

Ela sentiu um desejo irresistível de abraçá-lo, de tê-lo mais perto, e sabia que, se fosse honesta consigo mesma, assumiria que nunca deixou de ser um pouco apaixonada por ele. Talvez por isso ela não tenha seguido em frente; ela não tinha deixado o passado para trás. Uma mulher adulta, esposa e mãe de dois filhos, não deveria pensar dessa maneira, mas se sentia como uma menina apaixonada de vinte anos, como se o tempo não tivesse passado.

Dagur virou-se e pegou sua mão, com muita ternura, e novamente ela sentiu aquele *frisson* caloroso percorrendo seu corpo. "Desculpe, acabei de levar um grande choque." Ele olhou profundamente nos olhos dela, e ela pensou ter visto uma faísca genuína. Seria possível que ele também estivesse nutrindo sentimentos por ela durante todos esses anos? Seria tarde demais para fazer alguma coisa?

Claro que era tarde demais. E ainda...

"Sem problemas." Ela esperou, desejando que ele não soltasse suas mãos, mas, depois de um momento, ele as soltou e virou-se de novo para Klara.

"Você está falando sério?", ele perguntou. "Sobre achar que a viu? Deve ter sido um pesadelo."

"Sério", ela disse sobriamente, desafiando-o. "Eu não acho que a vi. Eu *sei* que a vi. Ela *estava* aqui!"

Dagur balançou a cabeça.

"O que ela queria?", Alexandra questionou, imaginando se seria mais eficaz jogar o jogo dela.

"Não sei o que ela queria." Klara hesitou, então continuou: "Uma certa justiça... Como sempre".

Dagur virou-se bruscamente: "Justiça?".

Klara assentiu.

"Você quer dizer... é... *ela*, quer dizer... que outra pessoa foi a culpada... ou você está dizendo...?" Ele se atrapalhou, incapaz de formar uma frase coerente.

Klara não respondeu.

"Foi um pesadelo, só isso", Dagur repetiu, depois de um momento, tendo aparentemente superado seu choque inicial. "Vamos relaxar um pouco."

Ele sugeriu que os três descessem as escadas e se sentassem à mesa da cozinha. Alexandra, sentada em frente à Klara, tentou evitar olhar direto para ela, já que seu olhar ainda estava estranhamente vago. Em vez disso, olhou para fora da janela. O cenário assumiu um ar misterioso na luz da noite de verão, com cores intensas como nunca se via. O céu, uma abóboda azul-clara sobre o azul mais escuro. O mar, pontuado por ilhas. A silhueta distante de Heimaklettur.

"Por que não preparo um pouco de chá?", Dagur sugeriu. "Vocês duas gostariam?" Então, em um tom diferente: "Onde diabos Benni se meteu?".

Alexandra assentiu. "Um chá seria bom." De qualquer jeito, ela não seria capaz de voltar a dormir, não depois daquele grito de arrepiar os cabelos e toda a conversa sobre fantasmas. "Você não o ouviu levantar?"

"Eu não o ouvi saindo. Ele estava dormindo no andar de cima, mais cedo. Sempre o mesmo maldito idiota. Desaparecendo no meio da noite! Onde ele foi, pelo amor de Deus? Não há nada lá fora."

Alexandra sentiu um breve arrependimento pela noite de sono perdida. Acostumada a acordar com o nascer do sol na fazenda — as crianças eram um despertador que ninguém podia ignorar —, ela estava ansiosa para poder dormir um pouco mais nesse final de semana. Mas dificilmente poderia subir para o outro andar agora e deixar Dagur sozinho com Klara — não com o desaparecimento de Benni também. Ela estava começando a se sentir um pouco nervosa. Onde ele poderia estar?

Alexandra sentou-se e esperou pacientemente Dagur preparar o chá. Ele trouxe três canecas com uma bebida concentrada.

Depois de alguns goles, Klara pareceu reviver. "Desculpe, eu não sei o que aconteceu comigo", ela disse por fim, quebrando o silêncio.

"Não precisa se desculpar", Dagur disse, com sua gentileza habitual. Ele sempre teve um ar calmo, porém firme, Alexandra pensou. Como se sempre tivesse uma resposta pronta, qualquer que fosse a pergunta. "Está tudo bem, não está?", ele continuou. "Como nos velhos tempos. Bebendo juntos no meio da noite, mesmo sendo apenas chá dessa vez."

"Bem, acho que vou voltar para a cama", Klara disse, depois de uma pausa estranha. "Sinto muito por tê-los acordado."

"Já que está próximo ao amanhecer, acho que vou sair e procurar o Benni", Dagur disse, com uma voz feliz, como se estivesse tentando dissipar os últimos vestígios da atmosfera assustadora. "A previsão do tempo é boa. Será um bom dia. Talvez possamos tentar fazer um churrasco para o almoço. O que acham?"

Klara levantou-se.

"Boa noite, pessoal."

Ela subiu escada acima.

Depois que Klara se foi, Alexandra disse a Dagur: "Vou com você".

"Comigo?"

"Procurar Benni, se você não se incomodar."

"Claro. Devemos explorar a ilha de qualquer maneira. Aproveitar ao máximo nosso tempo aqui."

XVI

Dagur

Fazia frio lá fora, mas isso não prejudicou a beleza dos arredores. Ele começou a andar sem nenhuma ideia de onde estava indo. Benni lhe dissera que levaria de três a quatro horas para explorar a ilha toda.

Alexandra havia perguntado se poderia ir com ele e, de repente, foi como ser transportado dez anos de volta no tempo. Quando eram adolescentes, ela sempre ia atrás dele; porém, embora fosse uma garota bonita e gentil por natureza, ele não estava interessado. Mais tarde, ela desapareceu, tinha se mudado com a família e foi isso. Entretanto, ocasionalmente, ele se perguntava se poderiam ter ficado juntos no final, se as circunstâncias tivessem sido diferentes.

"Você tem ideia de onde estamos indo?", ela perguntou em voz baixa, quase um sussurro.

"Ah, talvez até os penhascos, onde Benni nos levou ontem. O que você acha? Devemos ir por essa direção?"

Eles escolheram ir pelo caminho das ovelhas, observando suas pegadas na grama áspera, como fizeram no dia anterior, mas era mais difícil agora, na luz do início da manhã. O céu azul arqueado acima, ainda sob o sol baixo, pairando logo abaixo do horizonte, fazia a grama lançar longas sombras azuis sobre o chão.

Enquanto caminhava, Dagur se viu pensando em Klara. Ela disse que iria voltar para a cama, mas ele duvidava que ela conseguiria dormir. O que diabos havia acontecido com ela? Aquele grito arrepiante o acordara e o deixara sem fôlego, tamanho o susto. Em um momento de confusão, ainda nas garras de seus sonhos, pensou que o som emanara do além, de sua irmã... Um grito de terror no momento de sua morte, talvez. Então, quando ele acordou, o bom senso assumiu, dizendo-lhe que não teria sido possível ser ela, diminuindo a batida frenética de seu coração.

Ele esperava que esse episódio com Klara fosse único, que não se repetisse. As pessoas podem ficar perturbadas em ambientes desconhecidos, disse a si mesmo; era isso.

Ele e Alexandra caminharam em silêncio pela maior parte do caminho, maravilhados, talvez, pela misteriosa beleza dos arredores, as silhuetas azuis das ilhas erguendo-se da extensão prateada do mar. Não havia um sopro de vento. Todo o lugar parecia estar sob um feitiço de perfeita tranquilidade.

De modo paradoxal, em meio a esse cenário dramático, as vistas panorâmicas do mar e do céu, ele sentia uma sensação arrepiante de claustrofobia.

Eles escolheram o caminho através do capim em direção aos penhascos, Alexandra liderando, alguns passos à frente.

"O que é aquilo?", ela disse, parando para apontar para algo que não podia ver.

XVII

Hulda parou ao lado do túmulo. O cemitério, brilhando no calor, não era parecido com os quais se habituou a ver em casa, com suas estátuas de anjos, flores exóticas e grandes árvores cobertas com flâmulas de musgos. Acostumada com a vastidão da Islândia, achou a copa pesada de galhos um pouco opressiva.

Quase dez anos após a morte de Dimma, ainda visitava seu túmulo com regularidade. Oito anos desde que Jón faleceu. E agora, aqui estava ela, ao lado do túmulo de seu pai.

Ali jazia ele, Robert, o homem que, de certa forma, ela havia procurado por toda sua vida, embora quando veio a realmente fazê-lo, estragou tudo. Ela o tinha encontrado, porém, tarde demais. Cinco anos atrasada.

Ou talvez, foi sua mãe que morreu cinco anos atrasada. Claro que era injusto ver isso dessa maneira, mas, dada a escolha, Hulda provavelmente preferiria ter um ano, um mês, até mesmo um dia com seu pai àqueles cinco anos com sua mãe. Uma chance de descobrir quem ele era, vê-lo sorrir, conversar, contar histórias. Contar a ele sobre Dimma. Seu pai foi uma figura fantasiosa para ela durante todos esses anos, todas essas décadas; o homem pelo qual sua mãe se apaixonara, pelo menos por uma noite. O homem que era parte de Hulda, por assim dizer; em suas qualidades e defeitos, seus talentos e fracassos.

E, enfim, aqui estava ele, debaixo dessa pedra. Ela tinha vindo de tão longe para visitá-lo e, agora, não sabia o que dizer.

"Olá, papai", ela disse finalmente, em islandês, nem por um minuto acreditando que suas palavras seriam ouvidas, mas sentindo-se compelida a dizer algo.

Ela e seu pai. Robert e Hulda Hermannsdóttir. Ou Hulda Róbertsdóttir. Essa teria sido uma combinação melhor. Como seu patronímico, Hermannsdóttir, era ambíguo em islandês, significando tanto a filha de Hermann, como a filha de um soldado desconhecido. Como tal, era um lembrete constante de que ela nunca tinha tido um pai. Uma ininterrupta lembrança de sua perda — caso você pudesse perder alguém que nunca conheceu.

"Oi, pai", ela tentou novamente. "Sou eu, Hulda. Sua filha. Você nunca soube que eu existia, mas aqui estou. Vários anos atrasada. Desculpe-me por isso. Sinto muito."

XVIII

Alexandra

Benedikt jazia inerte no afloramento rochoso marrom abaixo da saliência, muito perto da borda.

Alexandra congelou, e Dagur ficou imóvel ao lado dela. Então ela olhou para ele, e ambos começaram a observar Benni com cuidado. O instinto disse-lhes para não o chamarem de maneira nenhuma, para não o assustar.

Quanto mais perto chegavam, mais Alexandra ficava inquieta, de novo preenchida por um sentimento profundo de que eles nunca deveriam ter ido àquela ilha. Embora tivessem todos os motivos para celebrar a memória de sua amiga no décimo aniversário de sua morte, talvez tivesse sido melhor cada um ter feito à sua própria maneira. O trágico evento ainda parecia muito brutal, ainda havia muita coisa inacabada, apesar de o caso em si ter sido formalmente encerrado. Na verdade, a resiliência de Dagur até agora foi extraordinária. Se alguém tivesse que ser esmagado pelo peso daquelas memórias, deveria ter sido ele, mas, milagrosamente, ele havia conseguido seguir em frente. No entanto, ela percebeu sua inquietação quando Klara começou a delirar sobre fantasmas. Suas palavras pareciam absurdas do lado de fora, no ar suave da manhã, quando os acontecimentos da noite pareciam tão distantes.

"Benni", Dagur disse, baixo, porém com firmeza.

Benedikt não se mexeu.

"Benni", ele disse novamente. "O que está fazendo aqui fora?"

Benedikt acordou sobressaltado e, por um segundo, Alexandra ficou com medo de que ele rolasse e caísse do penhasco.

"Você está acordado?", ele perguntou, surpreso. "Vocês dois?"

Dagur repetiu sua pergunta: "O que você está fazendo aqui fora?".

"Não conseguia dormir, então decidi vir até aqui, o meu lugar favorito da ilha. Não é a primeira vez que venho aqui à noite, mas devo ter caído no sono sem perceber. O ar do mar, suponho. É tão incrível a sensação de poder ficar longe de tudo. Como se o tempo parasse." Ele sorriu.

"Benni, algo muito estranho acabou de acontecer", Dagur disse.

Alexandra ficou para trás, relutante em interromper: Dagur tinha uma relação muito mais próxima com Benni.

"Klara acordou", Dagur continuou, "Ela teve um pesadelo tão ruim que gritou pela casa. Ela voltou para a cama, porém Alexandra e eu estávamos muito despertos para voltar a dormir".

O olhar de Benni viajou de Dagur para Alexandra. Como se a estudasse, ela tinha certeza de que ele adivinhara: ela não estava "muito desperta", apenas queria uma desculpa para caminhar com Dagur. E, também, não queria ser deixada sozinha com Klara depois do que aconteceu.

XIX

Hulda estava sentada em seu escritório. Fazia dois meses que havia viajado para a América, e sua vida voltara à monótona rotina.

Ela acordara com dor de cabeça. Quando o despertador tocou, seu corpo implorou para que ela ainda não se movesse, que continuasse dormindo mais um pouco. Ao sair da cama, sentiu-se grogue e, embora a sensação tivesse desaparecido no decorrer do dia, ela ainda não se sentia bem. Já eram quase 17 horas; ela mal podia esperar para arrumar sua mesa e dar o fora. Antes de Dimma morrer, ela já se esforçava muito no trabalho, depois mergulhou nele com tudo. Esse ano seria o décimo aniversário do suicídio de sua filha, que na época tinha apenas 13 anos. Oito anos desde que o coração de Jón tinha se entregado. Desde então, Hulda ficou sozinha, trabalhando o dia todo e, às vezes, até tarde da noite, passando seu tempo livre, sempre que possível, nas montanhas ou no selvagem interior islandês. Fazendo o possível para esquecer.

Dez anos, também, desde que havia perdido para Lýdur a disputa pela promoção, ainda que, talvez, não tivesse havido nenhuma disputa; talvez nunca tivesse tido chance alguma, apesar de ser, em sua opinião, a melhor e, sem dúvida, a detetive mais experiente. Na cultura policial daquela época, simplesmente não era costume as mulheres se tornarem inspetoras seniores. Desde sua "grande chance", o sucesso de Lýdur havia sido garantido, e ele subia constantemente de cargo, obtendo todas as promoções pelas quais disputou, enquanto Hulda havia sido forçada a lutar por cada posição. Agora, Lýdur havia progredido tanto que havia substituído o velho Snorri, o que significava que ele era o chefe de Hulda. Ela, em contrapartida, havia sido promovida só uma vez no mesmo período e tinha apenas duas pessoas subordinadas a ela. Apesar de Hulda ainda não ter completado cinquenta anos, tinha a sensação de que era o mais longe que estava destinada a chegar.

A parte mais irritante era que, na verdade, Lýdur era um detetive muito competente. Ele tinha talento na obtenção de resultados e sabia se vender muito bem. Ainda assim, Hulda tinha reservas sobre seus métodos de trabalho: ele era um artista astuto e muito habilidoso. Quando se tratava dele, Hulda não confiava.

Ao longo dos anos, seu próprio trabalho havia se tornado cada vez mais especializado; agora ela era responsável por crimes violentos, uma categoria que incluía mortes inexplicáveis, ainda que estas fossem relativamente raras na Islândia. Ela não precisava que lhe dissessem que era boa no que fazia. Talvez porque tivesse a capacidade de descartar todo o resto de sua mente e dar a atenção devida ao trabalho. Na verdade, era tudo pelo que vivia. A casa de Álftanes — bonita apesar da sombra escura que jazia sobre ela — desaparecera com Jón, vendida para pagar as dívidas das quais ela nunca soubera. Atualmente, Hulda morava sozinha em um apartamento minúsculo em um típico *bakhús*, em Reykjavik, uma pequena construção afastada da estrada, um quintal atrás de outra casa.

Mais uma vez, ela estava trabalhando no turno do fim de semana. Era sábado e, se não estivesse de plantão, teria aproveitado a oportunidade para fazer uma viagem para fora da cidade, para escalar um dos inúmeros pequenos picos por perto da capital; se manter em forma. Quase sempre, ela ia sozinha, mas, vez ou outra, se juntava a um grupo de caminhada, embora se esforçasse pouco para cultivar as amizades que fazia. Hulda estava solteira há oito anos; se acostumara preocupantemente a como as coisas costumavam ser — cheia de manias —, a ponto de não se imaginar em um novo relacionamento.

Ela concordara em fazer um turno extra de sexta até domingo, porque o dinheiro não faria mal e porque o DIC estava tendo dificuldade em encontrar pessoal para cobrir esses finais de semana de verão. Seus colegas, a maioria deles homens, passeavam com suas famílias nessa época do ano, principalmente quando o clima estava bom. Lýdur havia pedido a ela se poderia "ajudá-los" nesse final de semana, já que havia poucos funcionários. Sempre solícita, disse sim. Hulda também não se ressentiu muito com o fato, a despeito de o clima estar deslumbrante e estar se sentindo tonta e com dor de cabeça, pelo simples motivo de que, em seu escritório, com seu nariz enfiado em uma pilha de documentos, ela poderia deixar de pensar um pouco. Esquecer Dimma, esquecer Jón.

Parecia que iria ser um final de semana tranquilo, com seus prós e contras. Por um lado, significava que não haveria o suficiente para afastá-la dos pensamentos sombrios que tendiam a emboscá-la em momentos de silêncio, mas, por outro, talvez um pouco de calma fosse bom, já que não estava se sentindo bem.

O ano não tinha sido agradável até agora. Ela temia o décimo aniversário de suicídio de Dimma, e a morte de sua mãe a afetara mais do que esperava. Havia até tirado alguns dias de licença do trabalho, o que era quase inédito, para lamentar que agora estava totalmente sozinha.

XX

Alexandra

A noite caía e, para Alexandra, os acontecimentos da noite anterior pareciam uma memória distante. Sem dúvida, o vinho tinha alguma coisa a ver com isso. Eles beberam uma garrafa de vinho tinto no almoço, várias vezes erguendo as taças à *ela,* e, depois disso, foi como se tivessem passado uma borracha sobre o passado, pelo menos por um tempo. Como se tivessem decidido, sem discutir, aproveitar até domingo, se concentrarem no aqui e agora, dispensando de suas mentes todos os pensamentos do passado e os pesadelos bizarros de terror de Klara. Sim, o clima definitivamente ficou mais alegre.

Alexandra estava sentada em frente à Klara na mesa da cozinha, e acabara de encher as taças.

Os meninos se encontravam do lado de fora, cuidando do churrasco. "Os meninos." Claro, eles não eram mais adolescentes, mas, para ela, eles sempre seriam "os meninos". Algumas coisas nunca mudam. Eles haviam prometido preparar quatro bifes, mas estavam demorando. Sem dúvida, tinham coisas para conversar, como ela e Klara também tinham.

"Sabe, no final das contas, acho que essa viagem foi uma boa ideia", Klara comentou.

"Sim, foi ótimo vir até aqui para nos reunirmos mais uma vez."

"Não... Não foi isso o que eu quis dizer", Klara disse, de repente, com a voz soando monótona, de um jeito inexplicável. "Acho que era hora de esclarecer as coisas."

"Do que você está falando? Esclarecer o quê?"

"Há muitas coisas que não estão sendo ditas, Alexandra; muitas coisas que temos mantido em silêncio todos esses anos. Eu acho..."

Alexandra percebeu que Klara estava muito cansada; ela enrolava as palavras e tinha dificuldade para se concentrar. Mas Klara nunca foi capaz de controlar a bebida.

"Acho que é hora de a verdade vir à tona", Klara concluiu.

XXI

Benedikt

"Como sua mãe está?", Benedikt perguntou, parado perto da churrasqueira, esperando a brasa esquentar. O jantar demoraria um pouco para ser preparado, mas eles não tinham a menor pressa. Tinham a ilha toda à sua disposição e não pretendiam ir a outro lugar. Para o dia seguinte, o plano era ter uma manhã preguiçosa, depois avisar o tio de Benni pelo rádio para vir buscá-los em seu barco e voltar para Heimaey a tempo de pegar a balsa para o continente.

Benedikt conhecia as condições da mãe de Dagur, ainda que fosse raro conversarem sobre isso. Os trágicos acontecimentos de dez anos atrás a abateram com mais força do que a qualquer outra pessoa. Dagur tinha se enfraquecido, não se abatido, mas sua mãe foi incapaz de lidar com todos os choques e o estresse e a incerteza resultantes deles. Há muitos anos, ela vivia em uma casa de repouso, e Dagur havia dito a ele uma vez, em modo confessional, que ela havia simplesmente desistido. Ele havia confidenciado que os médicos não conseguiam encontrar nada de errado em seu organismo: ela havia apenas virado as costas para a vida e se retraído em sua concha.

"Minha mãe...", Dagur fez uma pausa para pensar. Estava sentado na varanda, encostado na parede do alojamento. "Na verdade, ela está igual. Nos dias bons, ela é receptiva, porém, na maioria das vezes, fica meio fora de si, sabe. Nunca entendi de verdade o que aconteceu com ela, mas é como as coisas são. Você tem apenas que aceitar. E seus pais? Como estão?"

"Ah, mandões e difíceis de agradar como sempre. Eu pensei, fiz o que eles queriam estudando Engenharia em vez de ir para a escola de Artes, só que agora estão me importunando para ir trabalhar no banco com você. Para desistir de mexer com computadores." Ele deu uma risada exacerbada.

"Tenho certeza de que você se daria bem no banco, Benni, você é muito mais inteligente do que eu. Mas, para ser honesto, eu invejo sua empresa. Quero dizer, é o futuro, não é? Todo o mundo está prevendo que o mercado de TI crescerá muito. Você acabará fazendo uma fortuna."

Benedikt deu de ombros. Isso era um fato que não o atraía, não de verdade. Ele sentia que estava preso ao emprego errado, sem saída, pois não poderia desapontar seus sócios. Porém, se tivesse oportunidade, melhor, se tivesse coragem, largaria seu trabalho amanhã e iria para a escola de Artes — por *ela*.

"Bem, acho que esse assunto está encerrado", ele disse, evitando olhar para Dagur e focando nos bifes assando na churrasqueira.

Após um breve silêncio, Dagur disse, em voz baixa: "Vou me mudar. Em breve".

"Mudar?"

Benedikt ficou surpreso. Ele nunca imaginara Dagur em outro lugar que não fosse o velho sobrado em Kópavogur. Ele crescera lá, era a casa de sua família — não que houvesse restado muita família. Para todos os efeitos, Dagur estava sozinho no mundo. A casa devia ser muito grande para ele, além de ser assombrada com memórias ruins.

"Sim, acho que está na hora. O que você acha?"

Benedikt não estava acostumado com a franqueza de Dagur. Ele queria perguntar como a mãe dele havia reagido, mas decidiu que seria melhor não entrar nesse assunto.

"Já estava na hora", ele disse, com entusiasmo. "Você deveria arranjar um lugar menor, só para você, perto do centro da cidade. Viva um pouco. Você vai vender e comprar em outro lugar? Ou alugar?"

Dagur parecia estar pensando sobre o assunto.

"A princípio, eu planejava encontrar um inquilino para a casa e alugar um apartamento na cidade para mim. Minha mãe e eu somos donos da casa, por isso deve ser metade para cada um..." Ele parou e inclinou a cabeça para trás para contemplar as nuvens. "Mas eu mudei de ideia. Vou vendê-la. Fazer uma ruptura com o passado, com todas as memórias ligadas à casa. Elas são... é muita coisa." Por um momento, Benedikt temeu que seu amigo fosse desmoronar; sua voz soou sufocada, de um jeito estranho.

"Bom para você", ele disse apressadamente, para encobrir o momento embaraçoso. "Afinal de contas, era a casa deles, na verdade, de sua mãe e de seu pai. Você precisa encontrar seu próprio lugar na vida. Já visitou alguns apartamentos?"

"Sim, claro. Alguns lugares no oeste da cidade. É uma área atraente e conveniente para o banco, claro. Eu poderia ir a pé para o trabalho."

"Cuidado para não escolher um lugar muito pequeno", Benedikt disse, com um brilho nos olhos.

"Muito pequeno?"

"Certifique-se de que há espaço para a sua namorada."

"Eu não tenho namorada."

"Ainda não. Mas, quando não estiver mais perambulando dentro daquele lugar sombrio em Kópavogur, não demorará muito. É uma casa ridícula para um cara de 29 anos!"

Dagur riu.

"Pena que Alexandra já tem alguém", Benedikt comentou perversamente.

"O que isso quer dizer?"

"Ah, fala sério. Antigamente ela era caidinha por você. Não acredito que não tenha notado. Acorda, cara."

"O quê?... Ok, talvez. Mas agora é tarde demais."

"Ah, eu não sei, você ainda tem essa noite. Eu prometo não acabar com sua onda. Ou vocês poderiam dormir juntos aqui fora..."

Dagur se ergueu em um movimento rápido.

"Pelo amor de Deus... Não vou transar com uma mulher casada." Sua voz tremeu como se tivesse perdido o equilíbrio. "Ou, talvez, você apenas queira se livrar de nós dois para que você e Klara possam... você sabe, continuar de onde pararam, uhn? Dez anos depois."

Depois disso, ele voltou para dentro, e Benedikt foi deixado de pé ao lado da churrasqueira, capturado pelas memórias inquietantes.

XXII

Alexandra

Já passava da uma da manhã quando a festa, se fosse possível chamar aquilo de festa, chegou ao fim. Eles estavam sentados na sala de estar do alojamento, conversando sobre o futuro. A melancolia que antes pairara sobre eles havia diminuído pouco a pouco, embora o clima entre Benedikt e Dagur permanecesse bastante preocupante, apesar dos esforços para esconderem o fato. Todos tentaram se divertir como antigamente, mas é claro que era difícil quando um dos membros da velha gangue estava faltando.

No entanto, Alexandra sentiu como se tivessem conseguido recapturar o clima do passado por um instante, uma única noite. Até agora sua interação fora ofuscada por uma sensação tangível do quanto continuou sem ser dito entre eles, quantas coisas inacabadas havia.

Claro, o álcool desempenhou seu papel. Alexandra, horas atrás, havia começado a sentir uma agradável sensação de tonteira; sentia-se contente em estar sentada ali com velhos amigos, tão distantes de sua vida atual, bebendo sem se importar com mais nada.

"Vou subir", Dagur anunciou por fim. Ele parecia cansado, ainda que estivesse totalmente sóbrio. "Foi divertido, pessoal."

"Pode apostar", Klara disse.

"Então, o que acha de Elliðaey?", Benedikt perguntou, deitando-se no sofá. "É como estar em outro mundo, não é? Ninguém para ver, ninguém para saber. Tudo pode acontecer. Nada além de nós e a natureza. Nós e o mar. Não poderíamos nem ir embora se quiséssemos, não de imediato. Leva horas para chamar um barco... Nesta noite, pertencemos à ilha." Ele fez uma pausa um pouco nebulosa, então acrescentou: "Nada que acontecer aqui sairá daqui...".

Dagur lançou um olhar para Alexandra, que imediatamente compreendeu o que ele estava insinuando, ficou corada e evitou seus olhos, atentando para qualquer lugar, exceto para Dagur.

"Ninguém sabe de nada", disse Klara, pensativa. "Esse é o problema."

Dagur parou na escada, como se esperasse ela continuar, mas suas palavras foram seguidas por um silêncio pesado. Com um arrepio repentino, Alexandra sentiu a sombra passando por eles novamente.

Ela se levantou, esperando que o rubor tivesse deixado suas bochechas. "Está sendo divertido, mas também estou acabada."

Era verdade. Ela estava cansada, mas o que desejava mais do que qualquer outra coisa era uma noite com Dagur. Ela não ousaria dar o primeiro passo, então decidiu que, em vez de ir direto dormir, ficaria acordada por um tempo e veria o que aconteceria.

"Não posso ir para a cama ainda", Klara disse, mais para si própria do que para os outros. "Parece um desperdício de um belo início de noite... quero dizer, de uma noite. Continuo totalmente desperta. Ainda nem terminamos a bebida."

"Vou ficar um pouco aqui com você", Benedikt disse, embora fosse o que mais precisava dormir. "Só por uns minutinhos..." Ele parou para bocejar. "Então você pode ficar com a ilha só para você, Klara, querida."

Alexandra acordou com um suspiro. A princípio, pensou ter sido perturbada pelos gritos horripilantes de Klara de novo, então ela percebeu que, dessa vez, devia ter sido um sonho.

Ela não fazia ideia de que horas eram ou o quanto havia dormido. Essas noites claras eram tão desorientadoras. Quando checou seu relógio, viu, para sua surpresa, que era de manhã. Oito e meia da manhã. Sentando-se, ela se espreguiçou e olhou ao redor.

Klara não estava à vista. Será que ainda estava bebendo?

Alexandra ficou de pé, incapaz de continuar dormindo, apesar de seus planos de descansar um pouco mais. Ela precisava muito de cafeína.

Quando começou a descer as escadas, ouviu alguém se mover no quarto onde os meninos dormiam. Dagur apareceu no topo.

"Que horas são?"

"Oito e meia."

"Cacete, eu poderia ter dormido mais." Ele parecia cansado.

"Você sabe onde está Klara?", Alexandra perguntou.

"Klara? Ela não está com você?"

Nesse momento, ouviram o resmungo de protesto de Benni: "Parem de fazer tanto barulho, estou tentando dormir".

"Não, ela não está aqui em cima", disse Alexandra, ignorando Benedikt. Espiando para baixo, em direção à sala de estar, ela chamou: "Klara?". Não houve resposta.

"Acho que ela não está aqui dentro", Alexandra disse. "Mas certamente ela não dormiu do lado de fora. Ou dormiu?"

Nesse momento, Benedikt apareceu. "Inferno, agora vocês me acordaram também. Não podemos ter perdido a Klara, né?"

XXIII

Hulda esperava que um serviço interessante caísse em sua mesa naquele sábado de manhã. Não ter nada para trabalhar além de casos pequenos por dias a fio não combinava com ela. Mas, parecia que a sorte estava ao seu lado, já que seu turno começou com uma ligação de Vestmannaeyjar.

"Inspetora Hulda Hermannsdóttir."

"Oi... Podemos precisar da assistência do DIC em relação a um incidente fatal."

"Você não tem nenhum detetive por aí?"

"Nosso policial de plantão não está disponível no momento. Ele está doente. Disseram-me para tentar conseguir alguém do continente."

"Um incidente fatal? Estamos falando de um crime?", Hulda perguntou, pensando em Vestmannaeyjar. Anos atrás, ela havia feito um passeio a essa cidade que envolvia escalar todos os picos de Heimaey, a principal ilha, em um único dia. Havia desistido do último, por ficar completamente sem fôlego depois de escalar Heimaklettur, uma rocha íngreme que se elevava a mais ou menos 300 metros acima do porto. Apesar do fracasso, ela tinha boas lembranças daquela viagem — e boas lembranças são sempre bem-vindas —, pois tinha sido um dia brilhante, ensolarado, quente e sem vento, e estivera em boa companhia, um pequeno grupo de escaladores daqui e dali. Um dos homens, que tinha em torno da idade de Hulda, ficou perto dela e tentou iniciar uma conversa, aparentemente ansioso para conhecê-la melhor, mas ela não lhe deu chance. Não estava pronta para nada disso.

"Hum... Não posso te dar certeza, mas tenho um mau pressentimento sobre isso. Alguns jovens em um passeio de final de semana. Estou supondo que havia bebida envolvida. Você tem alguém disponível para vir hoje?"

Hulda levou um tempo para pensar. Poderia enviar alguém de sua equipe; não havia razão para ela mesma ir. No entanto, não tinha nada melhor para fazer e estava se sentindo mais positiva hoje do que ontem. Talvez a viagem acabaria sendo uma perda de tempo, mas qualquer coisa seria melhor do que outro dia estúpido no escritório.

"Claro", ela respondeu, decidindo-se. "Eu irei."

Houve um silêncio do outro lado da linha, então o policial de Vestmannaeyjar disse respeitosamente: "Quer dizer que você mesma está vindo? Realmente não há necessidade... não como as coisas estão. Tudo o que precisamos é de alguém de sua equipe para navegar conosco até lá e dar uma olhada na situação".

Hulda não pôde deixar de se sentir lisonjeada. Ainda que ela tivesse alguns policiais sob seu comando, seu título de inspetora soava um pouco mais grandioso do que de fato era. Ninguém teria se dirigido a ela com um tom tão respeitoso no escritório em Reykjavik.

"Mesmo assim, acho que eu mesma irei. Vai ser bom sair do escritório." Então, lembrando-se tardiamente de que ele havia dito "navegar conosco", perguntou: "Para onde precisamos navegar? Não posso simplesmente pegar um avião para Heimaey?".

"Não, desculpe... bem, sim, quero dizer, você pode voar até Heimaey, mas depois disso teremos que pegar um barco até Elliðaey."

Elliðaey? O nome conjurou imagens de uma ilha verde escarpada com uma casa branca solitária nela, sem dúvida vista em algum jornal, documentário de TV ou folheto turístico. Com certeza, ela nunca estivera lá.

"Sim, é uma das maiores ilhas do arquipélago, a nordeste de Heimaey. É bem famosa, devido à casa."

"E precisaremos ir de barco até lá? Não é um pouco exagerado? Não podemos usar um helicóptero?"

"Bem, não há plataforma de desembarque, mas há vários lugares onde se pode levar um barco direto para a costa. Não é tão inacessível, porém, provavelmente, não é para todos... Pelo menos, não para alguém que tenha medo de altura."

E então Hulda suspeitou de que talvez sua reação não tivesse sido motivada pelo respeito por ela como um oficial sênior de Reykjavik, mas simplesmente por uma relutância em levar uma mulher para a ilha.

"Isso não será um problema", Hulda disse com firmeza.

XXIV

Hulda ficava cada vez mais irritada com a duração da viagem. Se algo suspeito tivesse acontecido na ilha, os envolvidos teriam tido tempo suficiente para destruir qualquer prova.

Conforme as informações que haviam lhe dado, o grupo tinha vinte e poucos ou trinta e poucos anos, e um deles, Benedikt, tinha alguma conexão com a ilha.

A polícia — Hulda acompanhada por dois policiais de Vestmannaeyjar e um técnico forense — foi levada para Elliðaey por um homem chamado Sigurdur, que havia levado o grupo de amigos até lá na sexta-feira. Ele não falou muito no caminho, e era claro que a notícia o abalou muito. Tudo que Hulda o escutou falar, mais para si próprio do que para qualquer outra pessoa, foi: "Aquelas malditas crianças, eu os avisei para tomar cuidado. Você tem que saber o que está fazendo por aqui".

Enquanto avançava com uma lentidão frustrante ao longo das ondas suaves, Hulda refletia sobre a reviravolta sofrida pelo seu domingo, que começara tão pouco promissor. Parecia cada vez mais improvável que ela fosse chegar em casa esta noite. Em momentos como este, ela sempre pensava nos dias em que, se tivesse que trabalhar até tarde, teria ligado para Dimma e Jón para dizer que não estaria de volta para o jantar. Mesmo agora, depois de todos esses anos, ela ainda vivenciava aquela sensação incômoda de que havia alguém para quem ligar.

Elliðaey apareceu à frente. Parecia igualzinho às fotos que vira: o único ponto branco brilhando no meio do pasto verde pouco a pouco se transformando em uma casa. Atrás dele, a encosta gramada se erguia como a crista de uma onda. Enquanto se aproximavam, os penhascos escuros com seus salpicos esbranquiçados de excrementos de pássaros não pareciam oferecer ao visitante qualquer caminho para subi-lo.

"Não é para quem tem medo de altura", o policial dissera no telefone, e, enquanto ela escalava os pedregulhos na costa e depois subia com dificuldade o gramado íngreme ao lado do penhasco, reconheceu que era verdade.

Para uma alpinista experiente como ela, a subida, naturalmente, não apresentou problema algum. O que a deixou sem fala por um momento foi a vista do topo — os picos vulcânicos das ilhas que se projetavam da vasta e plana extensão marítima, a geleira de Eyjafjallajökull pairando branca acima de uma linha de encostas escuras no continente —, mas não havia tempo para ficar ali admirando a paisagem. A velocidade era essencial. Seguiu seus colegas pela grama alta e áspera; o silêncio era abrangente e avassalador. Então a construção apareceu, na verdade, duas construções, um pouco distantes uma da outra, uma pequena e a outra maior. Eles se dirigiram para a maior delas, que se mostrou uma casa muito interessante. Conforme Hulda se aproximava, era atingida pela sensação de que se aproximava da solidão. Ainda que entendesse por que as pessoas ficariam tentadas com a ideia de passar um fim de semana na ilha, ela duvidava que pudesse lidar com isso; o isolamento a abateria. Ainda que fosse o tipo de pessoa que gosta de atividades ao ar livre e ama estar nas montanhas, esse lugar era muito isolado, mesmo não sendo muito distante de Heimaey.

O mais velho e experiente dos policiais parou e se virou para falar com ela. "Você quer começar a conversa, Hulda? Se eles tiverem algo a esconder, provavelmente se sentirão mais intimidados por uma policial do DIC de Reykjavik."

Hulda assentiu, um pouco surpresa com o pedido dele. Ela esperava que o policial local quisesse comandar o show, pelo menos para começar.

O alojamento de caça era circundado por uma cerca que, explicou o policial, servia para manter as ovelhas para fora. Era novidade para Hulda que havia ovelhas ali, pois não tinham visto nenhuma pelo caminho, mas ele assegurou de que elas estavam lá. "E há tantos pássaros que você não conseguiria adivinhar quantos. Aparentemente, eles são o principal atrativo para os visitantes. Ouvi dizer que alguns ornitólogos estiveram aqui um dia desses, marcando as andorinhas."

Hulda não respondeu, concentrada em seus pensamentos antes de bater à porta. Ela queria saborear a tranquilidade, a sensação única de isolamento, por mais alguns minutos antes de embarcar na dura tarefa de estabelecer o que havia acontecido ali.

Enfim, bateu de leve; então, sem esperar por uma resposta, abriu a porta.

Dentro, havia dois jovens rapazes sentados a uma velha mesa de cozinha, debruçados sobre xícaras de café. Nenhum dos dois se levantou para cumprimentar a policial.

"Olá", Hulda disse, com serenidade. Ela trabalhava com a suposição de que estava lidando com um acidente, ou um suicídio. Relutava em acreditar que havia sido cometido um assassinato, mas nada poderia ser descartado. Em situações como essas, sua primeira reação era sempre ser atenciosa com os envolvidos.

Após um breve silêncio, um dos homens se levantou. Ele era alto e muito magro, mas de aparência atlética, com um daqueles cortes de cabelo muito curtos, que Hulda achava pouco atraente. Ela supôs que era a moda dos dias de hoje e, caso fosse, não havia nada que se pudesse fazer. Quando tinha a idade deles, os homens usavam cabelos compridos, muitas vezes barba também, e era assim que gostava deles.

Ela se aproximou, estendendo sua mão.

"Olá, sou Hulda. Do DIC", disse, sem pressa, sem drama. "Fomos informados de que alguém do grupo de vocês morreu."

O jovem assentiu em silêncio; talvez estivesse tentando se recompor.

"Olá", ele por fim resmungou, apertando a mão dela. Então limpou sua garganta e tentou outra vez: "Olá, sou Dagur, Dagur Veturlidasson".

"Dagur, você poderia me contar rapidamente o que aconteceu?"

"Bem... é o seguinte... ela caiu do penhasco, do outro lado da ilha... Não sei o que aconteceu, se pulou ou se caiu..."

"Quando isso aconteceu?"

"Na noite passada, eu acho. Quero dizer, deve ter sido na noite passada. Ela estava viva ontem no começo da noite, mas depois... deve ter caído. Não havia como chegar até ela lá embaixo, mas nós vimos o corpo dela no fundo... É horrível, está lá deitada, imóvel. Não haveria jeito de ela sobreviver à queda." Dagur gesticulou para seu companheiro, sentado à mesa como se sua mente estivesse a quilômetros de distância. "O Benni aqui correu de volta para a casa para chamar seu tio em Heimaey pelo rádio — é o único meio de comunicação com o mundo exterior."

Hulda assentiu. As palavras de Dagur saíram apressadas, atrapalhadas. Sua angústia era óbvia.

Ela se virou para o jovem que ele chamara de Benni. "Você é Benedikt?"

Ele assentiu, levantando-se também.

"Sim." Ambos eram igualmente altos e muito bonitos, mas Benni, visivelmente, tinha uma cabeça mais cheia de cabelo. Abaixo da juba, seus olhos eram apáticos.

"Você pode confirmar que o que seu amigo acabou de dizer é verdade, Benedikt?", Hulda perguntou com voz lenta e comedida.

Ele assentiu novamente.

"Precisamos que nos mostrem o caminho", Hulda disse. Seus colegas da polícia local ainda estavam hesitantes. "Fui informada de que havia quatro no grupo?"

"Está correto", respondeu Benedikt, que dava a impressão de ser mais contido do que Dagur, como se fosse mais preparado para lidar com uma crise. "Ela está lá em cima — há um mezanino para dormir. Ela... não aguentou e foi se deitar." E acrescentou em voz baixa: "Ficou devastada".

"Falaremos com ela mais tarde, receio que não possa evitar", Hulda respondeu. Ela começava a se sentir desconfortável. Talvez fosse sua intuição lhe dizendo que havia algo errado; que alguma coisa desagradável havia acontecido. Mas podia ser apenas o efeito que esse lugar remoto lhe causava. "E o nome dela é?"

"Alexandra."

"Alexandra", Hulda repetiu. "E a mulher morta se chamava Klara. Estou certa?"

Houve uma pausa antes que a resposta viesse, como se, ao responder à pergunta, os amigos estivessem admitindo para si mesmos, pela primeira vez, que a amiga deles estava realmente morta.

"Sim", Benedikt finalmente disse, em voz baixa. "Seu nome é... era Klara Jónsdóttir."

"Você poderia me mostrar onde a encontraram, por favor?"

XXV

"Chama-se Háubæli", Benedikt disse, mostrando a Hulda o ponto no topo do penhasco, escavado pela erosão, de onde parecia que a mulher havia caído. Hulda estremeceu e sentiu seus joelhos ficarem fracos com a ideia. A borda foi projetada para pássaros, não para pessoas; a queda era tão grande que não era possível ver o fundo. Abaixando-se, com as mãos e joelhos na rocha áspera e erodida, ela se inclinou para a frente para espiar por cima da beirada, puxou a respiração e deu uma olhada lá embaixo, na forma pálida do corpo da menina contrastando com as rochas escuras. Com a cabeça girando, se retirou para a parte segura da saliência e se levantou novamente. Os dois policiais locais conversavam sobre qual seria a melhor maneira de tirar o corpo do mar. Melhor deixar o lado prático para eles resolverem enquanto ela se concentrava primeiro em estabelecer como a garota havia acabado lá.

"Que motivo Klara teria para vir até aqui?", Hulda perguntou.

"Eu...", Benedikt hesitou, então continuou: "Eu mostrei esse lugar aos meus amigos no primeiro dia. É meu lugar favorito".

"Os três vieram aqui com você?"

Ele assentiu. "Sim, e depois voltei sozinho durante a noite — sexta à noite, quero dizer. Eu queria ficar um pouco sozinho, para descontrair, e acabei dormindo aqui mesmo. Dagur e Alexandra me encontraram aqui de manhã.

"Então todos os membros do seu grupo sabiam como encontrar este lugar?"

"Sim."

Hulda esperava ansiosamente que nenhuma daquelas crianças estivesse envolvida na morte da garota. Claro, ela não devia deixar seu julgamento ser atrapalhado por sentimentos pessoais, mas gostou dos dois jovens rapazes, à primeira vista pelo menos. No entanto, não podia esquecer que, hoje, Dimma estaria com vinte e três anos — um pouco mais nova que esses garotos, talvez. Diferente deles, ela não fazia parte de nenhuma turma em particular quando morreu — se suicidou — porque a essa altura ela já tinha se isolado de seus amigos e colegas de classe. Tinha apenas treze anos. Por que diabos Hulda não percebera mais cedo, não vira sinais se acumulando e interviera?

Ah, Deus, por que tudo faz Hulda se lembrar de Dimma? Ela tem que sair dessa, tentar banir esses pensamentos para o fundo de sua mente, mesmo sabendo que eles não iriam longe. Voltariam em forma de vingança no momento que ela encostasse a cabeça no travesseiro naquela noite.

Pelo menos, talvez esse incidente seja resolvido rápido. A probabilidade era que a pobre garota havia perdido o equilíbrio e caído — um incidente, em outras palavras. Sem dúvida, o álcool tinha sua parcela de culpa.

"Vocês andaram bebendo?", Hulda perguntou em voz alta, acenando para Benedikt a fim de que ele a acompanhasse de volta para casa.

Ele hesitou, como se suspeitasse que Hulda preparava uma armadilha, então respondeu:

"Sim, não há por que negar, mas ninguém ficou muito bêbado. Sabemos como nos divertir sem perder a cabeça".

"E Klara? Ela estava bêbada ontem à noite?"

"Sim. Quero dizer, ela bebeu um pouco..., mas não entendo como isso foi acontecer. Afinal, nem sequer é muito escuro nessa época do ano. Ela não foi dormir no mesmo horário que nós, queria ficar acordada um pouco mais. Então... então ela... estou supondo que ela deve ter saído para passear, para desfrutar de paz e tranquilidade. É uma sensação incrível estar aqui em uma noite de verão. Só consigo pensar que ela deve ter ido para muito perto da borda e calculou mal — perdeu o equilíbrio porque andou bebendo... É a única explicação." Mais baixinho, ele repetiu: "A única explicação possível". Como se estivesse tentando se convencer. Ou a Hulda.

Ao voltarem para o alojamento, Alexandra, a garota que estava dormindo na parte de cima da casa, apareceu. Ela estava parada em um canto, com a cabeça baixa, e nem olhou para eles quando entraram, porém, Hulda pôde ver que ela era pequena e magra, com cabelos escuros.

"Imagino que estejam ansiosos para saírem daqui o mais rápido possível", Hulda disse, dirigindo-se aos três, "e posso garantir que o mesmo se aplica a mim. Houve um incidente trágico, mas, quando algo assim acontece, precisamos tentar juntar as peças das circunstâncias que levaram a isso, o que exige cooperação. Eu não vim até aqui procurando alguém para culpar", ela continuou, sem muita honestidade. "Até agora, tudo indica que a amiga de vocês, Klara, escorregou, caiu e morreu. Um terrível acidente. Mas, em casos de morte inesperada, receio que sempre deve haver um inquérito. Espero que vocês entendam."

Ela analisou seus rostos.

Benedikt havia se sentado na mesma cadeira de antes. Dagur não pareceu ter se movido nesse meio tempo. Os dois olharam para ela e assentiram sem dizer uma palavra. Alexandra, por sua vez, não teve reação alguma.

"Em primeiro lugar, o que os fez vir até aqui?", Hulda perguntou.

Após uma longa pausa, foi Benedikt quem respondeu: "Meu tio é membro da Associação de Caçadores de Pássaros, proprietários do alojamento. Ele arranjou para nós. Era apenas para ser uma viagem de final de semana. Nós éramos... nós costumávamos ser amigos na adolescência, quando morávamos em Kópavogur".

"E espero que ainda sejam", Hulda comentou, observando as reações de cada um de perto.

"O que... o que quer dizer?" Ele foi pego de surpresa. "Ah, certo, claro, com certeza. Nós ainda somos amigos. É que as pessoas seguem caminhos diferentes, sabe? Não nos encontrávamos havia décadas, não todos juntos, quero dizer."

"Então, por que agora?"

Outro silêncio constrangedor. Benedikt olhou para Dagur, parecendo esperar que ele respondesse, então seu olhar mudou para Alexandra, porém ela permaneceu estática.

Por fim, Dagur respondeu: "Bem... Por que não?"

Hulda suspeitava de que havia algum motivo específico para o reencontro, mas talvez ela estivesse muito focada nisso. Esses jovens haviam acabado de passar por uma experiência devastadora: você não poderia esperar que eles, logo no início, fornecessem respostas coerentes para todas as perguntas. Mesmo assim, antes de deixar a ilha, ela teria de interrogá-los individualmente. Se tivessem algo a esconder, essa seria sua melhor chance de pegá-los.

XXVI

Na prática, foi complicado coletar os depoimentos separadamente, pois a casa era muito pequena e não havia lugar algum que pudesse funcionar como uma sala de interrogatório. A única opção era sair, então Hulda convidou Benedikt para um breve passeio. Ela suspeitou que seria mais útil falar com ele primeiro, pois, além de ser mais familiarizado com a ilha do que os outros dois, aparentava ter seus sentimentos mais sob controle.

"Gostaria que me descrevesse brevemente o que aconteceu ontem à noite, Benedikt", ela disse. Eles estavam ao lado da cabana mais antiga, a uma pequena distância da casa principal. Enquanto ela falava, um papagaio-do-mar voou bem acima deles com um bater de asas frenético, que com certeza não era o que ela estava acostumada a ver enquanto interrogava um suspeito. Esse contexto era tão diferente das salas de interrogatório da delegacia quanto era possível imaginar. Lá as paredes ecoavam medo e melancolia, enquanto o ambiente atual parecia uma celebração à vida, apesar do evento sombrio que levou Hulda para lá.

"Não há muito o que contar. Foi uma noite perfeitamente normal... até... claro... até essa manhã. Fizemos um churrasco, depois nos sentamos e bebemos cerveja e uma ou duas garrafas de vinho. Fazia muito tempo que não passávamos uma noite juntos."

"Klara disse ou fez algo diferente do comum? Vocês brigaram?" Hulda perguntou, observando

Benedikt. Então, seu olhar passou dele para a vista, com corcundas e depressões gramadas, além de um vislumbre do mar azul. Ficar aqui, longe da civilização, seria muito libertador, ela tinha certeza, mas o pavor de ficar presa, de ficar isolada do mundo exterior, fazia-a se sentir claustrofóbica.

"Uma briga? Não, claro que não", Benedikt disse, parecendo surpreso com a pergunta. "Não temos o costume de brigar quando nos encontramos."

"Não quis dizer necessariamente uma briga física. Houve alguma tensão? Vocês tiveram algum desentendimento?"

"Não, nos conhecemos há quinze anos, ou mais... não há tensões, somos amigos. Posso garantir que não aconteceu nada entre nós ontem à noite que pudesse explicar a morte de Klara. Foi apenas um terrível acidente", ele terminou de repente, com a voz falhando de angústia. "Absolutamente horrível... Você tem que nos deixar ir para casa. Você faz ideia de como isso está sendo para nós? Acha que é fácil?"

Hulda não respondeu. Ela sabia muito bem que não era fácil, mas o que poderia dizer que não soasse vazio e insincero? Ela mal poderia começar a contar sobre sua experiência pessoal de morte repentina.

"Bem. Você acha que é fácil?", Benedikt repetiu com raiva, revelando um lado mais duro de si mesmo. Ele arriscava cruzar a linha invisível do que poderia ser considerado um comportamento aceitável para uma pessoa comum ao falar com a polícia.

"Nós iremos embora o mais breve possível", ela assegurou-lhe, calmamente.

"Posso me fazer de forte aqui, afinal, estou acostumado a lidar com as coisas, mas... sabe... estou preocupado com Dagur. Não acho que ele seja tão duro quanto parece. E Alexandra... temos que levá-la para casa. Acho que ela ainda não caiu na real."

"Estou bem ciente da gravidade da situação, Benedikt", Hulda respondeu, firme. "E nunca me esqueço de considerar os sentimentos daqueles que se envolvem em situações como esta, mas eu também tenho um dever para com a vítima. Não vamos esquecer que uma jovem mulher morreu aqui. Precisamos descobrir o que aconteceu."

"O que aconteceu? Por favor, foi um acidente." Sua voz tremeu um pouco e, para Hulda, era óbvio que ele estava escondendo algo; que pensava diferente, mas não deixava transparecer.

"Não houve nada... nada mesmo que pudesse explicar o que aconteceu?"

Benedikt balançou a cabeça.

"Então você acha que ela apenas saiu no meio da noite e sofreu um acidente fatal?"

"Ela estava bastante bêbada na última vez que a vi. Todos nós subimos para dormir, mas Klara quis continuar lá embaixo um pouco mais. Não acho que quisesse subir..." Ele parou no meio da frase.

"Por que ela não queria subir?", Hulda perguntou, aproveitando-se disso. "Ela queria evitar um de vocês?"

"O quê? Não. Deus, não. Nada disso. Tudo o que quis dizer foi..." Ele parou por um momento. "Tudo o que quis dizer foi que ela não desejava ir para a cama imediatamente. Talvez apenas quisesse uma saideira para ajudá-la a dormir. Como vou saber? Não tive muito contato com ela nos últimos anos. Tudo o que sei é que passou por momentos difíceis. Problemas com dinheiro, sabe, esse tipo de coisa."

Hulda sabia, e como sabia. A vida na polícia era uma eterna pechincha de salários e condições, e ela tinha uma hipoteca muito grande em seu pequeno apartamento, que, com a inflação, subia sem dó.

"Então o que você está dizendo, Benedikt? Que ela deve ter desistido e se atirou do penhasco? Simples assim?"

"Quem sabe?", ele disse, com a voz mais confiante agora. "Talvez tenha sido exatamente o que aconteceu. Mas, como você pode imaginar, não quero sugerir nada. Mal posso aguentar pensar nisso... que minha amiga, nossa amiga, deveria estar tão desesperada que saiu no meio da noite e se jogou no mar, de propósito, sabendo o que estava fazendo, enquanto dormíamos ali perto... Não consigo imaginar que alguém se atire do penhasco de maneira intencional. É um pensamento horrendo, horrível."

Hulda não tinha resposta para isso. Antes que pudesse dizer qualquer coisa, Benedikt perguntou: "Os pais dela foram informados?".

Ela assentiu. Não havia mais nada a ser dito.

Dagur estava devastado. Hulda se surpreendeu ao ter um impulso de abraçá-lo e dizer a ele para não se preocupar, que tudo ficaria bem, embora não soubesse se isso era verdade. Ele era apenas um menino, envolvido em uma situação profundamente angustiante.

Hulda o levou a uma distância segura da casa, porém em uma direção diferente da que havia tomado com Benedikt, mais perto do mar. O horizonte era quase irreal, infinito, como em um sonho. Ela ficou parada por um tempo, ouvindo o estrondo abafado das ondas lá embaixo, o bater das asas dos pássaros, e percebeu que lenta, mas seguramente, a ilha a estava conquistando. Era questão de se deixar levar por um ritmo de vida a que não era habituada.

Por fim, ela quebrou o silêncio: "Quantos anos você tem?".

"Desculpe?" Sem dúvida, ele esperava uma pergunta diferente. "Vinte e nove... Tenho vinte e nove anos."

"Todos vocês têm a mesma idade?"

"Sim, ou aproximadamente", ele disse, com a voz trêmula. "Os outros são um ano mais velhos, ou eram... ou, você sabe o que quero dizer."

"Klara, Benedikt e Alexandra?"

"Sim."

"Você veio para cá por causa de Benedikt?"

"Por causa dele? O que quer dizer?"

"Por que ele organizou tudo? Imagino que não deva ser fácil organizar uma visita à Elliðaey."

"Ah, entendo, sim, isso mesmo..." Uma pausa. "Sim, porque ele arranjou para nós."

"Vocês se encontraram por causa de Klara?" Era um tiro no escuro, mas a esse ponto Hulda não tinha nada a perder.

Dagur pareceu surpreso. "Klara? Não, como assim? Não. Quero dizer, claro, ela estava tendo problemas, problemas em manter o emprego, com certeza. Mas isso não era da nossa conta. A viagem não foi organizada especificamente por causa dela, se é isso que está perguntando. Com certeza não."

Ele parecia sincero, e Hulda acreditou nele.

"Você sabe o que aconteceu ontem à noite?"

Ele balançou a cabeça.

"Você pode arriscar um palpite?"

Dagur hesitou: "Não, todos já havíamos ido para a cama. Antes de Klara, quero dizer".

"Você sabe por que ela ficou acordada?"

"Não, não faço ideia."

"Você ouviu alguém se movendo durante a noite?"

"Não, eu dormi como uma pedra. Não ouvi nada", respondeu enfaticamente.

"Vocês todos dormiram lá em cima?" Hulda subira no sótão e verificara que havia dois compartimentos para dormir, com espaço mais que suficiente para quatro pessoas; poderia ter acomodado muito mais gente.

"Sim, nós, os meninos, no quarto do fundo, e as meninas no da frente, no topo da escada."

"Você teria ouvido se alguém tivesse descido a escada?"

"Não", ele disse. "Eu... eu tenho o sono muito pesado."

Hulda permitiu que um silêncio se instalasse, antes de continuar: "O que você faz, Dagur?".

"Eu?" Mais uma vez, ele pareceu surpreso com a pergunta dela.

"Sim, o que você faz da vida? Você trabalha?"

"Ah, sim. Trabalho em um banco. Um banco de investimentos", ele acrescentou.

"Um banco de investimentos? Como funciona?"

"Entre tantas outras coisas, sou um corretor da Bolsa, negócios, títulos..."

Isso surpreendeu Hulda, como se não o imaginasse em um trabalho como esse. Talvez porque na cabeça dela ele parecia nada mais que um menino, muito jovem para aquele tipo de tarefa. Negociar ações — presumivelmente isso significava lidar com grandes somas de dinheiro. Ali, naquela ilha esquecida por Deus, ele parecia tão vulnerável e confuso, nada parecido com a imagem estereotipada de corretores de ações que Hulda tinha em mente, de jovens impetuosos em ternos elegantes que exalam autoconfiança.

Sem perceber, seus pensamentos voaram para seu falecido marido. Ele lidava com investimentos, mas Hulda preferiu não saber muito sobre o assunto. Naquele tempo, não existia banco de investimentos na Islândia, apenas os antigos bancos estatais e companhias hipotecárias. Sem dúvida, Jón poderia ter se tornado um corretor da Bolsa de Valores se ele pertencesse à geração de Dagur. Certamente, ele tinha autoconfiança suficiente para a função.

"E seu amigo, Benedikt? Ele é bancário também?"

"Deus, não, ele nunca chegaria perto de um banco. Ele é... hum... ele dirige uma empresa de TI."

"Uma empresa de TI? Computação, você quer dizer? Não sou tão velha, mas devo admitir que nunca entendi o que TI envolve."

Dagur sorriu. "É muito popular entre os bancos. Todo mundo quer ter ações de uma empresa de TI hoje em dia."

"Eu não", Hulda disse baixinho. Nunca lhe ocorrera apostar suas escassas economias no mercado de ações. Depois de um momento, ela acrescentou: "E Alexandra?".

"Ela é fazendeira."

Hulda quase deixou escapar que esse era um trabalho incomum para uma mulher jovem, antes de perceber que ela não estava sendo melhor do que os homens que disseram o mesmo dela quando entrou na polícia. "Onde?"

"O quê?"

"Onde ela cultiva?"

"No leste", Dagur respondeu. "Ela é casada, com filhos. Nós não mantivemos contato, não de verdade."

"E ainda assim..." Hulda disse, parando por um momento para analisar as reações de Dagur. "E ainda assim todos vocês vieram para cá, para o fim do mundo, passar o final de semana juntos. Apenas vocês quatro."

Não houve resposta. Dagur apenas assentiu, sem jeito, e olhou para o mar.

"Tenho que dizer que acho isso um pouco estranho, Dagur", ela disse severamente, enquanto tentava não perder de vista que ele tinha acabado de passar por uma experiência traumática.

"Bem... sim, posso entender por quê..."

"E não houve uma ocasião especial? Não houve algum tipo de celebração?"

"Não, por certo que não, nada disso", ele disse rapidamente.

"Acredito que vocês não se conheçam tão bem quanto estão deixando transparecer."

"O quê? Não, nos conhecemos bem. Já disse isso."

"Mas vocês nunca se encontram?"

"Não, não mais. Suponho que seria mais correto dizer que costumávamos ser próximos. É que velhas amizades duram."

"Certo", disse Hulda, embora, na verdade, não conhecesse a sensação. Ela havia feito algumas amizades no Ensino Fundamental, mas nunca havia formado um vínculo forte. Em retrospectiva, tinha certeza de que vir de uma família pobre havia afetado suas chances de conhecer melhor outras crianças. Sua mãe e ela moraram com seus avós, todos os quatro amontoados em um apartamento, sem dinheiro suficiente para dar uma volta. Roupas novas e brinquedos bons eram coisas que só as outras crianças tinham. Somente mais tarde notou que as atitudes dos professores para com ela também haviam sido influenciadas pelas suas circunstâncias familiares. Para piorar as coisas, sua mãe trabalhava o dia inteiro para colocar comida na mesa, o que significava que ela não era presente. Hulda havia sido mais próxima de seu avô. No tempo em que começou o Ensino Médio, convencida de que nunca seria popular, Hulda fez poucas tentativas de conhecer seus colegas de classe. Ela era cautelosa e retraída, tinha conhecidos, não amigos.

Na faculdade, foi a mesma coisa. Como, naquela época, não havia muitas garotas, elas tendiam a formar panelinhas, e Hulda sempre foi a excluída. As garotas ainda se encontravam regularmente, e ela costumava convidá-las para tomar um café ou uma refeição, mas, depois que conheceu Jón, aos poucos, foi perdendo contato com elas. Ele tinha pouco tempo para seus antigos colegas de classe. Era um homem quieto e não muito interessado em socializar, então, gradativamente perderam o hábito de convidar as pessoas para sair. Havia sido apenas os três juntos todas as noites e finais de semana: Hulda, Jón e Dimma. A princípio, Hulda achava sua união familiar acolhedora. Não era; descobriu mais tarde que algo estava errado.

"Quando poderemos ir para casa?", Dagur perguntou, trazendo Hulda abruptamente de volta ao presente.

"Em breve", ela respondeu.

"Para casa ou...?"

"Perdemos a balsa hoje, então teremos que encontrar acomodações para vocês em Heimaey. Poderemos precisar de mais depoimentos detalhados de todos vocês."

"Por quê? Não está claro o que aconteceu?"

"Esperamos que sim", Hulda disse, e queria que fosse verdade.

XXVII

Alexandra não parecia estar em um estado adequado para uma conversa com a polícia, mas, por mais genuína que fosse a empatia de Hulda por ela, o interrogatório era inevitável. Era importante verificar as reações iniciais dos três amigos para que pudesse avaliar se o caso justificaria uma investigação mais aprofundada.

As duas mulheres sentaram-se juntas no alojamento. Hulda havia mandado Benedikt e Dagur para o barco, escoltados pela polícia local.

"Não consigo acreditar", a garota disse pela terceira vez seguida. "Que ela está morta."

"Você tem alguma ideia de como isso aconteceu?", Hulda perguntou.

"Não...", Alexandra respondeu, mas sua voz vacilou. "Por favor, eu preciso fazer uma ligação rápida. Preciso ligar para casa."

"Não há telefones aqui."

"E o rádio? Eu poderia tentar?"

"Desceremos até o barco em um minuto. Você terá bastante tempo para fazer essa ligação assim que voltarmos para Heimaey, onde há telefone."

"Poderíamos ir agora, de uma vez?", Alexandra estava com a respiração acelerada. "Por favor?"

"Você viu alguma coisa na noite passada?"

Ela balançou a cabeça.

"Ouviu alguma coisa?"

Ela balançou a cabeça outra vez.

"O que você acha que aconteceu?"

"Eu não sei!" Com o tom de voz aumentado, à beira da histeria, ela repetia: "Eu não sei! Olha, eu preciso arranjar um telefone!".

"Não vai demorar muito", Hulda repetiu, com calma. Ela se perguntou se faria sentido abreviar a entrevista e retomar mais tarde, se necessário. Deixar Alexandra e os garotos irem para casa o mais breve possível para se recuperarem desse choque. Embora ela pressentisse que eles não lhe contavam toda a verdade, ela ainda estava inclinada a dar-lhes o benefício da dúvida. Talvez tivessem tido uma discussão com Klara e se sentissem mal com isso. Mas ativamente culpados de homicídio culposo ou assassinato? Não, ela não acreditava nisso. "A notícia sobre a morte ainda não foi divulgada", Hulda começou com uma confiança que não era totalmente justificada. "E preferimos manter dessa forma por enquanto. Não há necessidade de você ligar para casa até chegarmos a Heimaey."

"Mas preciso falar com meus meninos, para ter certeza de que tudo está bem e que não estão preocupados."

Ou Alexandra havia sido tão afetada pelo incidente da noite passada que não conseguia entender o que Hulda dizia, ou isso foi uma manobra astuta para evitar responder às perguntas. Quase funcionou; Hulda estava pronta para desistir.

Decidida no último minuto a mudar de tática, ela abandonou a fala mansa: "O que trouxe vocês aqui? Qual foi o motivo da visita de vocês?". Desta vez, sua voz era de uma investigadora da polícia.

Alexandra estremeceu. "O quê? Nós... bem, nós..." Ela vacilou. "Nada. Nenhum motivo especial."

"Alguma coisa aconteceu aqui na noite passada?" Hulda exigiu, percebendo, assim que as palavras saíram de sua boca, que a pergunta não foi bem formulada.

Alexandra negou, balançando a cabeça.

"Você sabe o que aconteceu com sua amiga?", Hulda questionou, aumentando a voz, confiante de que os outros se achavam bem fora do alcance dela nesse momento. As duas estavam sozinhas na casa; tinham quase a ilha toda para elas.

Mas Alexandra permaneceu teimosamente muda.

"Você sabe o que aconteceu, Alexandra?", Hulda fixou o olhar da garota no seu, e então, como ela temia, Alexandra desmoronou.

Com o peito arfando, a garota implorou, em meio a soluços incontroláveis, "Posso ir? Por favor!".

Resignada, Hulda levantou-se. A conversa delas havia terminado — por enquanto.

XXVIII

Hulda havia se hospedado em uma pousada na pequena cidade de Heimaey. Ainda totalmente desperta na cama, aguardava a chegada do seu velho adversário, tão desejado quanto temido: o sono. Apesar de precisar desesperadamente descansar, exausta pela viagem, muitas vezes o sono só aumentava a tensão, exaurindo-a com pesadelos e memórias que daria tudo para esquecer. Por que ela nunca conseguia sonhar a noite toda com a beleza natural de Álftanes, com o canto dos pássaros e o mar?

Sim, havia sido um longo dia, mais longo do que o esperado. Ela havia planejado passar a noite de domingo ao ar livre, talvez passeando pela cidade para aproveitar o máximo do sol da meia-noite e do clima ameno. Mas realmente não se importava, já que o trabalho sempre teve prioridade: era a única coisa que a fazia continuar.

Como sempre acontecia quando ficava acordada à noite, seus pensamentos vacilavam entre remoer o passado ou se preocupar com o futuro. Dessa vez, foi o futuro que venceu. Mais cedo ou mais tarde, ela teria que encarar o fato de que faria cinquenta anos em breve. Era difícil de se acostumar com a ideia. Era muito fácil ignorar a realidade, preocupar-se com os problemas alheios, assumir muitos casos, trabalhar noites e finais de semana. Ela tinha poucos *hobbies*; bem, de verdade, tinha apenas um: caminhar nas montanhas. E ainda não estava pronta para começar a namorar; nem saberia mais como e, além disso, não havia garantia de que conheceria o Sr. Certo. Quanto a viajar para países exóticos, não era nada mais do que uma utopia, dado o estado de suas finanças.

Claro, ela ainda tinha um longo caminho até a aposentadoria, mas não conseguia deixar de se preocupar com isso, com o marco de seu aniversário de cinquenta anos se aproximando. Hulda não fazia ideia do que deveria fazer com seu tempo quando parasse de trabalhar, e havia o problema do dinheiro; o prospecto de ficar presa em seu apartamento minúsculo com uma aposentadoria baixa. No presente, pelo menos, ela tinha a possibilidade de ganhar hora extra.

Não adiantava: o sono se recusava a vir. Admitindo a derrota, Hulda saiu da cama e foi até a janela, pela qual olhou para a noite ensolarada na floresta de mastros brancos erguendo-se contra as distintas paredes rochosas e a tampa esverdeada da rocha de Heimaklettur. Em vez de aproveitar a paisagem, sua mente estava preocupada com o problema dos três jovens, ou melhor, quatro: a garota morta, Klara, e seus amigos. Esconder toda a verdade de Hulda não significava, necessariamente, que eram culpados de homicídio culposo ou pior. Hulda havia aprendido pela dor como as pessoas podiam esconder informações da polícia por motivos variados, nem sempre sinistros, e ela conseguia entender. Você não podia esperar que revelassem todos seus segredos para uma estranha, em especial para aquela que apareceu no meio de uma situação bastante angustiante. Mas a investigação tinha que ser concluída.

Antes de Jón e Dimma morrerem, Hulda conseguia relaxar à noite lendo, refugiando-se no aconchegante mundo de romances inúteis com seus finais felizes, longe da realidade angustiante e confusa de seu trabalho, como se poderia imaginar. Como ela sentia saudades de adormecer lendo um livro. Atualmente, ela não tinha paciência para ler por prazer; andava muito inquieta — a única vez que pôde relaxar adequadamente foi no deserto. Então sua mente esvaziou-se — e seus pensamentos, obstinados, voltavam para Dimma e Jón. Hulda se culpava por tudo que havia acontecido. Os meses anteriores à morte de Dimma atormentavam sua mente. Como podia não ter notado...?

Obrigou-se a parar de pensar sobre o passado e tentou se concentrar no caso em questão. Aquelas pobres crianças. Ela sabia, por suas reações, que todos eles se sentiam um pouco responsáveis pela morte da amiga. Talvez não tivessem apoiado Klara quando ela precisou deles; talvez a tivessem tratado mal. Ou talvez não tivessem ideia do que poderiam ter feito para ajudá-la, só sabiam que algo tinha acontecido. Alguma decisão passada que pudesse ter trazido um resultado diferente, uma decisão que não teria levado Klara ao seu destino chocante. Assim como havia sido com Dimma: o conhecimento de que seu terrível destino pudesse ter sido evitado.

A consciência culpada daquele grupo de amigos era de interesse de Hulda? Na verdade, não.

Não, a menos que algum deles tivesse literalmente levado a garota ao limite.

Hulda voltou para a cama e fechou os olhos. Ela tinha que dormir um pouco. Quanto aos pesadelos, apenas teria que deixá-los vir.

XXIX

Hulda chegou ao seu apartamento depois de uma lenta viagem para casa, primeiro de balsa para o porto de Þorlákshöfn, na costa sul, depois de carro para Reykjavik. Não havia mais nada para fazer em Elliðaey ou em Heimaey. Mesmo que se chegasse à conclusão de que a morte não foi acidental, o caso seria conduzido pelo DIC de Reykjavik, o que significava que voltaria à sua mesa.

Ela se sentia exausta após sua noite ruim na pousada e agora se culpava por decidir fazer a viagem ela mesma, em vez de delegá-la a um de seus subordinados. Normalmente, ela teria usado sua noite de domingo para recuperar as energias para a semana que estava por vir, mas agora a segunda-feira já estava aí. Claro, ela deveria ter tirado um cochilo, pois ninguém teria notado se ela aparecesse uma hora atrasada no trabalho, entretanto não era de seu feitio fugir de suas obrigações. Então entrou no chuveiro, trocou de roupa e partiu para o escritório em seu fiel Skoda verde.

De imediato, Hulda começou a escrever o relatório sobre o incidente em Elliðaey a fim de terminar a deprimente tarefa o mais rápido possível. Antes de ir para Vestmannaeyjar, ela havia informado seu chefe de departamento e teve permissão para cobrar as despesas da viagem da empresa. Ele lhe pediu para ir, solidário como sempre — pelo menos superficialmente. "Claro que estamos felizes em ajudar nossos colegas da ilha. Eles terão sorte em tê-la por perto." Hulda sabia que o elogio não era verdadeiro.

 Ela havia voltado na mesma balsa de Benedikt, Dagur e Alexandra, mas, uma vez a bordo, eles ficaram juntos e mantiveram distância dela, aparentemente não querendo nada com uma policial. Alexandra havia passado a maioria do tempo agarrada ao corrimão, desgostosa, e os garotos permaneceram ao lado dela, meio que a protegendo. Hulda não fez nenhuma tentativa de se aproximar deles. Já havia feito perguntas óbvias e tinha obtido material suficiente para escrever um relatório completo, concluindo haver sido um caso de morte acidental.

 Agora que sua pequena aventura em Elliðaey havia terminado, Hulda tentou voltar à sua rotina diária. Seus dias eram quase indistinguíveis uns dos outros. Era como havia sido desde que rompera com sua antiga vida vendendo a casa da família em Álftanes — na verdade, ela havia sido tomada pelo banco — e comprado um lugar só dela. Para começar, tinha morado com sua mãe, depois em um apartamento alugado, enquanto juntava uma pequena quantia — Jón havia deixado tão pouco após sua morte. Morar com a mãe havia sido, no mínimo, uma experiência estranha. Embora, há muito tempo fosse óbvio que elas não tinham o temperamento parecido, Hulda vira isso como uma oportunidade de se conhecerem melhor.

 A mãe de Hulda havia feito de tudo, deu o seu melhor para dedicar amor e carinho à sua filha depois que Dimma e Jón morreram. Às vezes, sentia que era uma pessoa má, pois se via incapaz de responder à gentileza, aceitar a solicitude de sua mãe ou retribuir. Uma vez que continuava trabalhando muitas horas, o tempo que sobrava para ficar com sua mãe era à noite e nos finais de semana, embora o maior desejo de Hulda fosse a solidão, de preferência em uma montanha no meio do nada. Por outro lado, sua mãe estava convencida de que as duas poderiam conversar sobre o trauma, mas Hulda sabia que isso não iria funcionar. Ela estava condenada a viver com as consequências.

Por fim, ela se mudou. O evento passara sem drama. Um dia, simplesmente contou à sua mãe que havia encontrado um apartamento e lhe agradeceu pela sua hospitalidade. A reação de sua mãe foi nada mais do que educada. Todavia, nunca brigaram; era como se o sentimento delas não fosse forte o suficiente. Hulda se fixou em um apartamento alugado e, a partir de então, ela tinha seu tempo de lazer apenas para si própria.

Atualmente, pelo menos, morava em uma propriedade própria, pagando juros em vez de aluguel.

No trabalho, ela foi encarregada de casos bastante sérios e obteve grande sucesso. Seus métodos não eram sempre convencionais, mas alcançava resultados. E apesar de não receber os elogios que achava que merecia, seus colegas sabiam que era durona o suficiente para lidar com investigações difíceis.

Mais por dever do que por curiosidade, ela decidiu procurar os indivíduos envolvidos no incidente de Elliðaey nos arquivos. A falecida, Klara, não chamou a atenção da polícia de nenhuma forma, nem sua amiga Alexandra. As duas garotas pareciam ter a ficha completamente limpa. Por outro lado, Benedikt, o jovem dono da empresa de TI, se envolveu em uma briga em Kópavogur quando tinha quinze anos. O relatório era breve e incompleto nos detalhes, porém estava claro que não houve repercussão.

O nome de Dagur também apareceu.

Em 1987, quando tinha 19 anos, ele havia sido denunciado por comportamento ameaçador contra um policial, mas nenhum detalhe foi fornecido e o assunto não foi levado adiante. Isso era um pouco incomum: como regra, as pessoas não escapam impunes após ameaçarem um membro da polícia. Ainda assim, poderia haver várias explicações. Hulda conhecia o policial envolvido, mas não viu motivo para se aprofundar na briga de muito tempo atrás, já que dificilmente poderia ter qualquer relevância agora. Se qualquer suspeita viesse à tona no decorrer da investigação de Elliðaey, ela poderia entrar em contato com o policial. Por enquanto, ela não sentia que precisava se preocupar com isso. Melhor deixar quieto.

XXX

Hulda foi acordada de um sono tranquilo pelo toque de seu telefone. Ela cochilou na sala de estar, mas o maldito telefone estava no corredor, o que significava que teria que se levantar da velha poltrona que herdara de sua mãe.

Tinha a esperança de que parasse de tocar antes que conseguisse atender. Afinal, deveria ser um vendedor; ninguém nunca havia ligado para ela à noite e eram aproximadamente nove da noite. Ela havia adormecido assistindo ao documentário britânico sobre a vida selvagem que passara após o jornal. Como não podia pagar uma assinatura do Canal 2, ela tinha que se contentar com o que o Serviço Estatal de Radiodifusão oferecia.

Levantando-se de sua poltrona com um gemido, ainda cansada após o longo dia e o agitado fim de semana, andou pelo corredor devagar. Hoje em dia, ela demorava mais para se recuperar de qualquer tipo de esforço físico, como caminhadas ou aulas de ginástica — ou levantar-se da poltrona após um cochilo.

"Hulda", ela atendeu, tentando parecer alerta.

"Hulda? Oi! Eu acordei você?"

"O que, não, claro que não. Quem é?"

"Sæmundur."

"Ah, Sæmundur, olá." Sæmundur tinha por volta da idade de Hulda, ou alguns anos a menos, e trabalhava no laboratório do Departamento de Patologia do Hospital da Universidade. Como ele parecia trabalhar de dia e de noite, Hulda poderia supor que a ligação era dele. Construiu em sua cabeça a imagem de Sæmundur: a figura de um homem amigável, um tanto atarracada, que era careca desde que o conhecera, há, pelo menos, uma década.

"Desculpe-me por ligar tão, é... tarde."

"Tudo bem." Algumas vezes ela suspeitava que Sæmundur gostava dela, embora ele nunca tenha feito nada que insinuasse isso. Era o eterno solteirão, bem-humorado e gentil, só que, infelizmente, não fazia o tipo de Hulda. "Você está ligando por causa da garota de Elliðaey?" Alguns colegas de Hulda teriam dito "o corpo de Elliðaey", porém ela sempre tentou personalizar o falecido, para não perder de vista que uma vida humana havia sido perdida.

"Sim, isso mesmo."

"Você já terminou a autópsia? Parabéns."

"Não, temo que ainda não chegamos tão longe, mas você não poderia deixar isso passar batido... bem, eu não poderia. Notei isso na hora e gostaria que você soubesse. Não faço ideia de como a investigação está progredindo, mas presumo que qualquer evidência ajudará."

Não era a primeira vez que o que ele dizia não fazia sentido.

"Claro", ela disse o encorajando. "O que você notou?"

"Ah, certo, sim, desculpe-me, as marcas na garganta dela."

Hulda conseguia sentir seu coração batendo mais forte. "Marcas na garganta dela?"

"Sim. Antes de a menina morrer, alguém tentou estrangulá-la. Parece bem óbvio para mim."

"Você quer dizer...?" Hulda não teve chance de terminar.

"Sim, todos os sinais indicam que houve violência. Isso se encaixa nas suas descobertas iniciais?"

Hulda ficou em silêncio por um momento antes de responder: "Sim, mais ou menos". Uma mentira inocente nunca fez mal a ninguém. "Foi essa a causa da morte?"

"Duvido, dada a gravidade dos ferimentos em sua cabeça. Foi uma grande queda. Você sabe que não sou detetive, Hulda, e é apenas especulação nesse estágio, mas minha impressão inicial é de que houve uma luta, e o agressor agarrou seu pescoço e apertou com força, deixando-a sem ar, depois disso ela caiu e morreu. Não conseguiria dizer como isso aconteceu, mas parece justo concluir que... é, que..."

"...ela foi assassinada?" Hulda terminou.

"Exatamente."

XXXI

Hulda se condenou por não ser mais desconfiada na ilha. Seu instinto falhou bem na hora em que mais precisava, e, como resultado, havia falhado com a pobre garota. Talvez ela devesse ter conduzido a investigação de maneira diferente, não ter deixado os três amigos irem direto para casa sem tê-los pressionado mais. Ela não conseguia decidir o que fazer. Eram quase dez da noite e, embora ainda se sentisse cansada, lá estava ela, dirigindo seu Skoda. Tudo isso provavelmente poderia esperar até amanhã, mas, depois das notícias que Sæmundur havia lhe dado, sentiu uma necessidade urgente de agir.

Hulda havia anotado os detalhes dos jovens na cena do crime, porém havia deixado as informações no escritório. Sem saber direito o que estava fazendo, saiu do pequeno estacionamento, passando apertado pelo carro do vizinho e seguiu na direção dos escritórios do DIC. O céu estava limpo e azul, o sol ainda relativamente alto, acima do horizonte; era impossível conseguir imaginar que era tão tarde.

Assim que Hulda chegou à sua mesa, ficou sentada ali por um tempo, olhando para a página dos endereços e números de telefones.

Alexandra, Benedikt e Dagur. Ela tentou visualizar a cena: algum deles poderia de fato ter matado Klara? Estrangulá-la e depois a empurrado penhasco abaixo? Nenhum deles se encaixava no papel de assassino. Em um país com taxa de assassinato tão baixa quanto a Islândia, isso causaria um grande rebuliço. Deveria ligar para seu chefe para o manter a par da situação, mas isso poderia esperar até amanhã de manhã. A pergunta agora era se deveria tentar aproveitar o tempo para interrogar os amigos de Klara outra vez. Fazer-lhes uma visita surpresa.

Hulda não precisou pensar duas vezes sobre quem atacar primeiro; a resposta estava bem na sua cara. Alexandra planejava passar a noite com parentes em Kópavogur. Hulda a havia marcado como a mais chateada dos três e, consequentemente, a mais fácil de persuadir. Ela chegou bem perto de ficar em pedaços na ilha. Claro, era injusto explorar sua fraqueza, porém o caso acabara de se tornar muito mais sério.

Os parentes de Alexandra em Kópavogur não deixaram Hulda ter dúvidas de que ela havia arruinado a noite deles. Armaram uma confusão, tão logo ela apareceu na porta deles, explicando quem era e solicitando falar com a jovem moça.

"Ela está dormindo. Tudo isso foi um grande choque. Não vejo por que incomodá-la agora", disse uma mulher de meia-idade que atendeu à porta com modos intransigentes. Um homem atarracado estava parado atrás dela, com o olhar desviando o de Hulda; presumiu ser o marido. Ele concordava enquanto a mulher falava. "Você terá que voltar amanhã de manhã."

Hulda não tinha o hábito de recuar em circunstâncias como essas: "Não demorará muito", ela persistiu, implacável. "Temo que tenho que me sentar com ela e repassar os eventos do final de semana com mais detalhes."

"Por quê? Por que ela?", a mulher perguntou, ainda sem sair da porta. Seu marido continuava assentindo.

"Como vocês sabem, uma jovem morreu, e eu preciso falar com a Alexandra e com os dois homens que estavam com ela em Elliðaey. Em uma investigação como essa, temos que priorizar os interesses do falecido, mesmo que isso signifique incomodar pessoas inocentes" — ela teve o cuidado em enfatizar a palavra "inocentes". "Você me deixaria entrar, por favor?"

Com isso, a mulher cedeu e deu um passo para o lado; seu marido seguiu o exemplo. Quando eles mostraram a sala de estar para Hulda, ela perguntou se havia um lugar mais privado onde pudesse falar com Alexandra. Pela cara do casal, era óbvio que ficaram desapontados em não poderem participar da conversa, mas, por fim, Hulda foi conduzida a um pequeno quarto, que era uma mistura de escritório e quarto de costura. Lá, ela esperou, contando os minutos.

Enfim, Alexandra apareceu na porta. Julgando pelo inchaço de seu rosto, não era mentira que estava dormindo. Hulda não ficaria surpresa se ela tivesse chorado muito nessa noite também. Com certeza, ela ainda não parecia ter superado seu choque e angústia iniciais.

Tendo se certificado primeiro de que a porta estava bem fechada e Alexandra, sentada, Hulda disparou suas perguntas.

"Sinto muito em ter que informar, Alexandra, mas todas as evidências sugerem que sua amiga foi assassinada."

A reação de Alexandra foi imediata. A notícia a deixou visivelmente atordoada, depois ela pareceu desmoronar, de repente, dominada pela dor, como se estivesse ouvindo a notícia da morte de Klara pela primeira vez. Mas, claro, era possível fingir uma reação emocional assim, e Hulda ainda não conhecia a garota bem o suficiente para dizer se ela conseguiria representar uma atuação tão convincente.

Hulda esperou e esperou.

Por fim, Alexandra rompeu o silêncio: "Isso... não, isso é impossível. Por quê? Por que você acha isso? Por que alguém... faria uma coisa dessas?". Ela balançou a cabeça, seu tom de voz aumentou histericamente: "Não, não, não!".

"Eu receio que as evidências apontem nessa direção."

"Assassinada? Morta? Sério? Quais... quais evidências?"

"Preciso que você me conte o que aconteceu naquela noite, Alexandra. Nós temos que, juntas, ir fundo nesse caso."

"Isso... isso... nada aconteceu." Ela começou a chorar. "Nada."

"Está na hora de parar de encobrir as coisas, Alexandra. Se ela foi assassinada", Hulda disse, deixando a palavra no ar por um momento, depois repetiu: "Se ela foi assassinada...".

Alexandra assentiu.

"...há apenas três pessoas que poderiam ter feito isso: você, Benedikt ou Dagur."

A garota desviou o olhar, enxugando os olhos com o dorso da mão.

"Sei que não foi você", Hulda mentiu tranquilamente. "Então, qual dos outros você acha que é o assassino provável, Benedikt ou Dagur?"

Alexandra não respondeu.

"Você tem alguma ideia do que poderia estar por trás disso? Um rancor antigo, por exemplo?"

"Não, você não entende..." Alexandra parou. "É impossível... Nenhum de nós... nem Dagur, nem Benni nunca mataria alguém. Você não os conhece. Eu me recuso a acreditar nisso."

"Estritamente falando, também não posso descartar você, Alexandra. Tenho certeza de que entende."

"O que quer dizer? Você acabou de dizer... eu... que você sabia..."

"O que acho é irrelevante. Claro, não acredito que seria capaz de assassinar sua amiga, mas não posso eliminar você do inquérito. Você tem que cooperar comigo."

"Sim... claro, eu não posso... eu não quero..."

"O que você não quer? Ser suspeita de uma investigação de assassinato?"

"Deus, não! Claro que não."

Lágrimas começaram a escorrer pelo rosto da jovem novamente.

"Você precisa se recompor e tentar me ajudar, Alexandra."

"Sim... eu sei, eu sei", ela lamentou entre soluços.

Nesse momento, houve uma batida forte na porta e ela se abriu para deixar entrar a mulher que recebera Hulda, furiosa. "Já chega! Tudo que consigo ouvir é a pobre garota se matando de chorar. Isso é totalmente inaceitável. Como ousa tratá-la assim? Ela acabou de perder a amiga."

Hulda respondeu com rispidez: "Preciso de um minuto para terminar de anotar o depoimento dela."

"Não, isso acaba agora ou vou ligar para meu cunhado que é advogado. Isso é inaceitável." Ela virou-se para Alexandra: "Venha aqui, querida. Essa mulher já está indo embora".

Alexandra lançou um olhar para Hulda, então, levantou-se, obedecendo sua tia.

Pela expressão da garota, Hulda sabia que ela estava escondendo algo. Tinha certeza disso.

XXXII

Sim, era o lugar correto: o nome de Dagur era o único que estava na campainha, mas Hulda ficou um pouco surpresa em encontrar um homem tão jovem morando em um grande duplex como aquele. Após tocar a campainha e aguardar por um minuto, ela bateu à porta, primeiro baixinho, depois mais alto, porém não obteve resposta. Dagur parecia ter saído. Hulda fez uma última tentativa, pressionando a campainha por um longo tempo. Nenhuma resposta. Ela teria que tentar mais tarde ou no primeiro horário da manhã.

Benedikt morava em um lugar muito mais convencional para um solteirão de trinta anos, um pequeno apartamento de porão no centro da cidade.

O apartamento ficava em uma casa de madeira tradicional, pintada de azul e branco, e a entrada ficava na parte de trás, através de um jardim coberto por ervas daninhas. Como não encontrou uma campainha em lugar nenhum, Hulda bateu à porta.

Ouviu um barulho lá dentro, então a porta se abriu, e Benedikt apareceu no vão. Ele ficou visivelmente assustado quando viu quem era.

"Boa noite, Benedikt."

"O que, ah, olá... Espere, nós deveríamos nos encontrar de novo?"

"Posso entrar?"

Ele hesitou por um momento. "Na verdade, não estou sozinho, mas... Suponho..."

"Obrigada." Ela entrou sem perguntar de novo. "Precisamos ter uma palavrinha."

No momento em que entrou, pegou Dagur parado no meio da sala e teve a impressão de que havia chegado bem no meio de uma briga ou discussão. O ar estava vibrando.

"Oi", disse Dagur em voz baixa, olhando para baixo em direção ao piso de madeira.

A sala tinha uma decoração minimalista, continha apenas um sofá de couro gasto, uma televisão e prateleiras cheias de vídeos. Nenhum livro, nenhum quadro nas paredes e somente uma lâmpada pendurada no teto. Hulda notou que não havia copos na mesa, nem bebidas ou petiscos, um detalhe que a alertou que Dagur não fazia uma visita social.

"Olá, Dagur", ela disse. "Eu acabei de sair de sua casa em Kópavogur."

Ele olhou para cima novamente, com o rosto demonstrando surpresa: "Você estava me procurando?".

"Sim, preciso conversar com vocês dois." Após um breve silêncio, acrescentou: "Não esperava encontrar você aqui, Dagur".

"O que, ah, não, eu... é..." Ele parecia constrangido, o que não era natural, Hulda pensou. Não deveria haver nenhuma dificuldade em explicar por que ele estava visitando um amigo, porém, por algum motivo, Dagur ficou sem palavras. Sim, definitivamente havia algo a mais acontecendo ali do que seus olhos podiam ver.

Se pudesse escolher, ela preferia falar com o jovem em separado, mas, devido às circunstâncias, isso seria difícil.

"Sentem-se", ela disse, com firmeza, "isso não demorará muito". Atendendo ao pedido da investigadora, ambos logo se sentaram, lado a lado, no sofá. Hulda foi buscar um banquinho de uma pequena cozinha que saía da sala e empoleirou-se nele, encarando-os.

Ela os analisou por um tempo, aumentando a tensão, fazendo-os suar um pouco. Era fácil enxergar o desconforto deles.

"A amiga de vocês", Hulda começou. "A amiga de vocês, Klara, parece não ter caído do penhasco por acidente."

"O que quer dizer?", Benedikt perguntou bruscamente.

"Ela foi atacada", Hulda respondeu.

"Atacada?" Dagur parecia incrédulo.

"O que você está insinuando?", Benedikt perguntou. "Que alguém a matou?"

Hulda assentiu. "Parece que sim. E é em cima dessa suposição que estamos trabalhando por enquanto", ela continuou, dando a deliberada impressão de que não estava sozinha em suas suspeitas, que ela tinha o DIC inteiro por trás dela.

"Você está trabalhando em cima da suposição... de que ela foi morta?" Benedikt parecia tanto chocado quanto furioso. "Pelo amor de Deus, você não está insinuando que um de nós... ou Alexandra poderia tê-la matado?"

"Havia mais alguém na ilha?", Hulda perguntou friamente.

Foi Dagur quem respondeu: "Não, não havia".

"Então não há mais ninguém na cena, não é mesmo?"

Benedikt balançou a cabeça.

"É possível que alguém mais pudesse ter ido à ilha sem o seu conhecimento?"

"Acho difícil. Embora isso não esteja totalmente fora de questão."

"Você ouviu se um barco chegou durante a noite, por exemplo?"

"Não, provavelmente não."

"Então, no momento, não temos escolha a não ser focar em vocês três", Hulda disse. "A menos que venham à tona evidências do contrário."

"Isso é besteira", Dagur disse. "Você não pode estar acreditando de verdade que... que assassinamos nossa amiga, não é?"

"Você só pode estar brincando", Benedikt entrou na conversa.

"Eu gostaria de estar", Hulda disse, com uma expressão severa. "Olhe, já é hora de me contarem a verdade. O que aconteceu naquela noite?"

Dagur lançou um olhar para Benedikt, então respondeu: "Pelo amor de Deus, o que mais você quer que digamos? Não sabemos o que aconteceu. Klara não foi dormir na mesma hora que o resto de nós". Ele parou, controlando-se, então acrescentou: "De qualquer forma, o que a faz pensar que alguém... a matou?".

"Não tenho permissão para contar, não no momento."

Benedikt ficou de pé. "Você não pode esperar que respondamos perguntas sobre algo que não é... quero dizer, algo para o qual você não tem um pingo de evidência. Você está tentando nos pegar. Tentando nos incriminar por assassinato quando tudo o que aconteceu foi que nossa amiga ou escorregou e caiu... ou se atirou do penhasco."

"Temos o direito de ter um advogado presente?", Dagur disse de repente.

Hulda sorriu. "Isso depende somente de você. Vamos nos acalmar por um minuto. Ninguém está preso, ninguém é suspeito... não oficialmente. Estamos apenas conversando, mas, como disse, cabe a vocês. Veremos amanhã de manhã se precisarei convocá-los formalmente para interrogatório na delegacia. Está dentro dos seus direitos levar um advogado, caso queiram."

Benedikt ficou parado, hesitando. Dagur permaneceu sentado.

"Enfim, o que, de verdade, você veio fazer aqui, Dagur?" Hulda perguntou, fixando seu olhar no jovem no sofá.

"Perdão?" A pergunta o pegou de surpresa.

"E não minta para mim que era uma visita social", ela acrescentou.

Dagur apenas ficou sentado, sem dizer nada.

"Vocês dois estavam apenas se certificando de que a história de vocês batem?" Ela transferiu seu olhar de volta para Benedikt.

Ele balançou a cabeça violentamente, parecendo estar, enfim, preocupado com o rumo que a conversa havia tomado, em vez de apenas irritado ou zangado com a maneira como Hulda entrou sem avisar e começou a fazer acusações.

"É óbvio que não", ele disse. "De maneira nenhuma."

"Dagur?"

"O quê? Deus, não. Nada disso. Você entendeu tudo errado. Não precisamos nos certificar de que nossa história bate. Honestamente."

Hulda quase acreditou neles. Sim, talvez eles estivessem dizendo a verdade. Mas ainda não acreditava completamente.

Ela se levantou.

"Nesse caso, o que você está fazendo aqui, Dagur?"

Ele pensou, por mais tempo do que o necessário. "Nossa amiga acabou de morrer", disse por fim, "quase embaixo de nossos narizes. Não consegui ficar sozinho, e não sabia com quem mais poderia conversar que não fosse o Benni. Alexandra e eu não somos tão próximos, mas Benni e eu sempre fomos bons amigos. Nós nunca guardamos segredos um do outro..."

Hulda teve a sensação, pelo tom de voz de Dagur, que sua última observação foi carregada com um significado peculiar, que escondia um significado mais profundo, o qual ela tinha toda a intenção de trazer à tona.

XXXIII

Hulda havia instruído os três jovens a não deixarem a cidade até segunda ordem. Nem Benedikt, nem Dagur levantaram qualquer objeção, mas Alexandra protestou que precisava voltar para o leste, para sua família. Eventualmente, porém, foi persuadida a esperar mais uma ou duas noites.

O próximo passo de Hulda, na manhã seguinte, era ir ver Thorvardur, o policial que havia pegado o depoimento de Dagur uma década atrás, quando havia sido advertido por ameaçar um policial. Thorvardur tinha trinta e poucos anos, era honesto, pé no chão e fácil de se conversar.

Tendo solicitado uma reunião com ele, Hulda estava agora sentada em seu escritório.

"Então, o que posso fazer por você?", ele perguntou com um sorriso franco.

"Provavelmente isso é perda de tempo", ela disse, "mas eu encontrei um relatório antigo, datado de 1987, relacionado a um pequeno incidente que você relatou".

"Ah, certo, 1987, hum... Eu havia acabado de sair da escola de treinamento. Entrei para a polícia em 1986."

Ela entregou uma cópia do relatório sobre Dagur.

"Não acho nem por um minuto que você vá se lembrar disso..."

"Hum, vamos ver." Ele folheou o relatório.

"Ah... espere, sim, 1987, embora não tenha certeza." Ele continuou a olhar para o relatório.

"Vamos ver. Quantos anos ele tinha? Apenas 19. É um reincidente ou algo do tipo?"

Hulda balançou a cabeça. "Não, apenas um garoto comum e respeitável, até onde sei. Esta foi a única vez que apareceu nos registros, seu único delito."

"Dagur... Dagur Veturlidasson...?" Uma luz parecia ter acendido na cabeça de Thorvardur: "Ah, sim, claro. Dagur Veturlidasson, claro. Desculpe-me, eu não me liguei na hora. Você deveria ter me dito o contexto, Hulda". Ele sorriu para ela.

"O contexto?"

"Sim, não tem a ver com o pai dele? Por que você está investigando isso agora?"

"O pai dele? O que ele fez?"

"Veturlidi Dagsson, você não se lembra dele?"

Ainda que o nome fosse vagamente familiar, Hulda tinha que admitir que não conseguia lembrar.

"Ele matou a própria filha, lembra?"

E, então, Hulda se lembrou muito bem. Ela não estava envolvida na investigação na época, mas os acontecimentos haviam sido manchetes, então ninguém poderia não saber. Um caso absolutamente doentio, em que um contador extremamente responsável de Kópavogur foi acusado de matar sua própria filha na casa de veraneio deles em um lugar isolado nos Fiordes Ocidentais. Hulda não conseguia se lembrar dos detalhes, já que ela apenas acompanhou a investigação através das notícias e de fofocas ouvidas nos corredores da delegacia. O homem havia cometido suicídio sob custódia antes que o veredicto fosse anunciado. No entanto, o que ficou em sua memória foi que esse foi o caso que consolidou o sucesso de Lýdur. Também havia indícios de uma história subjacente de abuso, que parecia muito familiar com o que aconteceu na casa de Hulda, ainda que ela não tivesse notado na época.

Pensando bem, o fato de o contador ter morado em Kópavogur cairia como uma luva: o enorme sobrado de Dagur deve ter sido a antiga casa da família, embora ele parecesse viver sozinho hoje em dia. O que levou à pergunta: o que havia acontecido com a mãe dele?

"Deus", Hulda murmurou, mais para si do que para Thorvardur. "Você está dizendo que Dagur é o filho dele?"

"Você não sabia?"

"Não, eu não liguei uma coisa a outra", ela disse.

"Então por que você está investigando isso? O fato de o menino ter criado um pouco de confusão naquela época é uma história antiga."

"Então, você se lembra?"

"Sim, senti pena dele. Ele sempre vinha à delegacia, furioso com a prisão de seu pai. Se recusava a acreditar que ele era culpado. Na maioria das vezes, apenas exigia ver Lýdur, mas por vezes ele reclamava e gritava com o resto de nós. Nós... bem, sentíamos pena dele, sabe. Nós não tomamos nenhuma atitude. Uma vez, na ocasião em questão, ele ultrapassou os limites, foi longe demais e passou a ameaçar, então fomos obrigados a prendê-lo e bater um papo com ele para o acalmar. Isto não foi levado adiante. O garoto estava em um estado terrível. Mas era compreensível."

"Certo...", Hulda respondeu distraidamente. Ela estava tendo problemas para assimilar tudo... aquele era o filho de um homem que havia assassinado sua própria filha. Caramba. Porém, certamente, não havia conexão nenhuma.

"Então, vamos lá, o que está acontecendo, por que o interesse nesse menino?"

"Ele é suspeito em um caso de assassinato. Você sabe, a garota que caiu do penhasco e morreu em Elliðaey no final de semana."

"Você está brincando? Maldição!" Thorvardur bateu seu punho na mesa. "Você está falando sério?"

Hulda assentiu.

"E você acha que ele pode ser o culpado?"

"Na verdade, não sei mais o que pensar."

"Bem, pode ser de família, não é?"

Hulda levantou as sobrancelhas. "Ah, fala sério."

"Sim, verdade. Inclinações para esse tipo de coisa. Se eu fosse você, não descartaria isso."

"Não vou poder prendê-lo pelos pecados de seu pai. É isso que está sugerindo?"

"Farinha do mesmo saco, Hulda."

XXXIV

A imprensa começou a fuçar o caso, e, quando Hulda voltou à sua mesa, achou várias mensagens sobre o que havia acontecido naquela noite na ilha à espera de respostas. Em vez de perder tempo com elas, Hulda decidiu que seu dia seria mais bem aproveitado se lidasse com outros assuntos. Felizmente, a notícia de que a polícia suspeitava de assassinato ainda não havia vazado.

À luz das últimas informações, ela precisava falar com Dagur com urgência, mas, primeiramente, queria certificar-se de que estava familiarizada com todos os detalhes do caso Veturlidi. A maneira mais rápida de fazer isso seria pedir a Lýdur que lhe desse informações. Não era uma perspectiva que apreciasse, dada sua aversão ao homem — um sentimento que, sem dúvida, era mútuo. Mas ele foi o encarregado da investigação; havia sido sua grande oportunidade, o caso que havia lhe empurrado ao topo. Ele até havia alcançado um certo grau de notoriedade na época, uma vez que fora diligente em aparecer na mídia para discutir a investigação, assumindo o papel de um homem em quem o público poderia confiar. Ele era bom nisso, tinha que admitir, mas Hulda não confiava nele. Ela nunca soube o porquê.

Agora, Hulda tinha seu próprio grande caso; sentia isso. Essa era a sua chance, e ela teria que usá-la a seu favor para angariar prestígio e um salário melhor. Pensando bem, talvez esse fosse o momento de superar sua relutância em aparecer nos holofotes, convocando uma conferência com a imprensa. Não era uma artista nata como Lýdur, mas precisava chamar a atenção, e, como tinha um grande caso, suas conquistas não deveriam passar despercebidas.

Após se preparar para a conversa com Lýdur, foi um anticlímax descobrir que ele estava fora da cidade. Havia ido para sua casa de veraneio em Borgarfjörður no dia anterior, depois do trabalho, disseram, e lá não tinha telefone. Como Hulda, Lýdur ainda não tinha o hábito de andar com o celular para cima e para baixo, embora do jeito que as coisas andavam, eles seriam obrigados a fazê-lo em breve. Até lá, Hulda pretendia aproveitar ao máximo a liberdade de não estar permanentemente acessível aos seus chefes.

Pensando bem, parecia uma boa oportunidade para dar uma volta com o carro em um clima tão bom. O Skoda havia voltado recentemente de um conserto caro, o que significava que não deveria haver nenhum problema em correr pela costa oeste para Borgarfjörður. Não, não era uma má ideia.

Hulda nunca se cansava da estrada ao norte da costa de Reykjavik, com as vistas incomparáveis de algumas de suas montanhas favoritas: Akrafjall, em forma de prato, sozinha em sua península, o grandioso topo achatado de Esja, os picos praticamente alpinos de Skarðsheiði. Ela nem se ressentiu do tempo levado para dirigir por Hvalfjörður, ciente de que logo isso seria coisa do passado. O túnel através da foz do fiorde estava previsto para ser inaugurado no próximo ano, o que reduziria o tempo da viagem de uma hora para sete minutos. Mas sentiria falta da paisagem de montanhas e mar, as fazendas arrumadinhas e os campos de feno pontilhados de fardos brancos redondos, os marcos familiares da antiga estação baleeira e as cabanas de Nissen que sobraram da guerra.

Quando ela contornou o cume de Hafnarfjall, começou a avistar Borgarfjörður, cercada imediatamente ao norte e leste por um país mais plano e aberto, com as montanhas formando um pano de fundo distante. Dominando o fiorde, estava a pequena cidade de Borgarnes, com sua linda igreja branca, mas hoje esse não era seu destino. A casa de veraneio de Lýdur ficava localizada no meio de uma colônia de férias que aparentava ter sido projetada com a intenção expressa de dificultar a vida dos visitantes. Apesar de ter um senso de direção razoável, Hulda viu-se dirigindo em círculos, antes de, enfim, encontrar um beco e visualizar a casa de veraneio, parcialmente escondida por bétulas e arbustos.

Ao estacionar o Skoda atrás do grande 4x4 de Lýdur, pensou mais uma vez que ele deveria estar em um patamar muito superior ao dela na escala salarial, mais do que poderia ser justificado por sua posição, idade e experiência.

Sua tentativa de bater na porta da frente ficou sem resposta, então ela deu a volta na propriedade para ver se Lýdur estava nos fundos. Teve sorte. Ele estava sobre uma churrasqueira, sem camisa e com óculos escuros, e pareceu bastante assustado ao vê-la.

"Santo Deus, Hulda! O que, em nome de Deus, você está fazendo aqui?", ele perguntou, sua surpresa inicial cedendo à diversão.

"Olá, desculpe entrar assim", ela disse com hipocrisia. Por dentro, refletia amargamente que lá estava ele, em sua elegante casa de férias, com um jipe chique estacionado na frente, enquanto ela tinha que se contentar com um Skoda de dez anos atrás, com uma hipoteca incapacitante e, por vezes, passar sua semana alocada na casa de veraneio do sindicato da polícia em Hvalfjörður, não muito longe de Reykjavik... Era muito injusto.

"Estou surpreso, só isso. Minha esposa foi se deitar. Terei que apresentar vocês duas mais tarde. Vocês já se viram?"

"Sim, frequentemente a vejo."

"Ah, certo. Enfim, presumo que seja urgente. Apenas espero que você não tenha vindo até aqui para me levar de volta ao escritório." Ele riu.

"Não se preocupe com isso. Você tem alguns minutos?"

"Claro. Quer um hambúrguer? Tenho muitos."

Ela já ia recusar quando percebeu que estava morta de fome. "É, sim, obrigada. Será ótimo."

"Um hambúrguer e uma Coca-Cola saindo", ele disse, e a risada falsa que ouvira tantas vezes soou novamente. Tudo nesse homem era falso, mas isso não impediu sua carreira meteórica. Será que ela estava com inveja?

Ele entrou em casa e logo retornou com um grande hambúrguer suculento, que colocou na grelha, sibilando e cuspindo gordura.

"Ok, então, manda ver. Por que diabos você veio até aqui, Hulda?" O tom de brincadeira havia sumido, e sua voz era profissional.

"Eu... hum, na verdade, eu queria perguntar sobre um caso antigo. Você se lembra de Veturlidi Dagsson?"

Ela notou seu sobressalto involuntário ao ouvir o nome de Veturlidi, apesar de sua tentativa de disfarçar. Houve um silêncio que pareceu durar mais do que a pergunta justificava.

"Veturlidi, sim, claro que me lembro", ele disse, sem que sua voz revelasse nada. "Caso chocante, muito chocante", acrescentou, sem desviar o olhar. "Por que está interessada nisso?"

"Encontrei o filho dele no final de semana. O nome dele é Dagur. Você o conheceu na época?"

"É... sim", Lýdur respondeu, com aparente relutância. "Eu havia esquecido o nome dele, mas eu o encontrei pelo menos uma vez, talvez mais. Ele surtou completamente quando prendemos o pai dele. Passamos em sua casa ao amanhecer, e o garoto acordou e começou a gritar e a fazer cena. Ele já não era tão jovem na época; devia ter pelo menos dezoito, dezenove anos."

"Dezenove", Hulda confirmou.

"Certo. Não acho que ele... que ele estava disposto a encarar a verdade." Finalmente, Lýdur virou-se e olhou para Hulda, com as feições sob controle. "Claro, é compreensível. Foi uma época horrível para a família, uma situação terrível."

Voltando-se para o churrasco, perguntou, como quem não quer nada: "Por que você foi atrás do filho?".

"Ele está envolvido em um caso no qual estou trabalhando."

Supostamente não havia como Lýdur saber que o inquérito sobre o incidente em Elliðaey foi atualizado para uma investigação de assassinato, ainda mais estando isolado naquela casa de veraneio, sem telefone.

"Ah, qual é o caso?", ele quis saber após uma pausa. "A morte em Vestmannaeyjar?"

"Sim. Encontramos evidências que sugerem que a garota foi assassinada."

"Assassinada? Inferno. É melhor eu voltar para a cidade."

"Estou trabalhando nisso", ela respondeu, elevando bruscamente a voz.

"Droga", Lýdur disse, como se não tivesse a escutado. "Vou falar com minha esposa, depois corro de volta para o escritório. Enfim, Hulda, o que você queria me perguntar?"

"Tudo o que queria saber", ela respondeu, tentando se recuperar de sua explosão momentânea de raiva, "era se você havia considerado Dagur na época?".

"Considerado Dagur? Como assim?"

"Ele já foi um suspeito?"

"O quê?" A cabeça de Lýdur girou. "Pelo assassinato da irmã dele? Não, claro que não. Nunca. Era um caso bem claro, tenho certeza de que você irá se lembrar. Veturlidi a matou, sem dúvidas." Lýdur foi enfático, categórico.

"Você pode me fazer um breve resumo dos fatos? Foi você quem investigou, não foi?", ela perguntou, embora já soubesse a resposta.

"Me dê um segundo", ele disse, retirando os hambúrgueres da churrasqueira. Ele indicou uma cadeira para Hulda na varanda e se sentou de frente para ela. Por um instante, Hulda esqueceu-se de tudo, exceto o simples prazer do momento, enquanto se deleitava com o cheiro dos hambúrgueres recém-grelhados, o calor do verão, a ausência de vento. É como a vida deveria ser — como a vida dela costumava ser.

Ligeiro, Lýdur se levantou outra vez. "Vou buscar aquela Coca-Cola para você."

Ele entrou na casa e retornou rápido com a bebida. Assim que se recostou na cadeira, respondeu à sua pergunta: "Claro, cuidei da investigação do começo ao fim. E correu tudo nos conformes. Um crime dos infernos — um pai matando sua própria filha daquele jeito. Que tipo de pai faria mal ao próprio filho?".

A pergunta causou um arrepio na espinha de Hulda.

"Lembra-se de onde o corpo dela foi encontrado?"

"Nos Fiordes Ocidentais", ele disse, dando uma grande mordida em seu hambúrguer e mastigando-o com vontade. "Foi uma cena sangrenta. Aconteceu na casa de veraneio da família. Em um primeiro momento, ela parecia ter estado lá sozinha, mas o suéter de Veturlidi não deixou dúvidas. Ela estava agarrada a ele. Seu pai não podia negar que o suéter o pertencia, embora, é claro, tenha negado que esteve lá com ela. O que ninguém conseguia explicar era por que a garota foi para lá sozinha, uma vez que ela e o pai costumavam viajar juntos para a casa de veraneio com frequência.

Tudo o que pudemos fazer foi preencher as lacunas por meio de suposições." Ele deu outra mordida, acabando com metade do hambúrguer de uma só vez, e parou de falar enquanto mastigava. Hulda aproveitou a oportunidade para provar seu próprio hambúrguer. Ela tinha que reconhecer: Lýdur certamente sabia como usar uma grelha.

"Quero dizer", Lýdur continuou, engolindo um bocado do lanche, "eles regularmente iam lá juntos, sozinhos, e não é difícil adivinhar o que acontecia durante essas viagens — o que ele estava fazendo com ela. Ocorre que, na época daquele último fim de semana fora, a menina já havia crescido e deve ter resistido. Pelo menos, foi assim que imaginei. Então o pai a empurrou, e ela bateu a cabeça na quina de uma mesa, sangrando até morrer. É difícil dizer quanta luta houve. Porém, ela poderia ter sido salva se ele não a tivesse deixado lá sozinha, se esvaindo em sangue até a morte. Como era de se esperar, o caso causou grande indignação. Não foi brincadeira ter que prender um pai por um crime como aquele, tenho certeza de que você pode imaginar." Ele olhou para Hulda, mas, apesar de suas palavras, ela não conseguiu detectar nenhum sinal de compaixão em seu rosto.

"Sim, eu posso."

"Ele bebia também. Costumava beber muito e desaparecer por dias seguidos. Esteve na reabilitação e ficou limpo pelo menos uma vez antes do acontecido, mas é certo que voltou a beber, pois estava usando a casa de veraneio para suas farras secretas. Encontramos garrafas escondidas em toda a parte. Minha teoria é de que ele devia estar bêbado quando matou a filha. Não pudemos provar isso, mas a cena do crime forneceu munição para a acusação."

"Não havia elementos para duvidar dessa conclusão?"

"Nenhum", Lýdur respondeu, sem dar margem para dúvidas. "Veturlidi era culpado. A forma como ele colocou um fim na história acabou com qualquer dúvida que ainda restasse. Não era preciso ser um gênio para descobrir o que o ato de se enforcar significava. Ele havia sido acusado; o jogo havia terminado, entretanto ele queria terminá-lo em seus próprios termos. Fim da história. Claro, eu gostaria de vê-lo condenado, mas certamente ele não conseguiu viver com o que havia feito. O que é compreensível, suponho."

"Voltando ao filho dele, há alguma chance de ele ter estado lá também? Na casa de veraneio, quero dizer"

"O filho dele? Aquele adolescente? Não, definitivamente não. Não havia qualquer evidência que sugerisse isso."

"Alguma vez a possibilidade foi analisada?"

"Na verdade, não. Ele era apenas um garoto. Olha, não precisa de muito esforço. Veturlidi passou aquele final de semana sozinho, bebendo, sem que ninguém soubesse. Alegou ter ficado na cidade, mas não tinha um álibi. A esposa dele havia viajado com as amigas, e seu filho também não estava em casa. Implorou para acreditarmos nele... Mas a verdade era que os dois foram para a casa de veraneio juntos. Era pouco provável que sua filha fosse até lá sozinha."

"Qual era o nome dela, da filha?"

"Katla. Ela tinha cerca de 20 anos na época. Ninguém tinha nada a dizer além de coisas boas a seu respeito. Era uma garota feliz, animada, um pouco provocante."

"Quando isso aconteceu mesmo?"

Lýdur parou para pensar. "Hum, final dos anos 1980... 1987, sim, isso mesmo. Dez anos atrás."

"Katla tinha namorado?"

"Aparentemente não. Eu perguntei. Conversei com alguns dos amigos dela." Hulda podia ver que Lýdur estava perdendo a paciência com suas perguntas.

"Por acaso você se lembra quem eram eles?"

"O quê? Não, eu esqueci."

"Será que os nomes deles estariam anotados no arquivo?"

"Duvido. Apenas fiz alguns questionamentos informais." Ele bufou.

"Dagur não disse uma palavra a respeito quando conversei com ele. Ligado a dois assassinatos... propenso a levantar questões."

"Ah, vamos, Hulda. Dizer que ele está ligado a dois assassinatos é um pouco forte. Foi a irmã dele que foi morta. Ele era apenas uma vítima inocente."

Lýdur levantou-se abruptamente.

A mensagem era inconfundível, então Hulda fez o mesmo. "Obrigada pela sua ajuda, Lýdur." Como uma reflexão tardia, ela perguntou: "Ele alguma vez confessou? Digo, Veturlidi".

"Não, não formalmente. Mas estava claro como o nascer do sol. Acredite, Hulda, você está batendo à porta errada. Não há ligação entre os dois casos. É totalmente implausível, está fora de questão."

XXXV

Katla

Tinha 20 anos quando foi encontrada morta na casa de veraneio.

Hulda passou o resto daquele dia ensolarado trancafiada em seu escritório, lendo os arquivos do caso antigo. A insistência de Lýdur de que não poderia haver ligação entre a morte de Katla e o incidente em Elliðaey foi diretamente contra seus próprios instintos. Ela precisava descobrir mais sobre o assassinato de Katla, e a maneira mais óbvia de fazer isso seria ter outra conversa com Dagur.

O resumo de Lýdur acabou sendo bem preciso. Os eventos aconteceram dez anos atrás. O corpo de Katla havia sido encontrado no outono de 1987, na casa de veraneio da família, que ficava em um vale remoto de Heydalur, em Mjóifjörður, um fiorde desabitado na costa sul de Ísafjarðardjúp. O inspetor de polícia de Ísafjörður, um tal de Andrés Andrésson, o havia encontrado. Hulda pensou que poderia valer a pena encontrá-lo para ouvir também sua versão dos eventos.

A cena foi feia, a julgar pelas fotos. Havia muito sangue. Katla havia sofrido uma lesão na cabeça por cair de costas na quina de uma mesa, como Lýdur havia dito. O corpo dela ficou lá por vários dias, e Hulda estremeceu ao pensar como deve ter sido para as pessoas que chegaram primeiro à cena do crime.

De acordo com Lýdur, havia sido o *lopapeysa* de Veturlidi que o havia entregado. Katla estava agarrada a ele. Estranhamente, isso não era visível em nenhuma das fotos, mas Andrés havia deposto confirmando o detalhe e explicando que era possível que ele tivesse tirado o suéter do caminho quando foi checar o pulso da garota para ver se ainda vivia.

Se for o caso, seu comportamento teria sido bastante bizarro — mover evidências de uma cena de crime. Sim, estava se tornando cada vez mais claro que Hulda teria que ter uma palavra com esse tal de Andrés.

A última página do grosso maço de papéis continha uma breve declaração, informando que o prisioneiro havia tirado a própria vida.

"Sinto muitíssimo em lhe incomodar", Hulda disse com sua voz mais gentil. Os pais de Klara viviam em Kópavogur, apenas algumas ruas de distância da casa de Dagur, em uma casa isolada, que parecia ter sido construída em algum momento dos anos 1970. "Poderíamos conversar rapidinho?"

Logo depois que Klara foi declarada morta, representantes da polícia, acompanhados de um vigário, foram informar seus pais. Ficou claro, pela aparência abatida do casal, que eles ainda estavam em choque.

"Ah... certo, entre então." A mulher, com certeza a mãe de Klara, aparentava estar na casa dos cinquenta anos. Ela era pálida, com cabelos curtos e óculos antiquados. "Sou Agnes. Esse é meu esposo, Vilhjálmur."

"Vocês não podem nos deixar em paz?", o homem disse após uma pequena pausa. Ele falou com emotividade, mas seu tom era ostensivo. "Você está investigando a morte dela?"

"Sim, eu assumi o caso", Hulda respondeu baixinho. Ela seguiu o casal até a sala de estar, notando o clima de desolação silenciosa; todas as luzes apagadas, as cortinas fechadas. Hulda sentiu-se profundamente desconfortável em se intrometer dessa maneira na dor deles.

"Você está...?" Vilhjálmur balbuciou, então, limpando a garganta, tentou de novo: "Você está perto de descobrir como ela... caiu?".

Com muito tato, para suavizar o golpe, Hulda respondeu: "Estamos examinando várias perspectivas. É possível... que tenha havido algum tipo de luta".

O pai de Klara se engasgou. "O que... o que quer dizer? Uma luta?"

"É possível que ela tenha sido empurrada."

"O quê? Não, não pode ser verdade", Agnes protestou. "Não, eu não acredito nisso."

"Quão bem ela conhecia as pessoas com quem estava na ilha?", Hulda perguntou.

"Eles são amigos há anos. Eram inseparáveis quando Klara estava na sexta série."

"Você poderia me dizer quem fazia parte do grupo de amigos dela?"

Desta vez, o pai de Klara se antecipou à esposa: "As mesmas pessoas... Dagur, Benni e Alexandra. E Katla, claro". Com muita tristeza, pronunciou o último nome.

"Ah, certo", disse Hulda. "A garota que morreu nos Fiordes Ocidentais."

"Foi assassinada, você quis dizer", disse Agnes. "Foi uma coisa horrível, horrível."

"Você pode me explicar o que aconteceu?"

Esse pedido foi recebido com um silêncio constrangedor.

Então, a mãe de Klara balançou a cabeça. "Prefiro não."

Hulda hesitou, sem saber até onde deveria pressioná-los.

"Não é nossa história", Vilhjálmur respondeu de súbito. "Você deveria falar com ela... com a família de Katla."

"Elas eram próximas, Klara e Katla?"

Houve outra longa pausa, então a mãe de Klara disse: "Elas eram melhores amigas".

Hulda esperou, sentindo que havia mais a ser dito.

"Tudo mudou depois que Katla morreu", a mulher continuou com uma voz baixa.

"Como assim?"

Nesse instante, o pai de Klara levantou-se e gentilmente colocou a mão no ombro da esposa. "Esse não é o momento", ele disse. "Precisamos que nos deixem em paz."

Não havia mais nada que Hulda pudesse dizer. Ela esperava conseguir algo mais concreto, mas a última coisa que queria era causar ainda mais sofrimento aos pais de Klara.

"Sinto muito por incomodar vocês", ela disse, se levantando. "Por favor aceitem minhas sinceras condolências. Garanto que os manterei informados sobre o progresso da investigação."

Tudo mudou depois que Katla morreu, a mãe de Klara havia dito. Hulda estava mais convencida do que nunca de que o assassinato de Katla poderia ser a chave para solucionar o caso de Klara.

Quais eram as chances? Duas garotas, Katla e Klara, do mesmo grupo de amigos, assassinadas com dez anos de diferença. E na Islândia, onde assassinatos eram raros. Desta vez, os amigos da primeira vítima haviam sido os únicos presentes. Sim, caramba, os casos deveriam estar conectados. É lógico que ela deveria considerar a possibilidade de o mesmo assassino ser o responsável por ambas as mortes.

Era concebível? Poderia um dos amigos ter assassinado as duas garotas?

Benedikt? Hulda não conseguia o entender; tudo que sabia era que ele não estava lhe dizendo toda a verdade.

Alexandra? Parecia tímida e nervosa, mas ela poderia ser uma pessoa totalmente diferente lá no fundo?

Ou Dagur? O irmão de Katla. Aquele jovem simpático e autoconfiante que suportou ver o pai preso por assassinato, e protestou muito, chegando a ameaçar um policial. Era concebível que ele tivesse assassinado sua irmã, e seu pai tivesse assumido a culpa? E qual era a parte da mãe dele nisso tudo? Sim, havia outra pessoa que Hulda precisava encontrar.

Ela não conseguia se livrar da ideia de que Dagur pudesse ser o culpado pelo assassinato de Katla, e de que Veturlidi, consequentemente, era inocente. Por mais chocante que fosse essa teoria, ela se encaixava aos fatos mais claramente do que qualquer outra explicação. Nenhum dos outros amigos poderia ter tido um vínculo tão forte com Katla quanto seu próprio irmão. Presume-se, então, que ele tinha acesso à casa de veraneio como o resto de sua família. E o mais significativo de tudo, se Veturlidi era inocente, talvez o propósito do suicídio fosse proteger seu filho. Mas, por que diabos Dagur iria querer assassinar Klara?

Era hora de agir, hora de chamar Dagur para uma entrevista formal e passar a noite na cela. Talvez isso trouxesse alguns antigos segredos à tona.

XXXVI

Ao retornar para o DIC, Hulda foi recebida com a notícia indesejável de que Lýdur havia voltado à cidade e queria vê-la o mais rápido possível. Ela se aproximou do escritório angustiada, sua mente fazendo hora extra enquanto se perguntava o que ele poderia querer, com medo, acima de tudo, de que ele tentasse tirar o caso dela. Mas o fato era que o chefe de Lýdur havia confiado a investigação a ela, e era quase que inédito que um detetive fosse afastado de uma investigação no meio do caminho, exceto no caso de má conduta ou de um erro grave.

"Olá", ela cumprimentou Lýdur bem friamente ao entrar em seu escritório. Ele estava de pé, brilhando igual a uma lagosta vermelha de sol.

"Oi, Hulda", ele disse, talvez em resposta ao tom dela, tranquilizando-a imediatamente. "Olha, embora eu esteja de volta, isso não significa que eu esteja tentando entrar no seu território. Você ainda é a encarregada da investigação, mas estou aqui para ajudar, caso queira. Afinal, conheço alguns dos personagens envolvidos no caso, do meu trabalho com o inquérito de dez anos atrás. O que me diz?"

"Tudo bem... É, tudo bem", respondeu, esforçando-se para parecer sincera.

"Ótimo, muito bem. Sabe, sempre quis trabalhar com você, Hulda, aprender com o mestre, por assim dizer. Na verdade, é incrível pensar que nunca trabalhamos juntos em um caso antes." Ele deu um sorrisinho. "Então, o que fará daqui em diante?"

"Eu quero... vou chamar Dagur para uma entrevista informal."

"Certo, excelente. Me avise quando ele virá que me juntarei a vocês. Nós o interrogaremos aqui no DIC, presumo eu?"

Ela assentiu, nada feliz com a reviravolta dos acontecimentos.

Era evidente que Lýdur os queria fazer esperar.

Dagur estava sentado à mesa em frente à Hulda na sala de interrogatório. Chegou na hora marcada em ponto, mas seu rosto estava sem cor e não havia dito sequer uma palavra além do exigido.

"Sinto muito por isso", Hulda disse, "mas temos que esperar alguns minutos por meu colega, que se juntará a nós".

Dagur assentiu.

Eles sentaram-se em silêncio pelo que pareceu um longo tempo.

Dagur ficava mais nervoso à medida que o tempo ia passando. Ocorreu a Hulda que o atraso poderia ser uma tática deliberada da parte de Lýdur.

Finalmente, houve uma leve batida na porta e o homem entrou.

"Desculpe-me, estou tão atrasado. Olá, Dagur", ele disse com autoridade e estendeu a mão.

Dagur olhou para cima disperso e depois mirou o olhar para Hulda. "O que *ele* está fazendo aqui?"

"Acredito que vocês dois se conheçam?", Hulda disse.

"Nós nos conhecemos há muito tempo, dez anos atrás, não é mesmo?", Lýdur respondeu, tirando sua mão, já que Dagur não tinha a intenção de cumprimentá-lo.

Os olhos de Hulda permaneceram fixos em Dagur.

Ele assentiu. "Ah, me lembro de você. Lembro-me muito bem. Foi você quem prendeu meu pai."

"Sim", Lýdur disse. "Não foi fácil para nenhum de nós."

"Você sabe que ele era inocente", Dagur retrucou, impulsivamente.

"Lýdur vai participar do interrogatório, Dagur", Hulda interveio, com uma voz que não admitia discussão. "Porque precisamos conversar sobre o que aconteceu quando sua irmã morreu."

Dagur assentiu, parecendo, de súbito, desanimado, como se não tivesse mais energia para contrapor.

Antes de prosseguir, Hulda salientou que, por estar sendo interrogado como possível suspeito, tinha direito à presença de um advogado.

Ele balançou a cabeça. "Não fiz nada de errado." E então, em uma voz mais baixa: "Nem meu pai".

"Você e seus amigos mentiram para mim lá na ilha." Hulda lançou antes que Lýdur pudesse reagir, determinada a não lhe dar chance de assumir o interrogatório.

"Mentimos para você?"

"Você não mencionou que estava ligado a outro caso, de uma década atrás."

"Você nunca perguntou."

"Foi por que você tem algo a esconder?"

"Não, de maneira alguma. Apenas pensamos em nos reunir. Para marcar o fato que fazia dez anos que Katla havia morrido. Mas não era só por isso." Ele acrescentou, um tanto sem jeito: "De qualquer modo, nenhum de nós teve nada a ver com a morte de Katla".

Hulda permitiu que um silêncio seguisse suas palavras.

Como se compelido a continuar, Dagur acrescentou: "Claro, Katla era minha irmã e amiga de Alexandra, Klara e Benni, nada mais. Por que temos que trazer tudo de volta à tona? Não tem nada a ver com o que aconteceu com Klara".

"Mas você não acha que deveria ter mencionado isso na primeira vez que nos falamos?" Hulda questionou, embora simpatizasse um pouco com o ponto de vista de Dagur. Ela conseguia entender por que ele não gostaria de revisitar o episódio perturbador de seu passado.

"Mas nós... eu não fiz nada", Dagur repetiu, enxugando o suor de sua testa.

"Por que diz que seu pai era inocente?"

"Porque ele *era* inocente", respondeu energicamente. "Você sabe o que eles alegaram? Sabe? Que ele vinha abusando da minha irmã por anos, então a levou para o interior e a matou! Eu conhecia meu pai. Ele era um bom homem." A voz de Dagur quase falhou. "Um bom homem. Claro, ele bebia, chegou a parar, mas voltou a beber em segredo, porém nunca descontou em nós. E o álcool não lhe transformava em um monstro. Apenas o deixava vulnerável, um alvo fácil para a polícia, porque fizeram um trabalho de merda na investigação do caso. Não conseguiram encontrar mais ninguém para culpar." Ao dizer isso, olhou para Lýdur com a cara de ódio.

Ignorando sua explosão, Hulda perguntou em um tom convidativo, de confidências, como se estivesse conversando com um amigo: "O que aconteceu na semana passada, Dagur?".

"É... não aconteceu nada. Klara morreu. Quantas vezes tenho que lhe dizer isso? Deve ter sido um acidente."

"Você não acha uma coincidência extraordinária duas garotas que eram amigas terem sido assassinadas, ainda que com uma década de diferença?", Hulda perguntou.

"Eu não acredito..." Depois de uma oscilação momentânea, sua voz ganhou força: "Não acredito que ela foi assassinada. Ache o que quiser. Só estávamos nós quatro na ilha, eles não são assassinos!".

Para lhe dar o devido crédito, ele de fato parecia sincero.

Hulda deixou o silêncio pairar, então disse: "E você está certo, Dagur, de que seu pai não assassinou Katla?".

"Tenho cem por cento de certeza."

"Então quem foi?"

"Como vou saber disso?" Sua voz estremeceu.

"Poderia ter sido um de vocês, Dagur?"

Ele balançou a cabeça com vigor. "Deus, não!"

"Alexandra ou Benedikt, por exemplo?"

"Não..." Mas dessa vez ele não parecia tão confiante. "Ou talvez você, Dagur?"

Esse ataque não deveria tê-lo pego de surpresa, mas ele vacilou e protestou debilmente: "Eu não encostei um dedo em...".

Hulda interrompeu: "Suponha que aceitemos, Dagur, que seu pai não assassinou Katla; que, em vez disso, estejamos lidando com alguém que a matou e escapou impune, então voltou a matar semana passada. Alguém que fosse próximo de Katla e estivesse na ilha... tenho que lhe dizer que você estaria no topo da minha lista".

Ele levantou-se da cadeira abruptamente. "Você não pode estar falando sério!"

"Receio estar. O que acha, Lýdur?", Hulda se virou para olhar para ele.

Ele olhou para ela, com a expressão ilegível, mas não respondeu.

"Quem eram os outros principais suspeitos do assassinato de Katla, além de Veturlidi?", Hulda o incitou.

"Veturlidi era o culpado", Lýdur afirmou categoricamente. "Não há por que sugerir outra coisa. O caso contra ele era inquestionável."

Hulda tornou a olhar para Dagur. "Sente-se. Precisamos discutir isso de modo adequado."

"Não há... não há nada para ser discutido", Dagur disse, mas ele se sentou do mesmo jeito.

"Tenho que lhe dizer, Dagur, que você não ter comentado nada sobre o assassinato anterior parece extremamente suspeito. Todos vocês conheciam a Katla, todos vocês estavam conectados a ela de alguma maneira, não é mesmo?"

Ele assentiu com relutância.

"Você deveria saber que a polícia consideraria isso uma informação relevante."

"Eu acho doloroso falar sobre isso, você deve ser capaz de entender. E... e, para ser honesto, eu presumi que você sabia, ou logo descobriria. Não há ligação, não pode haver."

"Você parece muito certo de que seu pai era inocente", Hulda disse, seus olhos fixos nele. "Você já tentou reabrir o caso ou...?"

"Ou o quê? Investigá-lo por minha conta? Não sou detetive. E, lembre-se, eu era apenas um menino na época. Direcionei todas as minhas forças para apoiar meu pai, para acreditar nele. E sinto orgulho disso. Claro... claro que quero saber quem..." Ele parou e Hulda pôde ver que ele estava a ponto de chorar. Ele tossiu. "Claro que quero saber quem matou minha irmã, mas acho que nunca saberei. Isso, a morte de Katla, destruiu nossas vidas. Meu pai foi preso e minha mãe..."

Hulda esperou, mas Dagur não continuou.

"O que você iria dizer sobre sua mãe? Ela ainda está viva?"

"Sim."

"Ela não mora com você?"

"Não, ela está em uma casa de repouso. Ela meio que desistiu de tudo depois que Katla e meu pai morreram. Ela se retraiu. Parou de sair, de falar com as pessoas. Perdeu o interesse pela vida. Os médicos não conseguem achar nada de errado em seu organismo, o que não faz diferença. É difícil de explicar..."

Hulda assentiu. "Eu entendo." Ela havia estado nesse mesmo lugar, olhando para o abismo depois que Dimma morreu, mas decidira — após uma tremenda batalha interna — continuar lutando. Fez o possível para viver sua vida, pois queria se vingar. Só que seus dias eram em sua maioria vazios; suas tentativas de se manter ocupada ecoavam opressivamente. No entanto, ela continuou persistindo. Não tinha intenção de desistir: que bem isso faria?

"Você sabe por que sua mãe reagiu dessa maneira?", Hulda perguntou.

"O quê? Não, ou... Na verdade, frequentemente me pergunto se é devido aos remédios."

"Remédios?"

"Sim, eles lhe deram todo tipo de remédio depois... que Katla e meu pai faleceram... Ela chegou ao fundo do poço, como seria de esperar. Fui deixado para lidar com tudo... nossas finanças, a casa, tudo. Ela simplesmente afundou em uma depressão, e os médicos começaram a enchê-la de remédios, tentando ajudá-la a sair daquilo. Às vezes me pergunto se todas aquelas pílulas bagunçaram o corpo dela. Mas, talvez, ela apenas nunca tenha conseguido se recuperar do trauma."

"Há alguma chance...", Hulda continuou, tentando ser diplomática: "Há alguma chance de ela ter se refugiado em outro mundo, se posso colocar dessa maneira, por que não conseguiu encarar o fato de que seu pai assassinou sua irmã?".

"Não!" Dagur disparou. "Porque ele não fez isso."

"Não estou necessariamente dizendo que ele era culpado, apenas que sua mãe talvez tenha acreditado que ele era. Isso é possível?"

"Não", Dagur respondeu, porém, não com tanta raiva desta vez. "Ela... ela acreditava no meu pai. Assim como eu."

"Vocês alguma vez conversaram sobre isso, digo, se ele era culpado?"

Dagur balançou a cabeça. "Não. Tínhamos certeza de que ele era inocente." Ele ficou em silêncio por um momento, então retomou: "Suponho que não seja impossível... que não seja impossível que ela tivesse dúvidas. Graças a ele!". Ele apontou um dedo na direção de Lýdur. "Ele... eles fizeram o possível para fazer o meu pai parecer mau. Simplesmente decidiram que ele era culpado. E minha mãe ficou arrasada e começou a ter dúvidas. Sei disso. Ela não sabia mais em quem acreditar." Lágrimas começaram a escorrer pelo rosto de Dagur. Envergonhado, ele as enxugou com a manga.

"E seus amigos?", Hulda o questionou, depois de um tempo sem que ninguém dissesse nada. "Que impacto a morte de Katla teve na vida deles? Na de Alexandra, Benedikt e Klara?"

Lýdur interveio antes que Dagur pudesse responder. "Acho que terminamos, Hulda", ele disse, e desta vez foi sem dúvida uma ordem. "Podemos dar uma palavrinha lá fora?"

Ele se levantou, e Hulda não teve alternativa senão segui-lo, deixando Dagur sozinho na sala de interrogatório.

"Hulda, isso é inaceitável", Lýdur disse em um tom firme, mas não hostil.

"O que quer dizer?"

"Estamos investigando a morte da garota na ilha, não o caso de um assassinato de uma década atrás e que foi solucionado. Não posso ficar simplesmente sentado enquanto você lança dúvidas sobre as minhas descobertas. E me parece que é exatamente o que está fazendo com essa linha de questionamentos."

Hulda conteve um poderoso impulso de retrucar, ciente de que não valia a pena. Ele tinha razão. Além disso, ela não tinha motivos para antagonizar Lýdur e era óbvio que ele estava levando os questionamentos para o lado pessoal.

"Ok", ela disse, após uma pausa. "Vamos encerrar por enquanto." Então ela acrescentou, sem parar de pensar, talvez apenas pelo desejo de dar a última palavra: "Mas não vamos deixá-lo ir ainda".

Lýdur não comentou.

"Podemos segurá-lo aqui por vinte e quatro horas. Usaremos isso a nosso favor."

"Você realmente acha isso justificável?", Lýdur perguntou, com a voz ainda nivelada e razoável.

"Quero interrogar os amigos de Dagur mais uma vez, antes que ele tenha a chance de falar com todos. E, tudo bem, talvez eu coloque um pouco de pressão nele também. Afinal, ele é o elo principal entre os dois casos. Precisamos descobrir o que ele sabe. Tenho um palpite de que Dagur não está nos contando toda a verdade."

Lýdur deu de ombros. "Certo, faça do seu jeito, Hulda."

Ele saiu sem dizer mais nada.

Quando Hulda voltou à sala de interrogatório, captou um olhar apreensivo em Dagur.

"Obrigada por aguardar", ela disse, em um tom amigável. Não tinha certeza de que havia prendido o homem certo. Dagur não tivera uma vida fácil e, em circunstâncias normais, ela o teria deixado ir para investigar mais o assunto. Mas, embora sentisse pena dele, seguiria o plano que havia delineado para Lýdur. Porque não poderia recuar agora. Provavelmente não iriam precisar de todas as vinte e quatro horas; apenas algumas serviriam, a menos que novos detalhes surgissem da conversa com Alexandra e com Benedikt, detalhes que dariam andamento para requerer a um juiz a prorrogação da custódia.

Hulda explicou a ele, o mais gentilmente possível, que estava detido por suspeita de envolvimento no caso de Klara e recomendou que procurasse um advogado.

"Mas eu não fiz nada!", retrucou, em desespero.

"Espero que possamos resolver isso o mais rápido possível para que você não tenha que ficar tanto tempo conosco", Hulda disse. Mesmo enquanto ela falava, seus instintos lhe diziam que eles prenderam um homem inocente. E talvez tenha acontecido o mesmo no caso do pai de Dagur.

XXXVII

Alexandra fora à delegacia em obediência ao pedido de Hulda. Desta vez, Hulda a enfrentou sozinha na sala de interrogatório. Lýdur havia ido para casa, ameaçando voltar. Ela duvidava. O clima estava bom demais para ficar preso no escritório.

"Muito obrigada por vir", disse calorosamente.

Alexandra apenas assentiu e se mexeu inquieta em sua cadeira, ansiosa.

"Nós precisamos ter outra conversa sobre o que aconteceu no final de semana passado."

Novamente a garota assentiu.

"Por que vocês quatro foram para a ilha?", Hulda perguntou, aumentando o tom de voz.

"Nós... nós... apenas para um encontro, sabe... um encontro...", Alexandra gaguejou.

"Então, não tinha nada a ver com sua amiga Katla?"

"O quê?... Ah, sim... ela morreu dez anos atrás."

"Era esse o motivo da reunião de vocês?"

"Sim... acho que sim."

"Acha que sim?"

"Isso nos deu uma desculpa para nos encontrarmos, porque nós... nós não nos víamos há anos... Teria sido uma boa ideia, mesmo... apesar de Katla."

"Por que vocês não a mencionaram antes?"

Silêncio.

"Por que, Alexandra?"

"Só porque..."

Hulda aguardou com paciência.

"Porque eu tive a sensação de que os meninos não queriam falar sobre isso."

"Ah?"

"Não sei. Eu apenas... apenas tive a impressão quando estávamos na ilha porque nenhum deles mencionou a Katla para você." Então, ainda parecendo nervosa, elaborou: "Você... consegue entender? Ela era irmã de Dagur. Foi terrível para ele... E seu pai... você sabe sobre o pai dele...".

"Eu sei", Hulda a interrompeu. "Alguma vez vocês já conversaram entre si se o pai dele era inocente?"

"Na verdade, não. Não falamos muito sobre isso. O assunto é tão difícil. Mas sei que Dagur nunca acreditou que ele era culpado e posso entender o porquê. Afinal, era o pai dele. E Veturlidi era um homem adorável. Eu me lembro tão bem daquela família, eram pessoas do bem, Veturlidi e Vera... boas pessoas. Claro, Veturlidi era... ele bebia..., mas nem em um milhão de anos eu poderia imaginar que ele assassinaria alguém, muito menos sua própria filha."

"Os pais de Dagur tinham um bom relacionamento? Entre eles e com os filhos?"

"Sim, muito bom. Era o tipo de família que todo mundo queria ter, eles sempre pareciam tão felizes... Tudo o que aconteceu foi totalmente inacreditável."

"E agora houve outro assassinato", Hulda disse, observando-a com atenção.

Os olhos de Alexandra piscaram, evitando os de Hulda.

"Outro assassinato, o mesmo grupo de amigos... E você não achou que haveria alguma razão para mencioná-la?"

"Claro, claro que achei... Espero que não ache que estava tentando esconder alguma coisa." A voz de Alexandra estremeceu. "Mas eu não posso acreditar, não consigo acreditar que Klara foi... que ela foi empurrada."

"Receio que temos que aceitar que ela pode ter sido empurrada, Alexandra. A pergunta é: quem fez isso?"

XXXVIII

Hulda poderia ter colocado muito mais pressão sobre Alexandra, mas sentia um pouco de pena dela. Achou que agora fazia sentido pegar mais leve com a garota. Esperar e ver o que acontecia. Se necessário, aumentar a pressão depois.

Já que Lýdur sumiu, Hulda decidiu passar na casa de Benedikt em vez de convocá-lo para a delegacia. Ela não esperava ouvir nada de novo, porém valia a pena ficar de olho.

Hulda tocou a campainha e bateu à porta, sem sucesso. Aparentemente, ele não estava em casa. Já passavam das 21 horas agora, então a detetive decidiu surpreendê-lo logo pela manhã. Havia o risco de que Alexandra pudesse contatá-lo para lhe contar o que lhe foi perguntado no interrogatório, mas Hulda esperava que não: ela tinha a impressão de que os dois não eram muito próximos.

Quando foi para casa, um desânimo pairou sobre ela, apoiado pelo fato de que havia esquecido de jantar e de que a geladeira estava quase vazia. Seu estômago roncou e ela brincou por um momento com a ideia de pedir uma pizza, algo que ela nunca havia feito antes, mas não poderia ter esse trabalho a essa hora da noite. Por fim, se contentou com um iogurte que havia vencido há dois dias.

Sem saber o que fazer após seu mísero lanche, teve a ideia de ligar para o serviço de auxílio à lista e solicitar o número de telefone de Andrés Andrésson, o inspetor de polícia de Ísafjörður que havia encontrado o corpo de Katla uma década atrás.

Ela nunca tivera contato com ele e sequer sabia se ainda estava vivo, mas seu papel no caso de Veturlidi despertou sua curiosidade. Melhor aproveitar a chance agora para investigar um pouco mais e tentar descobrir se poderia haver alguma ligação entre a morte das duas meninas. Andrés poderia ser o homem certo para elucidar o assunto.

O telefone tocou por um bom tempo antes de ser atendido.

"Sim", um homem atendeu. Limpou a garganta e reiterou: "Sim, olá?". Uma voz baixa e rouca.

"Andrés Andrésson?"

"Sim, ele mesmo", ele respondeu mal-humorado.

"Meu nome é Hulda Hermannsdóttir, estou ligando do DIC de Reykjavik", apresentou-se, decidindo não se desculpar por estar ligando tão tarde.

"O que... DIC, você disse? Ah? Alguma coisa aconteceu?"

"Não, não, nada disso. Eu gostaria de ter uma palavrinha com você sobre um caso antigo. Estou falando com a pessoa certa, não estou? Você é o inspetor de polícia de Ísafjörður?"

"Na verdade, ex-inspetor de polícia. Estou aposentado."

"Sei. Bem, tenho certeza de que se lembrará do incidente. Foi há dez anos. Uma jovem foi encontrada morta em uma casa de veraneio em seu território."

Houve silêncio do outro lado e, por um momento, Hulda achou que o homem havia desligado na cara dela.

"Você continua aí?"

"Sim."

"Você se lembra do caso?"

"Eu me lembro", ele disse, devagar e muito triste.

"Eu só quero perguntar se..."

Ele a interrompeu antes que pudesse prosseguir. "Por quê?" Então, com rispidez: "Por que você está trazendo isso à tona?".

"É que o caso está ligado com um incidente fatal que ocorreu no último final de semana."

"Oh? Que incidente?"

"Uma garota caiu e morreu em Elliðaey."

"Como... qual é a ligação?"

"Acontece que a garota morta era amiga de Katla, aquela que..."

"Sim, caramba, não esqueci o nome dela."

"Certo, bem", Hulda disse, ainda em um tom educado. "Elas se conheciam. Estava na ilha com outros três amigos, de alguma maneira, todos ligados à Katla."

"Você está falando sério?" Sua voz tremia agora.

"Sim, e prendemos um deles. O nome dele é Dagur Veturlidasson."

"Veturlidasson? O filho..."

"Sim, o filho de Veturlidi."

"Como estão relacionados? Você não acha que...?" Ele diminuiu o tom de voz.

"Claro", ela disse, "a mesma pessoa não pode ter sido responsável".

Andrés não reagiu.

"Já que, tenho certeza de que você sabe", ela continuou, "Veturlidi se suicidou pouco depois de assassinar a filha dele."

"Caramba, não preciso que você me diga isso. Mas... Olhe, não quero falar sobre isso. Você pode ler sobre o caso nos arquivos antigos."

Após dizer isso, ele desligou o telefone.

Sua grosseria deixou Hulda um pouco atordoada. Por que ele havia agido daquela forma? Pensou em ligar de novo, mas não parecia ser muito inteligente. Não agora. Talvez devesse deixá-lo esfriar a cabeça e tentar outra vez mais tarde.

Ou talvez ela o tenha irritado apenas por ligar tarde da noite.

Seja qual for o motivo, Hulda foi dominada mais uma vez por uma poderosa intuição de que haviam prendido o homem errado. Seus pensamentos foram até Dagur, em como ele devia estar se sentindo, e ela se perguntou se havia cometido um erro, convencendo-se a prendê-lo e trancafiá-lo, simplesmente para mostrar para Lýdur... Inferno.

É certo que não havia nada que a impedisse de ordenar sua soltura, mas isso seria um sinal de fraqueza. Não, tinha que ser assim. E ainda precisava voltar a falar com Benedikt.

Antes de ir dormir, Hulda pegou o envelope que Robert lhe havia enviado, o qual manteve guardado em um lugar seguro na cômoda da sala. Fazia dois meses que visitara a América. Após saber que seu pai estava morto, ela havia pedido um pequeno favor ao seu homônimo: poderia arranjar uma foto, antiga ou atual, de seu pai — não importava — uma vez que ele o conhecia? Robert havia dito que não tinha nenhuma foto, pelo que se lembrava, mas prometeu fazer o possível para conseguir uma para ela. Pouco mais de um mês depois, um envelope chegara dos Estados Unidos. Não parecia muito, porém o seu conteúdo provou ser infinitamente precioso para Hulda. A imagem não era original, mas uma boa cópia de uma foto antiga de um homem usando uniforme. Lá estava ele, bem presente: o pai de Hulda. Um jovem, com apenas 30 anos, excepcionalmente bonito, com cabelos grossos, escuros e ondulados. Ele sorria mais com os olhos do que com a boca, olhando para o lado em vez de encontrar o olhar de sua filha. Todas as noites, desde que a foto chegara, Hulda a pegava para dar uma olhada, com os olhos cheios de lágrimas, imaginando como sua vida poderia ter sido se tivesse conhecido seu pai. Talvez tivesse se mudado para a América, nunca teria conhecido Jón, nunca teria dado à luz Dimma, nunca teria vivenciado a tristeza que agora definia sua vida...

Hulda foi acordada por um toque alto.

Reagiu rápido, já que não estava em sono profundo, pulou da cama e correu para o telefone.

"Hulda, você precisa vir para cá agora." Era Lýdur.

Ela estava preocupada. Por alguma razão, a primeira pergunta que veio à mente foi: será que havia acontecido alguma coisa com Dagur?

Mas tudo que perguntou foi: "O que está acontecendo?".

"É Dagur. Ele ficou completamente louco. Tivemos que chamar um médico. Ficar preso o fez pirar. Conseguimos acalmá-lo um pouco, mas ele insiste em falar com você. Ele não vai falar comigo, tem que ser você. Ele continua... é... descontente com o fato de eu ter prendido o pai dele naquela época."

"Ok, já estou indo." Ela desligou e começou a se vestir rapidamente.

XXXIX

"Quero falar com você a sós. Não com ele aqui." Ele soou desafiador.

Hulda não tinha a intenção de deixar o prisioneiro ditar condições. "Lýdur fica, Dagur. Sem discussão. Você queria falar comigo. O que tem a dizer?" Estavam na sala de interrogatório.

Dagur permaneceu relutante, em silêncio por um minuto ou dois, então explodiu: "Eu... eu não posso fazer isso... não consigo lidar com esse confinamento! Eu só... fico pensando no meu pai, na época que foi preso na minha frente. Ele acabou em uma cela como esta e não conseguiu suportar. De algum jeito pegou aquele maldito cinto e se enforcou. Não consigo respirar ali dentro... sinto como se estivesse sufocando."

"Eu compreendo, Dagur; sei que não é fácil. Só que entendi que você tinha algo novo para compartilhar conosco."

Mais um pouco de silêncio, então: "Sim".

Hulda aguardou.

"Eu não iria mencionar isso, mas tenho que sair daquela cela. Não aguento mais!" Sua voz assumiu um tom que beirava a histeria.

Ninguém falou.

"É sobre Benni", Dagur, enfim, continuou. "Claro, nem por um minuto gostaria de colocá-lo em apuros. Nós éramos... éramos amigos, mas..." Ele pausou. "Olha, não sei se ele mencionou isso, mas Benni ficou acordado com Klara na noite em que ela morreu. Klara não queria ir para a cama, então ele, sabe, ele se ofereceu para ficar acordado um pouco mais com ela. Não sei o que fizeram ou quanto tempo ficou com ela..."

"Interessante", Hulda disse. "Essa foi a primeira vez que alguém mencionou isso."

"Claro, isso não significa, necessariamente, que ele... que ele..."

"Claro que não", Hulda concordou.

"Mas tem mais uma coisa. Uma coisa mais importante que eu queria contar. No dia em que você foi à casa de Benni e me encontrou lá, você chegou bem no meio de uma briga, uma discussão sobre..."

"O quê?", Lýdur, ríspido, exigiu saber.

"Estou falando com *ela*, não com você", Dagur retrucou, voltando-se para Hulda, firme. "Quando estávamos na ilha, Benni começou a falar sobre minha irmã, repetindo uma velha história que Katla gostava de contar. Sobre um de nossos antepassados, que foi queimado vivo em uma fogueira e que teria voltado como um fantasma, cuja presença ela já havia sentido. Eu havia ouvido essa história mais de uma vez, mas não me lembro de ela tê-la contado para Benni. Veja, ela sempre gostava de trazer isso à tona quando estávamos nos Fiordes Ocidentais, na casa de veraneio. Minha irmã poderia ser uma espécie de rainha do drama. A história toda foi inventada, deve ter sido. Claro, o homem foi queimado na fogueira, mas a casa de veraneio não era mal-assombrada. Katla adorava dizer às visitas que era, porém com uma pitada de exagero. E então lá estava Benni dizendo que ouvira a história. Agora, pelo que eu saiba,

Benni nunca *esteve* na casa de veraneio. Então fui até ele, exigindo saber quando ela havia contado a história para ele, e o canalha desviou o assunto. E depois eu soube..."

Após uma breve pausa, Dagur continuou: "Depois eu soube que ele havia estado lá quando ela morreu. Eu o confrontei naquele dia que fui visitá-lo... era sobre isso que estávamos discutindo. Ele não negou, tampouco admitiu. Obviamente, não conseguiu mentir na minha cara. E *você*...". Ele parou de falar para encarar Lýdur. "Você prendeu o homem errado, como sempre disse. Porque se Benni estava lá com Katla, meu pai não poderia ter estado também. E isso significa que há uma chance..." Ele hesitou. "Eu odeio admitir isso, mas há uma chance de Benni ter matado minha irmã." Dagur enterrou o rosto em suas mãos, a respiração rápida e irregular. Ao olhar para cima novamente, não conseguiu conter as lágrimas.

XL

Policiais do DIC foram enviados para o apartamento de Benedikt a fim de trazê-lo para interrogatório. Hulda decidiria se libertaria Dagur ou não após o ouvir. Nesse meio tempo, Dagur estava detido fora das celas, por motivo de compaixão. Agora, se achava sentado em uma sala de reunião na delegacia, vigiado por um oficial júnior.

Lýdur, que parecia ter mais resistência agora do que antes, não demonstrou sinal algum de que iria embora. Ele e Hulda sentaram-se em frente a Benedikt na sala em que interrogaram Dagur. Mesma configuração, rapaz diferente. Talvez, dessa vez, eles estivessem com as mãos na pessoa certa — um homem culpado por mais de um assassinato.

"O que querem de mim?", Benedikt perguntou pela terceira vez. Hulda ainda não havia respondido; esperava pelo momento certo para começar a conversa, mas agora, finalmente, levantou os olhos da pilha de papéis que estavam em sua frente, explicou a situação a Benedikt e leu os direitos dele. Como Dagur, Benedikt havia recusado a oferta de um advogado, afirmando ser inocente e que isso era "algum maldito mal-entendido".

"A propósito, onde você estava essa noite?", Hulda perguntou. "Eu passei no seu apartamento, mas você não estava em casa."

"Saí para tomar uma cerveja. Isso é contra a lei?"

"Benedikt, fiquei sabendo que você ficou no andar de baixo com Klara na noite de sábado, depois que os outros foram dormir." Ela observou de perto as reações dele.

Benedikt não deu sinal algum de ter sido pego de surpresa pela pergunta. "Sim, por um tempinho. Apenas para mais uma bebida. Eu não queria deixá-la sozinha."

"Você não nos contou nada sobre isso."

"Não achei que fosse importante."

"Você foi a última pessoa a vê-la com vida."

"O que... você acha de verdade que *eu* a matei? Eu não a matei!" O tom de sua voz aumentou.

"Sobre o que vocês dois conversaram?"

"Ah Deus, não consigo me lembrar. Apenas algumas bobagens de gente bêbada. Nós dois estávamos um pouco chateados. Fui para a cama depois de mais um copo. Depois de, não sei, quinze minutos, meia hora, algo do tipo. Não estava com muita pressa, pois eu queria dar a Dagur e Alexandra uma chance para... sabe, dar-lhes um pouco de espaço."

"Havia algo entre eles?", Hulda perguntou.

"Não, mas, quando eram mais novos, havia uma química entre os dois. Ela sempre foi doida por ele. Apaixonada, suponho. Mas acho que não aconteceu nada. Afinal, ela está casada agora; não teria se permitido. E Dagur é sempre tão educado e discreto."

"Eles estavam dormindo na hora que você foi para a cama?"

"Sim. Em camas separadas. A casa era um silêncio só."

"E Klara? Você a deixou sozinha lá embaixo?"

"Sim. Ela ia sair para caminhar, para espairecer e aproveitar as belezas da natureza. Eu não pude impedi-la de ir."

"E depois?", Hulda questionou.

"E depois? Eu adormeci, estava morto de cansaço. Não sei o que aconteceu, como já lhe disse inúmeras vezes."

Hulda tomou um gole de água e fingiu folhear uns documentos sobre sua mesa, escolhendo o momento certo de acelerar o interrogatório.

"Quero conversar com você sobre Katla."

Desta vez, ele ficou confuso de verdade.

"Katla?" Uma pausa, e então repetiu: "Katla?".

"Sim. Presumo que se lembre dela?"

"Claro que me lembro dela. Só não consigo entender por que você está trazendo isso à tona. Faz dez anos desde... desde que ela... morreu." Era claro que ele achava o assunto difícil.

"Estou surpresa de que nenhum de vocês tenha achado adequado mencioná-la", Hulda disse em um tom de voz apático. "As coisas teriam acontecido consideravelmente mais rápido se tivéssemos sido informados que todos vocês estavam ligados a outro assassinato."

"Mas não estávamos ligados ao assassinato dela. Por que diabos você acharia isso?"

"Oh? Tive a impressão de que vocês eram amigos... você, Dagur, Alexandra, Klara e Katla."

"Sim, claro, mas o que isso tem a ver?"

"E você e Katla, não eram...?"

Benedikt desviou o olhar rapidamente e, quando voltou a olhar para Hulda, ela achou, por meio da expressão dele, que havia acertado na mosca. Ou melhor, que Dagur havia acertado.

Mas ele não respondeu.

"Você e Katla tinham um relacionamento?"

"Não", ele disse, de forma pouco convincente. "Não sei de onde tirou essa ideia ou por que... por que eu deveria responder a isso. É uma questão pessoal."

"Vocês estavam juntos na casa de veraneio quando ela morreu?"

Benedikt abaixou os olhos em direção à mesa, então, de repente, sem aviso, enterrou as mãos em seu rosto. Ele não disse uma palavra, e um longo silêncio se seguiu. Hulda não tinha pressa.

Por fim, Benedikt baixou as mãos, olhou para cima e assentiu.

XLI

Hulda simpatizou, ou pelo menos, sentiu um tipo de empatia por Dagur quando ele cedeu sob a pressão do interrogatório. Agora que Benedikt estava na mesma posição, ela assistiu a seu tormento com um frio desapego. Talvez porque fosse mais fácil gostar de Dagur do que de Benedikt, pois ele era uma pessoa mais agradável, talvez porque ela sentia pena de Dagur pelas tragédias que ele foi obrigado a suportar. Havia perdido sua irmã de uma maneira indescritível, depois seu pai em circunstâncias não menos angustiantes e, agora, havia perdido a mãe também. Ele estava sozinho no mundo, assim como Hulda.

"Eu acho... eu acho que gostaria daquele advogado que você havia mencionado," Benedikt finalmente disse, com uma voz tensa.

Hulda se levantou. "Claro."

"Mas não entenda mal: eu não a matei."

Hulda olhou para Lýdur, porém ele ficou lá sentado, impaciente.

"Devo buscar um advogado para você agora ou gostaria de continuar falando com a gente?", ela perguntou.

"Eu vou falar com o advogado depois. Apenas não quero que você fique com a ideia... de que eu a matei."

"Matou quem?"

"Katla, ora."

"E Klara?"

"Klara? Não. Também não a matei!" Ele berrava agora. "Eu juro que não matei ninguém!"

"Mas você esteve na casa de veraneio com Katla?", Hulda perguntou rispidamente, não lhe dando tempo para pensar.

"Sim... sim, olha...", ele disse, apertando as mãos sobre os olhos novamente. Quando tirou as mãos dos olhos, havia lágrimas escorrendo pelas suas bochechas.

"Por que diabos você não disse isso antes?", Lýdur interveio, batendo com a mão na mesa. "Você está mentindo para nós, garoto?"

"Mentindo...? Não, eu... veja, nós estávamos apaixonados, eu e Katla. Era o nosso primeiro final de semana fora; tínhamos acabado de começar o relacionamento, então ninguém sabia. Era... era nosso segredo. Mas..."

Ele parou, incapaz de continuar por um momento, então respirou fundo e recomeçou. "Saí para uma caminhada, isso foi na manhã do dia seguinte ao que chegamos lá. Subi o vale, até onde consegui, sem pressa, porque Katla estava descansando, e eu queria dar-lhe bastante tempo para dormir. Não sei quanto tempo fiquei fora da cabana, provavelmente cerca de três horas, porque eu parei na banheira de hidromassagem na volta e fiquei lá por muito tempo. Não, não uma banheira, quero dizer, uma piscina natural, uma fonte termal..."

Hulda assentiu, encorajando-o a continuar.

"E..." Ele respirou ofegante, as lágrimas escorrendo pelo rosto. "Deus, é um alívio conseguir contar a alguém, depois de todos esses anos. Dagur descobriu no final de semana passado, ele entendeu... Mas... é o seguinte, quando eu voltei à casa de veraneio ela estava lá deitada, morta..." Sua voz falhou, então ele repetiu: "Morta".

"Vocês dois se desentenderam? Brigaram?"

A pergunta de Hulda pareceu atordoar Benedikt.

"Uma briga? Deus, não. Não, eu não fiz nada a ela. Eu nunca encostaria um dedo nela. Nunca. Você tem que entender. Você tem que acreditar em mim."

"Não nos contou nada há dez anos", Lýdur interrompeu, franzindo a testa. "Como vamos saber se você está nos dizendo a verdade agora?"

"Claro que estou. Por que eu mentiria?"

Hulda começou antes de Lýdur desta vez. "Você sabia se havia mais alguém lá?"

"Não. Estávamos sozinhos. No entanto, é provável que mais alguém estivesse por lá. Era outono, então escurecia à noite, e a casa de veraneio era bem escondida; você não conseguiria perceber um carro se aproximando. Não notei nenhum chegando do lugar onde estava, em um ponto alto do vale. Eu estava muito longe. Mas alguém esteve lá, alguém foi até a casa de veraneio e matou Katla. Penso nisso todos os dias... Cristo, todos os dias da minha vida desde então. Apesar de tudo, eu acreditava, até certo ponto, que Veturlidi a havia matado, pois a polícia tinha tanta certeza de que havia prendido o homem certo. Tive que acreditar, entende? Eu tive..."

Ele parou, chorando para valer, mas persistiu: "Porque se Veturlidi não a matou, ele pode ter se matado por minha causa... pelo que eu não disse, porque não ousei me apresentar com medo de me acusarem. Não ousei... eu era tão jovem, apenas um garoto estúpido... A situação toda meio que virou uma bola de neve. Veja, eu achei que Veturlidi seria solto porque sabia que ele não esteve lá com Katla, a menos que ele tivesse aparecido de repente. Eu sabia que a polícia havia errado, mas, com o passar dos dias e das semanas, ficou cada vez mais difícil para eu me apresentar. Não... não tive coragem. E ainda me sinto responsável pela morte de Veturlidi, eu o vejo à noite, em meus sonhos; vejo Dagur, pobre Dagur... Ontem, vi o ódio nos olhos dele. Ele sabia que eu mentia esse tempo todo, o que significa que ele sabia que eu era parcialmente culpado pelo suicídio de seu pai. E devido à morte de seu pai, a mãe dele perdeu a vontade de viver... Ele perdeu os dois, todos por minha causa."

Depois disso, ele se calou e não disse mais nada.

Hulda tentou persuadi-lo a continuar falando, mas não adiantou. Por fim, ela lhe disse que seria levado às celas e provido de um advogado: não havia como deixá-lo ir embora depois dessa revelação. E Lýdur tinha razão: o garoto havia mentido uma vez; o que o impediria de mentir novamente?

Talvez tivessem pegado o assassino de Klara.

E não apenas o assassino de Klara, mas também o de Katla. Se isso fosse verdade, o pensamento implacável lhe ocorreu, o maior êxito de Lýdur na polícia seria transformado em um fracasso insignificante.

XLII

A única resposta possível nessas circunstâncias era liberar Dagur e mudar o foco para Benedikt. Eles precisavam estabelecer, sem sombra de dúvida, se Benedikt contava a verdade sobre os acontecimentos que levaram à morte de Katla.

A ideia de que a condenação de Veturlidi pudesse ter sido um erro, e de que isso o levou ao suicídio, era profundamente perturbadora. Seria um eufemismo dizer que Lýdur ficou estressado com as revelações de Benedikt. Desde o interrogatório, ele andava muito nervoso, não deixando Hulda se concentrar na investigação.

O plano era convocar Alexandra para o interrogatório logo pela manhã, já que não valia a pena ir dormir em casa nesse momento. Hulda descansou por algumas horas no sofá de seu escritório, o que não era a primeira vez. A experiência foi desconfortável como sempre, uma vez que o sofá era muito pequeno para se esticar.

Ela conseguiu dormir algumas horas antes de ser acordada de manhã pelo telefone. Era uma operadora da central telefônica da polícia. "Hulda, estou com um homem na linha que quer falar com você. Ele perguntou por você. Se chama Andrés Andrésson. Devo transferi-lo?"

"Andrés? Ah, sim, por favor", ela disse, esfregando os olhos de sono e se espreguiçando. "Olá, Hulda Hermannsdóttir?"

"Sim, olá, Hulda." O homem parecia muito menos rude dessa vez. "Perdoe-me incomodá-la.

E... desculpe ter sido tão curto e grosso com você ontem, no telefone, mas fiquei completamente surpreso com suas perguntas. Veja, faz anos que não falo com ninguém sobre aquele caso."

"Não é necessário se desculpar", ela disse, e esperou ele explicar o motivo de sua ligação.

"Gostaria de saber se podemos nos encontrar."

"Encontrar? Por quê?"

"Hum, há certos fatos que gostaria que você soubesse. Cara a cara, se possível." Ele pareceu tenso.

"Você vem para a cidade em breve?"

"Não, é o seguinte. Queria saber se você se importaria de vir até aqui? Eu... eu fiquei acordado a noite toda. Realmente acho que está na hora de esclarecer as coisas. Contar a alguém. Você poderia voar até aqui e me encontrar?"

"Isso pode ser complicado", ela disse, mas prometeu pensar no assunto antes de desligar.

A última coisa que gostaria de fazer agora era largar tudo e ir para os Fiordes Ocidentais, porém algo lhe disse que Andrés tinha alguma informação-chave. Sua escolha de palavras e seu tom de voz; o fato de ele ter pedido a ela que fosse até ele em vez de conversar sobre o assunto por telefone...

Droga, ela pensou, e, depois de procurar seu número de telefone, ligou de volta.

"Olá, Hulda de novo. Talvez eu consiga ir. Quando é o próximo voo?"

"Tem um voo às nove horas. Acho que ainda consegue pegá-lo."

Ela suspirou. "Certo. Vou tentar."

Hulda não estava acostumada a pegar voos domésticos. Quando ia para as montanhas, costumava ir em seu Skoda ou de ônibus. Fazia anos desde a última vez que havia voado para Ísafjörður, e na época foi um pesadelo, no meio de uma nevasca, mas desta vez o tempo estava bom e o voo foi tranquilo. Os passageiros tiveram uma vista magnífica dos Fiordes Ocidentais, de grandes montanhas de topo plano mergulhando em fiordes profundos e, ao norte, a península desabitada de Hornstrandir, ainda com neve. Abaixo, o chão rochoso, como se tivesse sido esculpido com uma faca. Ao final de um vale verde, era possível visualizar o fiorde azul junto à antiga cidade de Ísafjörður, agarrada a um pedaço de terra, o povoado mais recente, em um padrão geométrico de ruas e casas localizadas um pouco distantes da entrada do fiorde. O avião então começou sua descida, entrando no que parecia ser um ângulo impossível. Hulda prendeu a respiração e se preparou, agarrando os apoios de braços, pois pareciam estar indo em direção à montanha. Tudo o que conseguia ver era uma parede rochosa, marcada por ravinas e contornada por seixos.

Com o coração na boca, Hulda se sentiu impotente, freando com os pés. Quando parecia ser o último minuto, o avião fez uma curva e, logo em seguida, o caminho se estendia, como uma fita, através do fiorde e da pista de pouso à frente, na estreita faixa de planície entre as montanhas e o mar. A pista parecia, de certa forma, curta. Ela fechou os olhos, todos os músculos tensos, mas pousaram com apenas um solavanco e taxiaram até o pequeno terminal, ofuscado pelo cenário imponente.

Andrés revelou-se um homem de óculos, bem baixo e corpulento. Ele era quase que completamente careca, exceto por uma franja de cabelos brancos. Em vez de levá-la até a cidade, ele se ofereceu para levá-la até o lugar onde Katla havia morrido, e Hulda aceitou, sem perceber por um bom tempo quão longe era de Ísafjörður. A princípio, tentou arrancar dele o assunto de sua ligação, mas Andrés permaneceu de boca fechada, apenas insistindo que tudo seria explicado quando chegassem à casa de veraneio.

Em circunstâncias normais, Hulda teria apreciado essa viagem, apesar das estradas ásperas de cascalhos. Eles serpentearam pelos fiordes pouco povoados através da costa sul de Djúp, as formas elementares das montanhas e as ilhas verdes de Æðey e Viðey proporcionando um cenário pitoresco. Ela estava ciente da notícia de que as últimas fazendas do litoral norte de Djúp haviam sido abandonadas há pouco, deixando toda a península do norte dos Fiordes Ocidentais, de Hornstrandir a Snæfjallaströnd, desabitada. Era uma região onde sempre quis fazer caminhadas, e tentou se distrair com planos de um passeio no próximo verão, mas não adiantou: só conseguia pensar no que Andrés tinha para lhe contar e depois voltar à cidade o mais rápido possível para continuar a investigação de onde havia parado.

Com o passar do tempo, o sol ficou encoberto por nuvens baixas e cinzentas, tornando a paisagem cada vez mais proibitiva. Após terem dirigido por uma hora, Hulda perguntou a Andrés, com grande impaciência, quanto tempo fazia que haviam partido, e ele lhe disse que ainda faltava mais de meia hora para chegar ao vale. Fora isso, ele se mostrou pouco comunicativo, preferindo ouvir uma fita de ópera a conversar. "O *Turandot*, de Puccini", ele respondeu laconicamente, quando Hulda perguntou-lhe o que era.

Lýdur ficou muito surpreso e desapontado quando Hulda lhe disse estar fazendo uma viagem rápida aos Fiordes Ocidentais para falar com Andrés. Ele a havia pressionado bastante para lhe dizer o que Andrés queria, mas ela disse, o que era verdade, que não sabia ao certo do que se tratava. Depois disso, Lýdur havia feito o possível para dissuadi-la dizendo que isso era uma perda de tempo, enquanto ela deveria estar focando sua energia em investigar a morte de Klara. Porém, esta não foi a primeira vez que Hulda o enfrentou. Ela bateu o pé, informando-lhe calmamente que já havia reservado sua passagem e não retrocederia na promessa que havia feito a Andrés. Por fim, Lýdur desistira. Mudando de tática, ele ameaçou "assumir seu trabalho enquanto estivesse fora", interrogando Alexandra e, talvez, Benedikt outra vez. Hulda não parava de pensar no que Lýdur estaria fazendo enquanto ela era levada para o meio do nada. Não conseguia decidir o que seria pior: ele atrapalhar sua investigação ou resolver o caso em sua ausência.

Quando Andrés e Hulda enfim chegaram ao vale e caminharam pela trilha irregular em direção à casa de veraneio, ocorreu-lhe que a descrição de Benedikt sobre o local havia sido bastante precisa. A cabana não era avistada de onde estacionaram, então, ao que tudo indica, seria impossível ver alguém se aproximando da estrada.

"É um lugar bonito", ela comentou, ao saírem do carro.

"Era um lugar bonito", Andrés disse com tristeza. "Agora, quando venho até aqui, tudo que vejo é uma menina morta. Lembro-me como se fosse ontem."

"Alguém usa a casa de veraneio hoje em dia?"

"Acho que não. Ainda pertence à família, até onde sei, mas nunca ouvi falar de nenhum visitante, não depois do que aconteceu. Embora, suponho que seja possível que algumas pessoas usem a cabana. É tão isolada que os habitantes locais provavelmente nem notariam."

"Um dos amigos de Katla mencionou que há uma piscina natural nas proximidades. Isso está correto?"

"Sim, mas é um pouco longe. Não conseguimos vê-la daqui."

"Caso estivesse na piscina, você conseguiria ver alguém se aproximando da casa?"

Andrés balançou a cabeça. "Não, é fora de vista. Por que pergunta?"

"Só estou tentando entender a geografia."

Os dois subiram até a cabana em forma de A, que parecia descuidada, e pararam em frente a ela. Andrés parecia não querer se aproximar mais.

"Você pode..." Ele tossiu e tentou de novo: "Você pode olhar pela janela se quiser. Eu preferiria não".

Hulda esfregou o vidro sujo da janela ao lado da porta e espiou, tentando visualizar a cena do crime a partir da memória das fotografias tiradas na época. Ela não conseguia sentir os fantasmas que assombravam Andrés, porém, ao observar o local onde o assassinato aconteceu, tudo lhe pareceu mais real.

Uma brisa fria entrou sorrateiramente pelas suas roupas leves de verão. Uma nuvem de chuva pairava baixo sobre o vale. O contraste com a onda de calor que havia deixado em Reykjavik não poderia ter sido mais forte, lembrando de que ali, no extremo noroeste, o gelo do mar Ártico vagava com frequência, próximo à costa, exalando seu hálito frio sobre a terra. Hulda tremeu.

"Há algo que preciso lhe contar", Andrés, disse, em voz baixa. "Achei que esse seria o lugar certo para fazer isso, em respeito aos que morreram."

"Os que morreram?"

"Katla e o pai dela. Veja, me sinto parcialmente responsável pelo que aconteceu com ele."

"Como assim?", Hulda perguntou, atônita.

"É uma longa história", Andrés respondeu. "Bem, talvez não tão longa. Nunca achei que contaria isso a alguém. Eu tinha me determinado a levar isso para o meu túmulo, mas, quando você me ligou e disse investigar um caso que pudesse estar ligado ao assassinato de Katla, percebi que não havia como recuar. Eu deveria corrigir meu erro. E, sabe, aconteça o que acontecer, reconheço que dormirei melhor essa noite do que por quase uma década."

"Conte-me o que aconteceu, Andrés."

Eles ficaram cara a cara na brisa fria de verão sob o clima tenso.

"Tudo isso foi culpa de Lýdur. Presumo que você saiba quem ele é."

"Sim."

"Ele me pediu que contasse uma mentira."

"Ele lhe pediu que contasse uma mentira?" Hulda não podia acreditar que estava ouvindo isso. Ela sempre soube que Lýdur era impiedosamente ambicioso, mas, se isso fosse verdade, ele havia ultrapassado um limite que um policial jamais deveria ultrapassar.

"Sim. A princípio, de maneira educada, só que depois ele foi longe demais. Eu não queria ceder, sabia que era errado. Ele queria que eu testemunhasse no tribunal que a garota, Katla, segurava o *lopapeysa* de seu pai quando encontrei seu corpo. É verdade que o suéter estava caído no chão, no entanto, estou certo de que ela não o estava tocando quando eu a encontrei. Lýdur era um jovem ambicioso, e acho que estava determinado a obter uma condenação, acontecesse o que acontecesse. Estava totalmente convencido da culpa de Veturlidi. E eu confiei nele; acreditei no que disse. Me convenceu de que o suicídio do homem apenas confirmou sua culpa, que minha ação não fez diferença nenhuma. Mas claro que fez diferença; talvez tenha sido o fator decisivo. Dei um falso testemunho. Eu considerei corrigir meu erro na época, cheguei a entrar em contato com Lýdur logo depois, pronto para voltar para Reykjavik e contar a verdade, mas, antes que conseguisse, o miserável se matou. Então fiquei de boca fechada. Depois de todos esses anos, você me ligou e trouxe tudo de volta. E desta vez não posso continuar em silêncio."

"Pelo amor de Deus, por que você mentiu da primeira vez? Eu... Estou achando difícil de acreditar, Andrés. Por que você faria uma coisa dessas por Lýdur?"

"Por motivos muito egoístas. Não espero que você entenda, mas talvez você possa tentar se colocar no meu lugar..." Ele parou por um momento. "É o seguinte: na época, eu estava muito endividado com um agiota. Você se recorda deles? Para resumir, eles nos colocavam sobre uma corda bamba. Bem, meu agiota foi preso e começou a tagarelar sobre quanto havia me emprestado, um policial dos Fiordes Ocidentais. De alguma forma, Lýdur ficou sabendo e ameaçou me expor em público. Não pude encarar a situação, eu estava pensando na reputação da minha família, em minha esposa, meus filhos. Você deve conseguir entender isso?"

Ele fechou os olhos e depois os abriu outra vez, olhando para o céu a fim de evitar o olhar de Hulda. "Eu traí a garota. Traí o pai dela. No final das contas, traí todo mundo."

"Posso compreender, até certo ponto, porque você agiu desse jeito", Hulda disse, cuidadosamente. "Eu já tive uma família, então é fácil para mim me colocar em seu lugar."

"Mas Lýdur não parou por aí", Andrés apressou-se em explicar. "Ele deu a entender que se certificaria de que meu nome seria removido do caso e minhas dívidas desapareceriam. Não sei como ele resolveu isso, só sei que, depois disso, eu nunca mais ouvi falar daquele maldito agiota. Claro, sei que o que fiz é imperdoável..."

"Você estaria disposto a fornecer uma declaração assinada sobre tudo isso, Andrés? Se o que está falando é verdade, você não deveria arcar com a culpa sozinho."

"Sim, estou disposto. Posso levá-la de volta a Reykjavik, se quiser. Será uma viagem longa, porém ainda deve ser mais rápido do que fazer todo o caminho de volta para Ísafjörður e esperar o próximo voo. Quero ir com você e dar um depoimento. Está na hora."

"E sua...?" Hulda hesitou, mas sentiu-se compelida a perguntar: "E sua família? Como ela reagirá?".

Andrés olhou para ela com um olhar sombrio. "Minha esposa me deixou, há muitos anos. Não acho que eu era uma pessoa muito divertida de se conviver até o final da vida. Aqueles acontecimentos... aquele caso mudou tudo, sabe?"

"E seus filhos?"

"As crianças... Bem, eles são dez anos mais velhos agora. São adultos. Espero que entendam. Será pior para os netos, claro. Mas tenho que fazer isso, tenho que conseguir viver comigo mesmo."

Hulda teve a impressão repentina de que Andrés envelhecera vinte anos em sua frente. Por um momento, pensou sobre seu próprio futuro, daqui a vinte, vinte e cinco anos. Ela ainda estaria sozinha? Torturada por culpa e arrependimento? Acabaria como esse pobre homem arrasado? Hulda confessaria seus pecados a alguém?

XLIII

Hulda e Andrés voltaram para Reykjavik no início da noite. Após sua confissão na casa de veraneio, Andrés caiu em um silêncio sombrio novamente, o que fez com que a viagem vagarosa para o sul parecesse mais com um teste de resistência. Uma vez de volta, Hulda tomou o cuidado de evitar os oficiais do DIC para que não houvesse o risco de eles trombarem com Lýdur. Em vez disso, ela ligou para o superior de Lýdur e lhe pediu que estivesse presente durante o depoimento de Andrés. Andrés repetiu a história toda, não deixando nada importante de fora.

Depois, Hulda prometeu não discutir o assunto com Lýdur, pois tudo precisava ser feito de maneira oficial, através do superior dele. Porém, ela não tinha intenção de cumprir a promessa.

Quando retornou ao escritório, ela bateu na porta de Lýdur, ciente de que teria que pisar em ovos e evitar falar muita coisa. Entretanto, ela estava doida para observar a cara dele ao saber da novidade. A acusação foi tão séria que ficou claro que ele enfrentaria uma suspensão imediata ou demissão, talvez até acusações criminais, o que abriria espaço para Hulda. O cargo que ansiava por tanto tempo, finalmente, ficaria disponível. Hulda sentiu um pouco de dor na consciência com sua própria crueldade — apenas um pouco.

Se ela também conseguisse encontrar o assassino de Klara, isso a faria ainda mais forte.

"Você tem um minuto, Lýdur? Apenas para uma palavrinha."

Ele parecia irritado. "Sim, mas seja rápida. Estou correndo o dia todo, desde a sua partida apressada para Ísafjörður. Falei com a Alexandra, mas não serviu de nada. Do meu ponto de vista, eu estou com o homem certo sob custódia. Pelo que me parece, Benedikt foi a última pessoa a ver Klara com vida. Ele também mentiu a respeito do caso antigo e..."

"Lýdur", Hulda o interrompeu, sentando-se em uma cadeira de frente para ele. Ela havia fechado a porta atrás dela. "Essa conversa deve permanecer absolutamente confidencial. Eu só quero avisar você de que..." Hulda fez uma pausa prolongada.

"Me avisar? Que diabos você está falando?"

"É sobre o Andrés. Ele fez algumas acusações sérias contra você."

Lýdur empalideceu.

"Acusações... acusações sérias?", gaguejou. Então, levantando-se abruptamente de sua mesa, começou a andar de um lado para o outro. "O que quer dizer?"

Hulda se permitiu saborear o sentimento de vingança. Seus instintos sobre esse homem estavam certos o tempo todo: sua ficha *era* muito boa para ser verdade. Ela pensou em todos os anos em que o assistiu reivindicar sem esforço os cargos que deveriam ter sido dela. Não seria humana se não tivesse tido uma certa satisfação em vê-lo se contorcer. "Trata-se da investigação sobre a morte de Katla."

"O quê? A investigação, a investigação..." Era como se ele estivesse um pouco aliviado, embora isso não pudesse estar certo. Talvez tenha sido a resposta involuntária de um homem à beira do limite.

"Ele alega que você... como posso dizer isso? Exerceu certa pressão sobre ele para dar uma declaração falsa."

Lýdur não confirmou nem negou.

"Para aumentar as chances de condenação. Isso está correto, Lýdur?"

"Claro que não", ele retrucou, mas sua voz o traía. Recorreu à arrogância. "Aquele velhote de merda diria qualquer coisa, ele estava metido em uma confusão dos infernos na época, sob o controle de algum agiota. Isso foi tudo?"

"Tudo?"

"Tudo o que disse?"

Não é o bastante? Hulda pensou consigo mesma. "Sim, foi isso", ela disse friamente e saiu do escritório de Lýdur sem dizer mais nada.

XLIV

Enquanto aguardava o inquérito sobre as acusações de Andrés, Lýdur ficou suspenso. Por sua vez, Hulda recebeu mão de obra extra para trabalhar no caso de Klara, assim como foi solicitada a cuidar dos assuntos decorrentes da investigação falha do assassinato de Katla dez anos atrás.

A pressão foi grande e, apesar da adrenalina correndo em suas veias, ela conseguia sentir o cansaço começando a lhe abater. Antigamente, poderia ter procurado refúgio em casa com Jón e Dimma, afastando-se por um tempo das exigências do inquérito para recarregar suas baterias, mesmo que fosse apenas saboreando um jantar rápido com sua família. Mas agora não havia consolo em seu apartamento pequeno, vazio e sombrio. Em vez disso, ela tentou lutar contra o cansaço, açoitando-se com esforço dobrado.

Benedikt continuaria sob custódia. Ele havia admitido sua presença na casa de veraneio com Katla. Ele também estivera na ilha e, até onde se sabia, fora a última pessoa a ver Katla com vida. A pergunta era: Klara descobrira a verdade a respeito do relacionamento dele com Katla? Benedikt foi forçado a silenciá-la? Era a teoria mais plausível no momento e significaria que não apenas o homem errado havia sido preso pelo crime anterior como também que Veturlidi havia se suicidado como resultado de um erro da polícia, ou, melhor, um erro do judiciário.

Hulda pegou a lista telefônica com a intenção de telefonar para os pais de Klara a fim de comunicar-lhes a prisão de Benedikt. No último minuto, mudou de ideia e decidiu ir até a casa deles e conversar pessoalmente. Sua visita anterior havia sido bastante inconclusiva; talvez ela conseguisse tirar mais proveito desta.

Agnes, a mãe de Klara, abriu-lhe a porta e a convidou para se sentar na sala. Seu marido não estava por perto, o que deixou Hulda aliviada, pois desconfiava que seria mais fácil lidar com a mãe sozinha. Juntos, o casal havia sido bastante reservado.

"Sinto muito incomodá-la mais uma vez", Hulda começou, após se sentar. "Eu só queria lhe comunicar o progresso da investigação."

"Não é necessário se desculpar. Faremos o possível para ajudar. Receio que meu marido não esteja, ele teve que sair. Espero que esteja tudo bem para você, mas se preferir falar com nós dois juntos, posso avisar quando ele chegar em casa."

"Não, não, tudo bem."

"Farei um pouco de café. Foi uma grosseria da nossa parte não ter lhe oferecido da última vez", a mulher disse, e entrou na cozinha, antes que Hulda tivesse a chance de recusar.

O café estava fraco, mas Hulda o bebeu assim mesmo. "Eu não vou tomar seu tempo mais do que o necessário", ela disse.

A mãe de Klara parecia mais relaxada. "Não é como se eu tivesse algo melhor para fazer. Como disse, quero ajudar."

Sua angústia ainda era aparente, tinha um ar pálido e olheiras sob os olhos, mas, pelo menos desta vez, ela estava bem-vestida, com o cabelo arrumado e maquiada, talvez na tentativa de esconder os sinais reveladores de luto, talvez na expectativa de visitas de condolências de amigos e parentes.

"Ainda estamos tentando entender o que aconteceu", Hulda explicou. "Tivemos uma longa conversa com Dagur, amigo de Klara."

"Certo, o irmão de Katla."

Hulda assentiu.

"Ele sempre foi um bom garoto, não consigo imaginar que tenha feito alguma coisa ruim." Após uma breve pausa, a mãe de Klara perguntou: "Você não acha que ele...?".

"Não, nós o liberamos depois... é, depois de interrogá-lo. Agora estamos com Benedikt."

"Benedikt? Jura? Ele é difícil de entender. Eu nunca fui muito chegada a ele."

"Ah?"

"Sim, nunca soube como agir com ele quando estava saindo com Klara."

"Saindo com Klara? O que quer dizer? Eles eram um casal?"

"Você não sabia?"

Foi a primeira vez que Hulda ouviu falar sobre isso. Toda vez que julgava entender como as peças se encaixavam, outra era acrescentada ao quebra-cabeça. "Quando foi isso?"

"Muito tempo atrás. Dez anos."

"Dez anos? Exatamente dez anos atrás?"

Agnes pensou. "Sim, pouco antes da amiga deles morrer, Katla, de quem falamos da outra vez. Aquela que foi assassinada pelo pai."

"Pouco antes de Katla morrer, você disse? Acontece que estive investigando o caso dela junto com a morte de sua filha."

"Ah? Por quê?" Agnes se inclinou para frente, o rosto tenso com um olhar extremamente curioso.

"Bem." Hulda pensou rapidamente. "Veja, não podemos descartar uma ligação. Duas mortes misteriosas no mesmo grupo de amigos."

"Eu acho isso muito improvável. De qualquer forma, achei que o caso foi solucionado quando o pai de Katla se matou."

Hulda assentiu sem se comprometer.

"Claro, confio na polícia, vocês sabem o que estão fazendo. E apenas gostaria de repetir que meu marido e eu faremos tudo que pudermos para ajudar. Você não pode imaginar quanto isso é importante para nós." Agnes estava engasgada, de repente sua voz emergiu alta e tensa. "Temos que saber o que aconteceu."

"Prometo que farei o possível", Hulda disse, então esperou, dando à mulher a chance de se recuperar um pouco antes de fazer a próxima pergunta. "Sua filha e Benedikt estavam juntos quando Katla morreu?"

"Não, na verdade, eles haviam terminado apenas alguns dias antes. Eu me lembro muito bem disso devido ao assassinato, é como um ponto de referência de quando tudo aconteceu. Não que as duas coisas estejam relacionadas."

"Certo." Hulda demorou a fazer a próxima pergunta enquanto considerava qual linha seguir. Deu um gole no café aguado e suspirou no silêncio desolador da casa, observando bem os arredores pela primeira vez. As paredes eram decoradas com pinturas antigas de paisagens, motivos familiares de artistas que Hulda provavelmente reconheceria, mas não conseguiu localizar de imediato. A mobília era esculpida de forma primorosa — móveis elegantes, como Hulda costumava chamar — do tipo que ela e Jón teriam comprado no devido tempo para a casa deles em Álftanes. Relembrando então o que a mãe de Klara havia dito no último encontro, ela perguntou: "As meninas eram melhores amigas, não eram?".

"Sim, melhores amigas", Agnes confirmou.

Ela claramente não tinha a menor suspeita de que, na ocasião em que Katla morreu, estava desfrutando de um final de semana romântico no campo com Benedikt — o namorado de sua melhor amiga, ou melhor, ex-namorado. Quantos dias se passaram desde que Klara e Benedikt terminaram e ele ficou com Katla? Será que Klara descobriu? E, se sim, quando...?

"Você mencionou no outro dia que a morte de Katla havia mudado tudo", Hulda disse, deixando suas palavras pairarem no ar. Foi mais uma afirmação do que uma pergunta, mas ela esperou a reação de Agnes.

"Sim...", Agnes respondeu, com aparente relutância.

"Deve ter sido um choque terrível para Klara perder sua melhor amiga daquela maneira", Hulda provocou.

"Foi", Agnes respondeu, um tanto hesitante.

"Não foi só isso..."

"Você está certa, tem mais coisa."

Hulda esperou.

"Elas eram como irmãs. Você poderia dizer que eram quase como gêmeas. Faziam tudo juntas; eram unha e carne, mesmo sendo tão diferentes: Klara era carinhosa e amigável, mas não tão popular como Katla. Katla costumava controlar as pessoas. Ela podia ser fria também... Você nunca sabia de verdade onde iria parar com ela. Mas as duas eram inseparáveis, sabe? Klara e Katla, Katla e Klara..." Agnes cantarolou seus nomes quase como em um transe, com uma voz exausta.

"O que aconteceu?"

"Foi tudo muito estranho e perturbador... Sei que meu marido preferiria que eu não falasse sobre isso, mas confio em você."

Hulda assentiu seriamente.

"*Posso* confiar em você, não posso?"

"Claro."

"Se ela foi... se nossa filha foi... assassinada..." Ela falava baixinho, com a voz trêmula. "... você tem que descobrir quem fez isso. Por isso serei honesta com você."

Hulda esperou.

"Klara levou a morte de Katla a sério, muito mais do que o normal. Sua vida virou de ponta-cabeça, ela ficou destruída, sofreu um completo colapso. Mas o pior disso tudo foi que ela começou a ver Katla por toda parte. Ela não conseguia dormir à noite, costumava acordar ensopada de suor, dizendo que Katla veio falar com ela. Costumava gritar durante os sonhos. E isso ficou pior..."

"De que maneira?"

"Ela realmente começou... a agir como Katla. É difícil de explicar, eu sei, mas às vezes ela falava conosco como se Katla estivesse junto, como se ainda estivesse entre nós. Nunca esquecerei da primeira vez que isso aconteceu." Agnes parou, respirou fundo e estremeceu, claramente se esforçando para contar a história. "Ela costumava ser babá de uma menina que morava aqui perto, vizinhos de Katla, na verdade; um casal muito bacana com uma menininha. Eles moravam em um bloco de apartamentos perto de Katla. Pelo que eu saiba, ainda devem morar lá. Enfim, ela estava cuidando da menina como de costume, não muito tempo depois que Katla morreu, e, quando voltou para casa naquela noite, era como se nada tivesse acontecido. Mas, na manhã seguinte, o pai da menininha me ligou para dizer que sua filha havia ficado apavorada porque... porque Klara havia 'fingido ser Katla' durante a noite toda. A menina tinha apenas seis ou sete anos, pelo que me lembro. Fiquei horrorizada. Quando tentei falar com Klara, ela se recusou a conversar sobre isso, se retraindo ainda mais dentro de sua concha."

Agnes ficou em silêncio por um minuto ou dois antes de continuar: "Claro, aquilo não parecia ser uma brincadeira. Não era saudável. Nós procuramos médicos, mas apenas diziam que era devido ao trauma, diziam que ela iria superar".

"E ela superou?"

"De certo modo, deixou de ser tão perceptível, mas Klara tinha Katla na cabeça até o dia de sua morte. Ela tinha problemas para dormir, não conseguia manter um emprego e continuava morando conosco. Dava a impressão de ser totalmente normal por fora. Você teria que passar um tempo com ela para perceber que algo estava errado. Para ser honesta, acho que ela nunca conseguiu superar." Os olhos de Agnes encheram-se de lágrimas, e parou para limpar a garganta antes de continuar: "Sempre cuidamos dela, mantendo-a aqui em casa conosco... Nunca desisti de ter esperança de que, um dia, ela superaria isso".

"Por que você acha que isso a afetou tanto?" Hulda perguntou cuidadosamente, observando as reações de Agnes.

"Não faço a mínima ideia", a mulher disse, com aparente sinceridade. "As duas eram como irmãs, é a única explicação plausível." Havia uma inocência no olhar dirigido a Hulda, mas também grande desespero.

"Sinto muito ouvir isso", Hulda disse. "Não fazia ideia do tamanho de seu sofrimento. Você sabe como ela se sentiu em ter que ir ao encontro em Elliðaey?"

"Ela estava empolgada, veja, ela tinha dias bons. Na verdade, a maioria dos dias eram bons. As noites é que eram difíceis. E o estresse... Ela realmente não conseguia lidar com qualquer tipo de pressão. Por isso que a maioria de seus empregadores desistiam dela, mais cedo ou mais tarde, e por fim ela até parou de se candidatar às vagas de emprego."

"Antes de viajar, ela comentou algo sobre a morte de Katla? Sobre estar relacionada à viagem, por exemplo?"

Houve um silêncio. E Agnes disse: "Bem, agora que você mencionou isso... Ela disse que seria bom ver a turma reunida novamente e ter a chance de relembrar o passado. Resolver... oh, como ela disse? Algo sobre velhos segredos. Sim, ela falou sobre tirarem tudo a limpo. Disse que há muito tempo escondiam a verdade, ou algo do tipo. Não sei a que se referia. Para ser honesta, nem sempre a entendi; em geral, ela estava perdida em um mundo próprio, entende o que quero dizer?".

"E mesmo assim ela quis fazer a viagem?", Hulda perguntou. "E você ficou bem com a ideia? Ela era capaz de viajar sozinha, no estado em que se encontrava?"

"Ela não estava sozinha", Agnes respondeu com rispidez. "Estava com os amigos. Seus melhores amigos. Todos são boas crianças. Não era culpa deles se Veturlidi era um assassino." Ela se levantou abruptamente. "Enfim, acho que já basta. Já falei muito. Você deve ser capaz de enxergar que não poderíamos imaginar o que aconteceria em Elliðaey. Você deve enxergar..."

Hulda levantou-se também, mas demorou um pouco para responder, escolhendo as palavras com cuidado: "Nem por um momento, alguém sugeriu o que você deveria ter feito. Estamos todos querendo entender a fundo o que aconteceu e pegar a pessoa que... empurrou sua filha, se nossas suspeitas se provarem corretas".

Agnes parecia tranquilizada. "Obrigada. Bem, receio que você tenha que ir agora. Preciso descansar. E não quero..." Ela vacilou. "Não quero que meu marido a veja. Ele não gosta que eu fale sobre isso. Não quer que isso saia daqui, não quer que as pessoas descubram o que aconteceu com Klara, como ela se transformou. Acho que tem vergonha. Não, não deveria dizer isso. Por favor, não me leve a mal, claro que ele não se envergonhava dela, mas... foi difícil, tem sido difícil para nós dois."

"Sou grata pela sua honestidade", Hulda disse. "Prometo tratar o que você me disse em sigilo."

"Obrigada por vir me ver. Você conhece o caminho até a porta?"

XLV

Enfim, as coisas iam se encaixando. Hulda podia sentir: se aproximava da verdade; finalmente, antigos segredos vinham sendo revelados. Acreditava que o caso estava prestes a ser solucionado, talvez naquela mesma noite. Seria seu maior triunfo até hoje: dois assassinatos solucionados em uma tacada só. Os laços de silêncio pouco a pouco se rompiam; tudo o que precisava fazer era cavar um pouco mais fundo.

Benedikt estivera na casa de veraneio com Katla, sua namorada, no momento de sua morte.

E um pouco antes disso, Benedikt e Klara estavam se encontrando.

As duas garotas haviam sido mortas. Assassinadas.

Segundo Lýdur, nada de interessante surgiu da conversa com Alexandra, mas Hulda não botou muita fé em suas habilidades de interrogatório, principalmente porque ele desconhecia as últimas informações que vieram à tona. Era claro que ela precisava ver Alexandra. E, desta vez, iria com tudo. Alexandra ocultara de Hulda um fato crucial na última vez que se encontraram. Hulda tinha certeza disso.

A tia da menina veio até a porta de camisola e não fez nenhum esforço em esconder sua raiva ao ver quem era.

"Você sabe que horas são?", ela sibilou, furiosa, sem se preocupar em cumprimentar Hulda.

"Preciso falar com Alexandra."

"Ela já falou com um de seus colegas hoje. Avisei que iria ligar para um advogado. Meu cunhado é advogado e tem um escritório aqui perto. Estou ligando agora para ele; estou lhe dizendo, estou ligando neste minuto. Você pode falar com ele em vez de assediar minha sobrinha dessa maneira. Isso é totalmente inaceitável."

"Alexandra é uma mulher adulta", Hulda respondeu com uma voz fria e autoritária. "Presumo que ainda esteja com você e eu preciso falar com ela. Poderia buscá-la por favor? Ou teremos que prendê-la e tomar um depoimento formal na delegacia. Seu cunhado é bem-vindo a nos acompanhar, se é isso que Alexandra deseja."

Com isso, a tia aquietou-se.

"Ela está dormindo. Você não pode voltar amanhã?"

"Preciso falar com ela agora", Hulda insistiu.

"Ah, certo, bem... nesse caso, seria melhor ir buscá-la", a mulher disse, com má vontade. Ela voltou para dentro da casa e, depois de um tempo, Alexandra apareceu na porta, reprimindo um bocejo. Era claro que acabara de acordar. Estava descalça, de camiseta e calça de pijama.

"Olá, de novo."

"Olá, Alexandra. Espero que esteja se sentindo melhor. Preciso falar com você em particular. Tudo bem para você?"

"Agora?"

"Sim, agora."

"Ah, ok. Então, entre."

Ela mostrou a Hulda o mesmo local de antes, e Hulda fechou a porta, confiante de que desta vez as duas não seriam incomodadas.

"Nós prendemos Benedikt, como presumo que Lýdur lhe disse", começou sem preâmbulos.

"Sim, mas não vejo por quê. Estou tão confusa. Benni não machucaria uma mosca."

"Nós suspeitamos que ele assassinou Klara. Os dois ficaram bebendo no andar de baixo depois que Dagur foi para a cama, certo?"

"Sim, foi o que eu disse para, hum, Lýdur. Isso mesmo..." Ela parou, e Hulda teve a sensação de que queria dizer outra coisa. De que queria falar mais, admitir algo... até mesmo confessar? Entretanto, como o silêncio se arrastou, ficou evidente que Hulda teria que lhe dar um empurrão.

"Também suspeitamos que ele tenha assassinado Katla."

"O quê?" Alexandra ficou toda desconcertada. "Katla? Você quer dizer, lá na casa de veraneio? Não... Não, isso é impossível. Foi o pai de Dagur; foi provado na época."

"Não necessariamente. Você sabia que ela e Benedikt estiveram juntos?"

"Benni e Klara? Sim, claro, mas isso foi anos atrás."

"Eu quis dizer Benedikt e Katla."

"Não, você está se confundindo. Benni namorava *Klara*. Eles terminaram depois... depois do assassinato."

"Não, na verdade o relacionamento deles terminou antes disso. Benedikt esteve na casa de veraneio com Katla", Hulda disse em voz baixa, observando Alexandra com atenção.

"Na casa de veraneio? Quando... quando ela morreu? Não, você deve estar inventando! Não acredito nisso." Parecia que Alexandra dizia a verdade; seu espanto parecia genuíno.

"Por isso acreditamos que ele assassinou as duas garotas, Alexandra. Klara e Katla."

"Não, não, você está errada, deve estar. Ele disse que fez isso?"

"Não, ele naturalmente nega."

"Veturlidi, o pai de Dagur, ele... ele matou Katla. Ele até cometeu suicídio por causa disso."

"Então quem matou Klara?", Hulda perguntou, fixando seus olhos nos de Alexandra. Nesse momento, ela tinha certeza de que a garota sabia a resposta. Mas, Alexandra permaneceu em um silêncio exasperador.

"O que aconteceu em Elliðaey, Alexandra?", Hulda exigiu saber. "O que você não está me contando?"

Houve uma grande pausa, então Alexandra disse, como se estivesse falando consigo mesma: "Senti que havia algo de errado com Klara".

"Oh?", Hulda disse, embora a notícia não fosse nenhuma surpresa depois do que a mãe de Klara havia dito a ela.

"Ela estava se comportando de um jeito estranho na ilha. Acordou gritando no meio da noite, alegando que havia visto Katla. Foi tão aterrorizante e convincente que me apavorou. Ela acreditava de verdade que Katla estava lá, que havia visto um fantasma. Nos disse que Katla queria justiça. Como se... bem, como se achasse que outra pessoa a tivesse assassinado e não Veturlidi. Não, não é isso... não era como se achasse, era como se *soubesse*.

Você entende o que quero dizer? Foi tão estranho. Até aquele momento, todos nós assumimos que Veturlidi era culpado, por mais horrível que parecesse. Todos, exceto Dagur, claro. Ele sempre alegou que seu pai era inocente. Mas naquela noite, de repente tive a sensação de que Klara sabia que o assassino não era Veturlidi."

"O que você acha?"

"Não tenho mais certeza, mas não acredito que Benni tenha feito isso; ele não seria capaz de uma coisa dessas. É um bom rapaz."

"Mas você sempre gostou de Dagur, não é mesmo? Fiquei sabendo que era apaixonada por ele."

Alexandra assentiu. "Porém, nunca fiz nada a respeito. Mas... sim. Sinto algo por ele. Sempre tivemos uma ligação especial, sabe?"

Hulda não precisava mais continuar a conversa. Agora, tudo estava claro para ela. Sabia quem havia matado Katla. Só uma pessoa poderia ter praticado o crime: todas as evidências apontavam para a mesma direção. E o mesmo valia para o incidente na ilha. Ela sabia quem havia atacado Klara e a empurrado penhasco abaixo; podia até imaginar "o ódio em seus olhos" que Benedikt havia descrito.

"Há mais alguma coisa que você precise me contar, Alexandra?"

"Sim. Suponho que sim. Nessas circunstâncias, não tenho escolha a não ser contar. Benedikt não foi a última pessoa que viu Klara com vida."

"Então quem foi?", Hulda perguntou, apenas por uma questão de formalidade. Ela já sabia a resposta.

XLVI

Hulda estava sozinha, apesar de que teria sido mais prudente levar alguém junto, tanto para testemunhar uma possível confissão quanto para dar apoio, caso a situação se tornasse violenta. Entretanto, seus instintos lhe disseram que não haveria violência. A despeito de ir se encontrar com um assassino, não estava preocupada. Sabia que não corria perigo.

Ela já estivera ali antes, tocando a campainha e batendo à porta sem obter resposta alguma. Desta vez, ele atendeu quase na mesma hora que ela apertou a campainha.

"Olá, eu meio que estava te esperando."

Dagur estava totalmente vestido, embora passasse da meia-noite.

"Posso entrar?"

"Por favor." Assim que ela o fez, ele acrescentou: "Foi aqui que prenderam meu pai, ao amanhecer. O detetive, seu colega Lýdur, estava parado aqui no *hall* quando o arrastaram de pijamas para fora. Eu estava ali em cima, no topo da escada..." Ele virou-se para olhar, apontando para o patamar.

"Lá me encontrava eu, pouco mais que uma criança gritando e chorando, implorando para deixarem meu pai em paz. Claro, a morte de Katla foi o ponto de virada, foi quando tudo mudou, mas aquele momento, quando prenderam meu pai... aquele foi o começo do fim. Foi naquela ocasião que minha família começou a desmoronar. Antes disso, tínhamos uma chance, sabe? Tínhamos uma chance de superar o que havia acontecido, de passar pelo luto. Então levaram meu pai. E ele morreu. Minha mãe... ela não conseguiu lidar com isso. Agora sou o único que restou... Sozinho nesta casa grande e vazia. Você veio me prender, não veio?"

"Sim, Dagur, correto."

"Pelo menos não estou de pijamas. E não vou resistir ou fazer uma cena. Desta vez, não há nenhuma criança parada na escada gritando. De certo modo, aquela criança morreu naquele dia também. Então agora os vizinhos não irão descobrir até lerem o jornal. Você nem está em um veículo oficial. Está no seu carro verde?"

Ela assentiu.

"A policial do Skoda verde. Isso é significativo."

"Vamos entrar e bater um papo?"

"Não há necessidade. Vou vender a casa, sabe; na verdade, não quero mais voltar para dentro dela. Não posso apenas ir agora com você?"

Naquele momento, Hulda sentiu um forte desejo de deixá-lo ir, de dar-lhe uma segunda chance. Teve pena dele, pois o entendia muito bem. Sabia que alguns crimes eram tão desprezíveis que a vingança os justificava. Conseguia entender porque ele havia empurrado Klara penhasco abaixo, sem dúvida, em um momento de raiva cega. Mas, é claro, não haveria como deixá-lo livre, até porque Alexandra confirmara que Klara havia ido vê-lo naquela noite, e os dois desceram as escadas juntos, Klara e Dagur. Alexandra não havia conseguido dormir porque ela esperava que os dois "fossem para a cama juntos". Mas ele apenas foi dormir direto, e ela estava lá, deitada, totalmente acordada. No entanto, o vínculo entre eles era tão forte, pelo menos do seu lado, que inicialmente pretendia manter silêncio sobre o que havia acontecido.

"Você assassinou Klara?"

"Eu... eu não pretendia. Não acho que pretendia. Eu apenas perdi completamente a cabeça. Ela veio me ver à noite... eu estava dormindo, mas ela queria falar comigo; continuava insistindo que tinha algo importante para me contar. Algo que precisava desabafar. Então fomos caminhar até aquela saliência de rocha, foi ideia dela. Tenho me perguntado, desde então, se ela queria pular."

Dagur ficou em silêncio. Com o olhar distante, recordando.

"O que ela queria lhe contar?", Hulda perguntou.

"Ah, que ela havia matado minha irmã, claro. Eu esperava que você já soubesse disso."

Hulda assentiu.

"Aparentemente, Katla e Benni começaram a se encontrar sem contar a ninguém. Benni havia largado Klara, ela me disse que foi um teatro. E ela sabia por quê; havia entendido. Sabia que Katla o havia roubado dela, foi como ela me contou. Klara começou a espioná-los e os seguiu quando saíram da cidade, ela havia acabado de ganhar um carro. Depois de um tempo, imaginou que deviam estar indo para a casa de veraneio porque esteve lá muitas vezes com Katla e Alexandra. Ela alegou que foi um acidente. Que apenas queria dar um susto na minha irmã. Dormiu em seu carro, esperando a noite toda por uma chance de pegar Katla sozinha.

Minha irmã sempre conseguia o que queria, sabe? Claro, eu a amava muito, era minha irmã mais velha, uma pessoa adorável, mas sabia como manipular as pessoas. E era capaz de ignorar a todos friamente. Ela queria Benni e conseguiu. Os sentimentos de Klara não importavam. Essa era Katla: uma pessoa muito forte. De alguma maneira, você poderia dizer que todos nós vivemos na sombra dela pelos últimos dez anos."

"O que aconteceu na casa de veraneio?"

"Ao que tudo indica, um monte de gritos, berros e ameaças. Que acabaram em golpes. Klara bateu em Katla e lhe empurrou, e minha irmã bateu a cabeça na quina da mesa e... sangrou até a morte. Acredito que tudo tenha acontecido muito rápido. Klara simplesmente não conseguiu lidar com o que havia feito. Não havia telefone e, por consequência, nenhum jeito de chamar uma ambulância. E Klara me jurou que não seria possível salvar Katla, mesmo que ela fosse atendida. Eu não sei. Você tem que entender que perdi a cabeça por completo. Aquela filha da puta destruiu minha vida, arruinou minha família. Ela era culpada pelas mortes da minha irmã e do meu pai, e pelo estado em que minha mãe está. Agora ela é a culpada por eu estar indo para a cadeia. Que ironia."

"É melhor irmos agora, Dagur."

Ele assentiu, acrescentando como uma reflexão tardia: "E tem o maldito do Benni. Ele também é culpado. Poderia ter salvado meu pai se tivesse tido coragem de se apresentar e arriscar sujar sua reputação. Benni impecável de merda. Tudo tem que ser tão perfeito para ele e para seus pais. Claro, ele não sonharia em se envolver em uma investigação de assassinato... Sabe, nós estávamos à beira de uma briga quando você chegou naquele dia. Naturalmente, ele negou tudo, mas, após conversar com Klara, eu soube que ele havia estado na casa de veraneio com Katla, embora não pudesse admitir para ele como sabia."

"É hora de irmos."

Dagur fechou a porta da casa da sua infância, talvez pela última vez.

Ele entrou no Skoda sem mostrar a menor resistência. E doeu para Hulda ter que prender esse jovem rapaz por assassinato; em outra parte de sua consciência, uma voz gritava, "Viva, viva, viva!", e lhe dizia ser esse o grande triunfo que ela estava esperando.

EPÍLOGO

I

Robert, Savannah, EUA, 1997

A esposa de Robert havia saído para visitar alguns amigos e ele estava sentado sozinho no crepúsculo de Savannah com uma garrafa de cerveja gelada ao seu lado. Sendo abstêmia, sua esposa não gostava que ele bebesse, mas, se fosse de vez em quando, ela fingia que não via. Seu último exame provou que estava em excelente forma, então ela não poderia ficar muito no pé dele. Em sua opinião, nada era melhor do que uma cerveja gelada na varanda depois de um sufocante dia de verão.

Robert estava pensando no tempo em que esteve na Islândia. A visita de ontem o abalara. Fazia anos desde que não pensava naquela ilha fria e desolada, e descobriu que as memórias de sua estadia lá, e dos anos de guerra no geral, foram, na melhor das hipóteses, nebulosas. Ou seja, ele lembrava daquele tempo como através de um nevoeiro, uma vez que aquele período de sua vida agora parecia irreal, quase como se tivesse acontecido com outra pessoa.

E Anna. Claro que se lembrava de Anna, ainda que seu relacionamento tenha sido breve. Ele não tinha o hábito de trair sua adorada esposa; na verdade, Anna foi a única. Ela tinha algo que o fez enfraquecer em suas convicções, o fez ceder à tentação. Depois, ela sumiu e, por um tempo, sentiu saudades dela, embora, no seu íntimo, soubesse que era para o melhor. No entanto, por razões conhecidas apenas por ele, havia guardado uma pequena fotografia dela, igual à foto de um passaporte que ela lhe havia dado após a primeira noite dos dois juntos. Ele sabia exatamente onde a fotografia estava, então, esta noite, a havia pegado e colocado sobre a mesa, ao lado de sua cerveja na penumbra da varanda.

A foto havia amarelado e desbotado ao longo dos anos, como era de se esperar, mas Robert apenas tinha que olhar para ela para ser imediatamente transportado meio século atrás, para a Reykjavik de 1947, uma pequena cidade em processo de crescimento. Como americano, ele se sentia representante de uma nova era. Nem todos os habitantes foram receptivos aos soldados, porém ele se lembrava das garotas, pois eram deslumbrantes. E nunca esquecera de Anna. Era impressionante, de verdade, dado o curto período que haviam se conhecido, quão bem se lembrava dela. Claro, o relacionamento deles nunca teria futuro nenhum e sua consciência o atormentou desde o primeiro momento, porém havia uma doce pungência sobre sua memória daquele breve caso. Na época, estava apaixonado pela sua esposa, assim como agora, mas sua culpa havia desaparecido com o passar do tempo; até agora o antigo caso era como uma memória distante de uma experiência que havia sido tão sedutora quanto inesperada. Não foi preciso dizer que ele nunca contaria a sua esposa. Levaria seu segredo para o túmulo. Sob nenhuma circunstância poderia admitir ter uma filha islandesa.

Robert teve suas suspeitas desde o primeiro momento que Hulda o contatou, a despeito de, a princípio, ela não dizer nada. Talvez, de alguma misteriosa maneira, sempre soubera que sua breve aventura havia dado fruto. Mas Anna nunca entrara em contato, o que, teoricamente, significava que ela não imaginava que ele pudesse ter alguma participação na criação da criança. Então, havia um porquê em sua decisão de querer respeitar os desejos dela também.

Esse é um dos motivos pelos quais mentia à Hulda.

Mas, acima de tudo, fora motivado pelo desejo de proteger seus próprios interesses, de preservar o casamento perfeito que desfrutara por mais de meio século. Não havia como arriscar tudo isso para ser pai de uma mulher de meia-idade. Na idade dela, não precisava mais de um pai, e ele não precisava de uma filha. Não mais. Não havia mentido quando lhe disse que não podiam ter filhos, embora tivesse ficado claro que o problema era com sua esposa, não com ele — como a existência de Hulda agora podia provar. Nem por um minuto Robert duvidara do que ela havia lhe dito. Por uma noite breve, havia dividido a mesa com a filha. Não aconteceria de novo.

Ele não teve nenhum arrependimento depois que Hulda partiu. Não se pode, de verdade, sentir falta de um estranho. Não era como se ele conhecesse sua mãe tão bem. Sua ligação com Hulda era somente biológica. No entanto, a havia estudado discretamente enquanto ela estava lá sentada, pensando se deveria sacrificar tudo para conhecer melhor sua filha. Mas não sentiu necessidade, os laços não eram tão fortes. Tomara a decisão por ambos, por mais injusto que pudesse ser, de enterrar o segredo para sempre. Sabia que ela não voltaria.

Ao olhar para a foto, Robert sentiu uma leve pontada ao pensar que Hulda nunca saberia que havia conhecido seu pai.

Todavia, ele havia feito uma coisa por ela: havia enviado uma cópia de uma fotografia antiga dele de uniforme, tirada durante a guerra. Sua aparência havia mudado consideravelmente nesses últimos anos, o brilho da juventude se foi há muito tempo — com seu cabelo — então imaginou que seria seguro enviar-lhe a foto. Em sua carta, havia dito a ela, como estava correto, que aquela era uma foto de seu pai. Hulda não descobriria a verdade tão facilmente.

II

Lýdur, Reykjavik, 1997

Lýdur, nem por um momento, duvidara da culpa de Veturlidi — claro, até agora. Quando a investigação estava em seu auge, ele agiu impiedosamente na crença de que Veturlidi, com certeza, era o culpado, um pedófilo e assassino.

Lýdur tinha plena confiança em suas habilidades. Todas as evidências indicavam que Veturlidi havia assassinado sua filha e, uma vez que o homem nunca estivera disposto a confessar, Lýdur não teve problemas em preencher as lacunas. Presumira que se tratava de um caso de abuso, de violência crônica, que atingira seu ápice naquele final de semana na casa de veraneio. Afinal, era a casa de veraneio de Veturlidi, seu refúgio. Ninguém mais se apresentou para dizer que estivera lá com Katla, e dificilmente ela teria ido sozinha até os Fiordes Ocidentais, sem um carro, para ficar em uma maldita cabana no meio do nada. Não, em sua opinião, tudo era muito óbvio.

A teoria de Lýdur era a seguinte: pai e filha foram lá juntos e ele começou a abusar dela mais uma vez. Mas, desta vez, a filha se virou contra o pai e se defendeu, resultando na luta que terminou em sua morte. Homicídio culposo ou assassinato, não importava; isso era para outros decidirem.

Porém, agora ele sabia que sua teoria estava totalmente errada: Katla havia sido morta por sua amiga Klara, que nunca havia sido suspeita.

Na época, a cena havia sido tão clara na mente de Lýdur. Tudo de que precisava era de uma confissão, ou de uma prova mais concreta. A presença do suéter havia sido um presente, mas talvez não o suficiente para garantir uma condenação. Pior, ele estava apenas ali no chão próximo ao corpo. Quão mais incriminador seria se pudessem alegar que a garota o tinha em suas mãos, talvez em uma tentativa deliberada de demonstrar a culpa de seu pai. Havia sido muito fácil convencer aquele policial local, o Andrés, a mentir. Muito fácil, na verdade, porque, claro, Andrés teve dúvidas, mas o que você poderia esperar de um fracassado como ele? Logo depois, havia entrado em contato com Lýdur, enquanto a investigação ainda corria, para dizer que se arrependera de tudo. Ele não tinha mais certeza de que Veturlidi era culpado, em especial porque não obtiveram uma confissão. Então, como se isso não bastasse, Andrés começara a dizer que precisava esclarecer as coisas, que era a única maneira de dar ao suspeito uma chance justa de se defender. Aquele maldito idiota reconhecera que seria desastroso para ele; estava fadado a perder o emprego, e a história das suas dívidas e seu envolvimento com o agiota virariam manchetes. E isso não era tudo. Continuou dizendo a Lýdur que dificilmente ele ficaria de fora, pois Andrés teria que explicar por que mentiu e quem o pressionou. Claro, Lýdur tentara dissuadi-lo, mas falhara. Era como falar com uma parede de tijolos. Andrés avisou que iria para o sul, até Reykjavik, em dois dias para falar com as autoridades policiais e reparar seu erro. Isso deixaria Lýdur em uma situação difícil.

Ele tinha dois dias, talvez menos, para salvar sua pele. A única maneira era obrigar Veturlidi a confessar, mas era mais fácil dizer do que fazer. O idiota era um homem destruído; ele parecia ter perdido a vontade de viver e a resistência para lutar, dizendo que esperava ser levado para a prisão e ser condenado publicamente. Mas, apesar de tudo, não podia ser persuadido a admitir o assassinato. Ele se recusou a "confessar um crime que não cometera", conforme disse. Cabeça-dura.

Lýdur levou uma noite, apenas isso, para pensar em uma solução.

Acordara, quando ainda estava escuro, com uma ideia. De maneira discreta, se levantou da cama e saiu de casa sem acordar sua esposa e filhos. Eles estavam acostumados com os horários bagunçados de seus turnos, então, mesmo que tivessem se mexido, era improvável que estivessem incomodados com sua ausência.

Ele se dirigiu à prisão onde os suspeitos ficavam detidos sob custódia e, como era um visitante regular, prontamente o deixaram entrar. Nem precisou dizer qual prisioneiro queria ver. Depois disso, foi fácil ganhar acesso à cela de Veturlidi e deixar seu cinto.

Talvez Lýdur não tivesse pensado direito, mas ele tinha tanta certeza de que Veturlidi era culpado... Sua percepção nunca havia falhado antes, e havia interpretado a depressão e o silêncio de Veturlidi como uma confirmação de suas suspeitas. De qualquer forma, não havia outra explicação plausível. Não de fato.

O cinto havia sido um teste.
Uma questão de vida ou morte.
Se Veturlidi falhasse no teste, sua ação equivaleria a uma confissão. Essa seria a solução mais simples em todos os aspectos do caso. O assassino teria confessado, indiretamente, e a investigação terminaria em triunfo. E, mais importante, aquele velho sacana de Ísafjörður não teria razão para estragar a carreira de Lýdur apenas para apaziguar sua consciência. De uma vez por todas, Andrés veria que os motivos de Lýdur eram sólidos e que não havia mais nada a ser alcançado agitando as coisas.

Não foi nenhuma surpresa para Lýdur, na manhã seguinte, ouvir que Veturlidi havia se enforcado em sua cela. Isso lhe provou que estava certo.

Ele não se sentia nem um pouco responsável pela morte do homem, nem agora, nem na época; sem dificuldade, era desnecessário comentar que guardou em absoluto segredo que havia lhe dado uma ajudinha, por assim dizer. Naturalmente, houve um inquérito sobre como o prisioneiro havia conseguido um cinto, que se mostrou breve e inconclusivo.

Entretanto, agora o maldito Andrés apareceu de novo e contou a história que havia ameaçado revelar dez anos atrás. Lýdur estava prestes a perder o emprego; ele já havia sido suspenso. Havia sido um choque terrível, claro. Mas quando Hulda veio vê-lo, por um instante temeu que ela soubesse que havia deixado o cinto para Veturlidi; que seu papel no suicídio de Veturlidi havia sido exposto. Isso teria sido infinitamente pior.

Do jeito que estava, era improvável que esse detalhe da história emergisse.

Lýdur havia de fato causado a morte de Veturlidi. Isso ele percebera, isso ele sabia. Mas ninguém mais precisaria saber.

III

Hulda, Reykjavik, 1997

Hulda estava ao lado do túmulo de sua mãe.

Parecia limpo e bem conservado, mas sabia que deveria ser mais consciente e visitá-la novamente quando o outono começasse. Sua mãe não tinha mais ninguém.

Por mais tenso que tenha sido seu relacionamento, Hulda teve que reconhecer que sentia falta dela. Se sentia tão sozinha no mundo, tão solitária.

Todos em volta dela estavam mortos: Jón e Dimma, sua mãe, até seu pai na América.

Hulda ainda era relativamente jovem — de qualquer forma, ainda não era velha —, era saudável e ambiciosa. Mais quinze anos na polícia: tempo suficiente para deixar sua marca antes de se aposentar. Ela terá sessenta e cinco anos; ainda será jovem. Embora não se sinta pronta para um novo relacionamento no momento, talvez o período da aposentadoria seja a ocasião certa para encontrar um bom homem e começar uma nova vida, a chance de se livrar de seu pequeno e triste apartamento e se mudar para algum lugar mais perto da natureza. Sim, havia tanto pelo que esperar; ela simplesmente precisava enfrentar o futuro de uma maneira positiva, com grande expectativa.

Porém, o medo da morte a aterrorizava.

Um dia ela seria colocada em uma sepultura fria. Claro, quando a hora chegasse, já teria mudado de planos, mas a ideia de ser enterrada era demais para Hulda.

    Presa a uma súbita sensação de sufocamento, ela se afastou do túmulo da mãe e respirou fundo.

Agradecimentos

Agradecimentos especiais aos meus guias, Sigurður Kristján Sigurðsson, de Vestmannaeyjar, e Sara Dögg Ásgeirsdóttir, por me mostrarem e fornecerem informações sobre Elliðaey.

Gostaria de agradecer também à promotora Hulda María Stefánsdóttir por sua assistência com os procedimentos policiais.

Por fim, mas não menos importante, gratidão aos meus pais, Jónas Ragnarsson e Katrín Guðjónsdóttir, pela leitura do manuscrito.

TIPOGRAFIA:
Orelega One (título)
Georgia (texto)

PAPEL:
Cartão LD 250g/m2 (capa)
Pólen Soft LD 80g/m (miolo)